AF592716

जादू की सरकार

स्थापित 1912
100 वर्षों की
श्रेष्ठ प्रकाशन परम्परा
राजपाल

₹ 275
ISBN : 9788170282273

JADU KI SARKAR (Satire) by Sharad Joshi
मुद्रक : जी.एस. ऑफसेट, दिल्ली

राजपाल एण्ड सन्ज़
1590, मदरसा रोड, कश्मीरी गेट, दिल्ली-110006
फोन : 011-23869812, 23865483, 23867791
website : www.rajpalpublishing.com
e-mail : sales@rajpalpublishing.com
www.facebook.com/rajpalandsons

जादू की सरकार

शरद जोशी

राजपाल

दो शब्द

लिखना मेरे लिए जिंदगी जी लेने की एक तरकीब है। इतना लिख लेने के बाद अपने लिखे को देख मैं सिर्फ यही कह पाता हूं कि चलो, इतने वर्षों जी लिया। यह एक मुझे बढ़िया बहाना मिल गया। यह न होता तो इसका क्या विकल्प होता, अब सोचना कठिन है। लेखन मेरा एक निजी उद्देश्य है। कोई अब मुझे इससे बचा नहीं सकता। मैं इससे बचकर जा भी नहीं सकता। चूंकि यह मेरे जीवन जीने का सहारा रहा है, इसलिए मेरी इससे कोई शिकायत नहीं है। मैं सारी शिकायत स्वयं से, अपने जीवन से और निरंतर लड़खड़ाते भाग्य से कर सकता हूं। और प्रायः बेसबब हंस देने की आदत न होती तो शिकायत करता भी या उससे अधिक भी कुछ करता। पर धीरे-धीरे यह सब भी हंस कर टाल देने का मामला बन गया है। अब जीवन के आगे किसी प्रकार का विशेषण लगाना मुझे अजीब लगता है। बढ़-चढ़ कर यह कहना कि जीवन संघर्षमय रहा, लेखक होने के कारण जिसे मैंने दुखी-सुखी जीया, फिजूल है। जीवन होता ही संघर्षमय है। किसका नहीं होता ? लिखनेवाले का होता है तो क्या अजब होता है !

—शरद जोशी

शरद जोशी के बारे में

शरद जोशी के बारे में लिखना मेरे लिये कठिन कार्य नहीं है, क्योंकि मैं शरद जोशी जी को बखूबी जानता हूं। मेरे पास उनके बारे में कहने को बहुत कुछ है, पर जब कहा गया कि शरद जोशी के लेखन के बारे में लिखना है, उनके व्यंग्य लेखों की पुस्तक "जादू की सरकार" की भूमिका मुझे ही लिखनी है तो कुछ ऐसा लगा जैसे बूंद को सागर की व्याख्या करने को कहा जाये, या किसी किरण को सौंप दिया जाये जिम्मा कि तुम सूर्य पर लिखो और यह जिम्मेदारी उसे सौंपी जिसने जिन्दगी में कोई भूमिका नहीं लिखी, किताब तो खैर बहुत दूर की बात है।

इस पुस्तक में अधिकांश लेख वे लेख हैं जो शरद जी काव्य-मंचों पर पढ़ा करते थे। मंचों पर कविता पढ़ना वैसे ही दुष्कर कार्य है और कविता देखकर पढ़ने में मंच के अच्छे-अच्छे दिग्गज कवियों (जिनमें जनता दुर्भाग्यवश मुझे भी समझती है) की घिग्गी बंध जाती है, क्योंकि कविता का कागज देखने लगें तो प्रस्तुतिकरण बिगड़ जाता है और प्रस्तुतिकरण की तरफ ध्यान दें तो कविता की पक्तियां इधर-उधर हो जाती हैं। जहां कविता का यह आलम हो वहां शरद जी चार-पांच पन्नों के लेख ऐसे पढ़ जाते थे किं न तो प्रस्तुतिकरण ही बिगड़ता था और न ही उनकी एकाग्रता नष्ट होती थी। काव्य-मंच पर कविता के साथ गद्य-पाठ, देखा जाये तो इसका प्रारम्भ शरद जी ने ही किया। हो सकता है इसका दावा अन्य व्यंग्य लेखक भी करें, पर उनका प्रारंभ वैसे ही हुआ होगा जैसे कि व्यंग्य-गद्यपाठ का मंच पर प्रारंभ नहीं समापन करने के लिये आये हों। शरद जी का व्यंग्य जगाता है, घायल नहीं करता। वह आत्मा को झंझोड़ता है, आत्मा को चोट नहीं पहुंचाता। जैसे अपने लेख "नई मध्यप्रदेश गाइड" में वह लिखते हैं :

"शिक्षक हो जाना हमारे राज्य का प्रिय व्यवसाय है। कहीं नौकरी न मिले तो लोग शिक्षक हो जाते हैं। हमारे यहां दुल्हा-दुल्हन सुहागरात को भी एजुकेशन डिपार्टमेंट के बारे में बात करते है....पुलिस की नौकरी गुण्डों को बहुत आकर्षित करती है, जिन्हें नहीं मिलती वे मोहल्ले के दादा हो जाते हैं⋯अनुभवी मरीजों का सम्मान डाक्टरों से अधिक है⋯राज्य की भाषा हिन्दी है क्योंकि लोगों को अंग्रेजी आती नहीं⋯सरकार पुल बनाती है ताकि उसके नीचे से नदी निकल सके—" ये सब बातें मन को गुदगुदाती हैं व सोचने पर विवश भी करती हैं।

लेख "इक्कीसवीं सदी" में उनका लिखना है, "डाक्टर साहब रहने दीजिये, कल

से आप कहेंगे, पूरे इंडिया का चेकप कराइये, 21वीं सदी में घुसने से पहले, तो आपको इतनी 18वीं सदी मिलेगी कि आप 19वीं सदी में नहीं घुस सकते....नेता ने 21वीं सदी के प्रवेशद्वार का फीता काटा—आइये भाइयो, सब शान्ति से आइये। पहले नेता घुसा, फिर अफसर घुसे, भ्रष्टाचार घुसा, अनाचार, पाप, पाखंड घुसा, झूठ घुसा, फिर गरीबी घुसी, लाचारी घुसी, बीमारी घुसी—इस तरह पूरा देश अन्दर जा रहा है।" कहने का तात्पर्य यह है कि शरद जी ने चाहे देश हो, समाज हो, व्यवस्था हो, किसी के घाव पर मखमल नहीं ढकी, बल्कि उसको दर्पण दिखाया।

सरकारी व्यवस्था पर इससे बढ़िया क्या कहा जा सकता है कि "विचाराधीन" शब्द बड़ा रोचक है, यह "नहीं" का सरकारी पर्यायवाची है ! कांग्रेस की कार्यप्रणाली पर शरद जी लिखते हैं—"यूथ को बढ़ावा दिया, बूढ़ों को टिकट दिया। जो जीता, वह मुख्य मंत्री बना। जो हारा, वह गवर्नर बना। जो केन्द्र में बेकार था, उसे राज्य में भेजा। जो राज्य में बेकार था, उसे केन्द्र में ले आये। जो दोनों जगह बेकार था, उसे राजदूत बना दिया....इन आजादी के वर्षों में हमने पेड़ काटे और उनसे कुर्सियां तैयार कीं।"

शरद जोशी ने हमारे घिनौने चरित्र को उजागर कर दिया जहाँ उन्होंने एक लेख में लिखा कि "48 से 84 तक हमारी बहादुरी की कहानी यह है कि महात्मा गांधी को गोली मारने से चले थे, श्रीमती गांधी को गोली मारने तक आ पहुंचे....तिरंगा चौरंगा हो गया....एक पट्टी खून की है।" उनका यह सब कुछ लिखना झँझोरता ही नहीं बल्कि आंखों को डबडबा भी देता है। कोई ऐसा विषय नहीं रहा जो शरद जी की आंखों से ओझल रहा। "ओलम्पिक" लेख में उनका पहला वाक्य ही गुदगुदा जाता है, "ओलम्पिक नाम उस जगह का है जहां जाकर भारतीय टीम हारती है....हम जाते हैं, लो, हम आ गये, हमें हराओ। वे हमें हरा देते हैं और हम लौट आते हैं।"

व्यंग्य लेखों को हिन्दी काव्य-मंच पर प्रतिष्ठा से प्रतिष्ठित करने का श्रेय शरद जोशी को ही जाता है। काव्य विधा अभिव्यक्ति का सबसे सशक्त माध्यम है। गद्य विधा उसके मुकाबले सदैव ही कमजोर साबित होती रही है। ऐसे ही एक मौके पर एक वरिष्ठ कवि ने मुझसे कहा, "शरद जी को तुम काव्य-मंचों पर क्यों बुलाते हो ? कविता नहीं जम पाती।" मैंने विनम्रता से कहा, "कविता अगर गद्य के मुकाबले नहीं टिक पा रही तो कविता की कमजोरी के लिये गद्य को क्यों कोस रहे हैं ? और यदि गद्य कविता से सशक्त बैठता है तो वह काव्य-मंच क्या साहित्य की हर विधा में आपका सामना करेगा।"

यह पुस्तक उन लोगों को शायद पसन्द नहीं आये जिनकी जिन्दगी आरतियां सुनते हुए ही बीती है। अगर आप समाज, व्यवस्था की व अपनी सही तस्वीर देखना चाहते हैं तो यह पुस्तक किसी दर्पण से कम नहीं है।

—सुरेन्द्र शर्मा

अनुक्रम

है भी, मगर नहीं है

लोग एक छोटी सी शिकायत दर्ज कराते हैं कि नल है, मगर उसमें पानी नहीं आता। वे बिचारे नहीं जानते कि इस देश में चीजें होती ही इसलिए हैं कि उसमें वह न हो जिसके लिए वे होती हैं।

नल हैं, मगर पानी नहीं आता। हैंडपंप हैं, मगर चल नहीं रहे। विभाग हैं, काम नहीं करते। टेलिफोन लगाया, लगा नहीं। अफसर हैं, मगर छुट्टी पर हैं। बाबू है, मगर उसे पता नहीं। आवेदन किया था, मंजूर नहीं हुआ। रिपोर्ट लिखायी थी, कुछ हुआ नहीं। जांच हुई थी, रिपोर्ट नहीं आयी। योजना स्वीकृत है, पर बजट मंजूर नहीं है। बजट स्वीकृत है, रुपया नहीं आया। पद है, पर आजकल खाली है। आदमी योग्य था, तबादला हो गया। आफीसर ठीक है, मगर उसके मातहत ठीक नहीं। भई, मातहत तो काम करना चाहते हैं, ऊपर से ऑर्डर नहीं आता। मशीन आ गयी, बिगड़ी पड़ी है। कारखाना है, बिजली नहीं है। करंट है, तार खराब है। उत्पादन हो रहा है, बिक्री नहीं है। मांग है तो पूर्ति नहीं है। पूर्ति कर सकते हैं, कोई डिमांड तो करे !

यात्री खड़े हैं, टिकिट नहीं मिल रहा। टिकिट मिल गया, ट्रेन लेट है। गाड़ी आयी, जगह न थी; जगह मिली, सामान रखा था। एअर का टिकिट लिया, वेटिंग लिस्ट में है। सीट कन्फर्म हुई, फ्लाइट कैंसल हो गयी। घर पहुंचे तो मिले नहीं। मिले, मगर जल्दी में थे। तार भेजा, देर से पहुंचा। चिट्ठी भेजी, जवाब नहीं आया।

आये, पर आते ही बीमार पड़ गये। इंजेक्शन दिया, पर कुछ फरक न पड़ा। अस्पताल गये, बेड खाली नहीं था। बेड पर पड़े हैं, कोई पूछनेवाला नहीं है। शिकायत करें, मगर कोई सुननेवाला नहीं है। नेता हैं, मिल नहीं सके। सुन तो लिया, कुछ किया नहीं। शिलान्यास हुआ, इमारत नहीं बनी। बिल्डिंग है, मगर दूसरे काम में आ रही। हां, काम चल रहा है, मगर हमें क्या फायदा ! स्कूल है, पर हमारे बच्चे को ऐडमीशन नहीं मिली। पढ़ने गये थे, बिगड़ गये। टीम भेजी थी, हार गयी। प्रोग्राम हुआ था, मगर जमा नहीं। हास्य का था, मगर हंसी नहीं आयी।

पूछा था, बोले नहीं। खबर थी, अफवाह निकली। अपराध हुआ, गिरफ्तारी न हुई। संपादक के नाम पत्र भेजा था, छापा नहीं। कविता लिखी, कोई सुननेवाला नहीं है। नाटक हुआ, भीड़ न थी। पिक्चर लगी, चली नहीं। किताब छपी थी, बिकी नहीं। बहुत ढूंढ़ी, मिली नहीं। आयी थी, खतम हो गयी।

क्या करें, कुछ होता नहीं है। कुर्सी पर बैठा, मगर ऊंघ रहा है। फाइल पड़ी

है, दस्तखत नहीं हो रहे। फार्म भरा था, गलती हो गयी। क्या बोलें, कुछ समझ में नहीं आता। आवाज लगायी, किसी ने सुना नहीं। वादा किया था, भूल गये। याद दिलायी, तब तक उनका डिपार्टमेन्ट चेंज हो गया था।

फोन किया, मगर साहब बाथरूम में थे। दफ्तर किया, मीटिंग में थे। डिग्री मिल गयी तो नौकरी नहीं मिली। अनुभवी हुए तो रिटायर हो गये।

पैसा बहुत है, मगर ब्लैक का है। पूंजी जुटायी, मगर तब तक मशीन के भाव बढ़ गये। फ्लैट खाली है, किराये से दे नहीं रहे। बेचना है, कोई खरीदार नहीं मिल रहा। लेना चाहते हैं, मगर बहुत महंगा है।

क्या है, क्या नहीं है। कर्फ्यू हटा तो फिर झगड़े हो गये। स्थिति नियंत्रण में है, मगर खतरा बना हुआ है। आदमी हैं, मगर मनुष्यता नहीं रही। दिल हैं, मगर मिलते नहीं। देश अपना हुआ, मगर लोग पराये हो गये। आप नल में पानी न होने का कह रहे हैं। साहब, बहुत कुछ है, मगर फिर भी वह नहीं है जिसके लिए वह है।

जिसके हम मामा हैं

एक सज्जन बनारस पहुंचे। स्टेशन पर उतरे ही थे कि एक लड़का दौड़ता आया।

"मामाजी ! मामाजी !"—लड़के ने लपक कर चरण छूए।

वे पहचाने नहीं। बोले—"तुम कौन ?"

"मैं मुन्ना। आप पहचाने नहीं मुझे ?"

"मुन्ना ?" वे सोचने लगे।

"हां, मुन्ना। भूल गये आप मामाजी ! खैर, कोई बात नहीं, इतने साल भी तो हो गये।"

"तुम यहां कैसे ?"

"मैं आजकल यहीं हूं।"

"अच्छा।"

"हां।"

मामाजी अपने भानजे के साथ बनारस घूमने लगे। चलो, कोई साथ तो मिला। कभी इस मंदिर, कभी उस मंदिर। फिर पहुंचे गंगाघाट। सोचा, नहा लें।

"मुन्ना, नहा लें ?"

"जरूर नहाइए मामाजी ! बनारस आये हैं और नहाएंगे नहीं, यह कैसे हो सकता है ?"

मामाजी ने गंगा में डुबकी लगाई। हर-हर गंगे।

बाहर निकले तो सामान गायब, कपड़े गायब! लड़का...मुन्ना भी गायब!

"मुन्ना......ए मुन्ना !"

मगर मुन्ना वहां हो तो मिले। वे तौलिया लपेट कर खड़े हैं।

"क्यों भाई साहब, आपने मुन्ना को देखा है ?"

"कौन मुन्ना ?"

"वही जिसके हम मामा हैं।"

"मैं समझा नहीं।"

"अरे, हम जिसके मामा हैं वो मुन्ना।"

वे तौलिया लपेटे यहां से वहां दौड़ते रहे। मुन्ना नहीं मिला।

भारतीय नागरिक और भारतीय वोटर के नाते हमारी यही स्थिति है मित्रो ! चुनाव के मौसम में कोई आता है और हमारे चरणों में गिर जाता है। मुझे नहीं पहचाना

मैं चुनाव का उम्मीदवार । होनेवाला एम.पी.। मुझे नहीं पहचाना ? आप प्रजातंत्र की गंगा में डुबकी लगाते हैं। बाहर निकलने पर आप देखते हैं कि वह शख़्स जो कल आपके चरण छूता था, आपका वोट लेकर गायब हो गया। वोटों की पूरी पेटी लेकर भाग गया।

समस्याओं के घाट पर हम तौलिया लपेटे खड़े हैं। सबसे पूछ रहे हैं—क्यों साहब, वह कहीं आपको नज़र आया ? अरे वही, जिसके हम वोटर हैं। वही, जिसके हम मामा हैं।

पांच साल इसी तरह तौलिया लपेटे, घाट पर खड़े बीत जाते हैं।

आम आदमी की पहचान

मैं उसके सामने खड़ा था। ज़िंदा खड़ा था। मगर उसने मेरे अस्तित्व से साफ इन्कार कर दिया। वह यह मानने को तैयार नहीं था कि मैं 'मैं' हूँ। और जब तक वह मानता नहीं, मुझे गवर्मेन्ट डिपार्टमेंट से रुपए नहीं मिल सकते हैं।

"मैं आपके सामने साक्षात खड़ा हूँ। मैं।"

"प्रमाण क्या है ?"—उसने पूछा।

"मेरे खड़े होने का ?"

"अजी आप आप हैं, यह मैं कैसे जानूं ? मुझे सबूत चाहिए।"

"यार, मैं ज़िंदा हूँ, यह बात कोई अफवाह तो नहीं है।"

"यह मैं कुछ नहीं जानता, मुझे सबूत चाहिए।"

"आप भारतीय संस्कृति पर भरोसा करते हैं ?" मैंने पूछा।

"कर सकता हूँ, बशर्ते उससे दफ्तर के काम में बाधा नहीं आए।"

"तो ठीक है, मैं घर जाकर अपनी पत्नी को ले आता हूँ।"

"क्यों ?"

"आप उसके माथे पर बिंदी देखिए। मांग में सिंदूर लगा है। मेरे पास मेरे ज़िंदा होने का इससे बढ़कर कोई प्रमाण नहीं।"

"कमाल है !"

"किस बात का ?"

"आप भी पढ़े-लिखे होकर ऐसी बातें कर रहे हैं।"

"भैया, भारतीय संस्कृति में यही प्रमाण होता है।"

वह कुछ देर चुप रहा, फिर बोला—

"आप पति हैं ?"

"जी हां।"

"वो आपकी पत्नी हैं ?"

"और क्या ?"

"क्या सबूत इस बात का ?"

"वह मेरी एकमात्र पत्नी है और मैं उसका एकमात्र पति हूँ, हम शरीफ लोग हैं यार !"

"ऐसा....तो जाओ, अपने एरिया के सब इंस्पेक्टर पुलिस से लिखवा लाओ

कि हम शरीफ हैं।"

"आप मेरी कॉलोनी में किसी से पूछ लीजिए।"

"क्यों, आप क्या बड़े दादा हैं, कॉलोनी के ?"

"नहीं।"

"फिर कॉलोनी का रौब किसे दे रहे हैं ? अरे मैं सरकारी काम करूंगा कि मोहल्ले में पूछने जाऊंगा ! मुझे हर सबूत टेबल पर होना, इस टेबल पर।"

"देखो भई, रुपयों की मंजूरी मेरे नाम पर हुई है। जो रुपया दिया जाना है मुझे दिया जाना है। अब आपकी इंसानियत इसमें है कि आप....।"

"यार, आप इंसानियत की बातें करते हैं, ये सरकारी दफ्तर है।"

मैं चुप हो गया। फिर मैं उसे नये सिरे से समझाने लगा–

"देखो दोस्त, तुम मुझे अच्छी तरह जानते हो। तुम बीसियों बार मेरे घर आ चुके हो, चाय पी चुके हो।"

"पी होगी यार, हमारी तो ज़िंदगी ही दूसरे की चाय पीते बीती है। मगर मैं आपको नहीं पहचानता।"

"क्यों ?"

"मेरा फर्ज है भई, मैं गवर्मेन्ट सरवेन्ट हूँ। इस कुर्सी पर बैठने के बाद मैं अपने बाप को भी नहीं पहचानता।"

मैं पराजित हो गया। यह बहस अनंतकाल तक चल सकती थी और इसका समापन होना कठिन था। सरकारी दफ्तर में जब-जब मैंने कोशिश की है, मैं इसी तरह हारा हूँ! खैर, कोशिश करना मेरा फ़र्ज़ था। मैंने धीरे से पूछा–"आप मुझे पहचानने का क्या लेंगे ?"

"पच्चीस रुपया। हमारा यही रेट है।"

"ज़्यादा है।"

"इससे कम में हम किसी को नहीं पहचानते।"

"एक जमाना था आप दो रुपए में पहचानते थे।"

"आह, वो भी क्या दिन थे !" वह एकाएक भावुक हो गया, "सस्ती का ज़माना था। सरकारी दफ्तरों में इंसान की पहचान एक-दो रुपयों में हो जाया करती थी। उस जमाने में आप भी इस विभाग से सौ-पांच सौ से ज़्यादा नहीं ले पाते थे। आजकल आप हज़ार दो हज़ार ड्रा कर लेते हैं, मैं भी पच्चीस से कम में नहीं पहचानता। भगवान करे, आप ऐसी ही प्रगति करें। आप लाखों ड्रा करें, मैं आपको हज़ारों में पहचानूं।"

मैं सुन रहा था। इस देश में जो व्यक्ति एक दर्शन अख्तियार कर लेता है, एक जीवन-दृष्टि अपना लेता है वह सहज में नहीं डिगता। मैंने जेब में हाथ डाला। पच्चीस

रुपए निकाले और उसकी तरफ बढ़ाए।

उसने रुपए जेब में रखे। कैश बाक्स खोला और हज़ार रुपए निकाल गिनने लगा। गिनते-गिनते कहने लगा, "और, बाल-बच्चे सब मज़े में ? बहुत दिनों से आना नहीं हुआ तुम्हारे यहां, भाभी जी कैसी हैं ?"

छोटी-छोटी कहानियां

1. स्वप्न और सत्य

सपने में सारा राजपाट दान करवा विश्वामित्र दूसरी सुबह वाराणसी आ धमके और सीधे हरिश्चंद्र के निवास की ओर दौड़े। हरिश्चन्द्र तब घर के बाहर खड़े दातून मल रहे थे। विश्वामित्र को देखा तो सोचने लगे कि इस बुड्ढे को कहीं देखा जरूर है।

"लाओ दक्षणा !"–विश्वामित्र ने हाथ बढ़ाया–"कल सपने में तुमने मुझे अपना सारा राजपाट दान कर दिया है। अब मैं उसकी दक्षणा लेने आया हूँ।"

हरिश्चन्द्र ने उसे सिर से पैर तक देखा और बोले–"बाबा, दक्षणा भी सपने में ही आकर ले लेना।" और दूसरी ओर मुंह कर दातून करने लगे।

2. रिश्तों की स्मृति

सुदामा की बगल से कृष्ण ने चावल की पोटली छीनी और उसे खोल कर देखा। फिर दांत पीसते हुए बोले–"बेटा, धरवा दूं चावल स्मगलिंग के केस में !"

सुदामा हाथ जोड़ने लगा।

कृष्ण ने वापिस पोटली उसकी ओर फेंकते हुए कहा–"चलो जाने दो ! पार्टी के पुराने कार्यकर्त्ता हो, इसलिए कुछ नहीं कह रहा।"

3. टूटते परिवार

राम और लक्ष्मण वन को जाने लगे तो पिता दशरथ रोने लगे।

लक्ष्मण से यह नहीं देखा गया। उसने माता कौशल्या से कहा–"पिताजी बिज़नेस तो समझते नहीं। इस बार जंगल कटाई का टेन्डर हमारे नाम खुला है। खुद हम निगरानी नहीं रखेंगे, मौके पर हाजिर नहीं रहेंगे तो आधा जंगल कट जाएगा। नुकसान किसका होगा ?"

4. जीवन की इच्छा

भीष्म पितामह के कक्ष से डाक्टर जब बाहर निकला तो खांसते, लकड़ी टेकते, कौरव-पांडवों ने उसे घेर लिया।

"पितामह की कैसी तबियत है ?" सबने पूछा।

"वही पुरानी शिकायत।" डाक्टर ने जवाब दिया–"कमर में दर्द रहता है, कमजोरी अनुभव करते हैं। कहते थे, यार डाक्टर, कोई ऐसी चीज दो जिससे जरा जिंदगी का मजा आए। अभी तो बहुत दिनों जीना है। कुछ ऐश ही कर लें।"

5. बदलते मूल्य

रोजगार दफ्तर में अधिकारी ने भीम से पूछा—"क्या काम जानते हो ?"

"गदा अच्छी घुमा लेता हूँ।"—भीम बोला।

"कोई दूसरा काम ?"

भीम कुछ देर सोचते रहे, फिर बोले—"भोजन बना लेता हूँ।"

"तो ऐसा बोलो ना, गदा चलाना कोई काम होता है !"—अधिकारी ने नोट करते हुए कहा।

6. कर्त्तव्यबोध

दोपहर के ढाई बज रहे थे।

अभिमन्यु ने धीरे से घर का दरवाज़ा खटखटाया। उत्तरा ने दरवाज़ा खोला।

"हाय, तुम इस वक्त कैसे ? तुम्हें तो अभी चक्रव्यूह में फंसा होना चाहिए था।"— उत्तरा ने उसे देख आश्चर्य से कहा।

अभिमन्यु ने आंख मारी और धीरे से कहा—"तड़ी मार कर आया हूँ।"

7. परंपरा की रक्षा

पार्टी दफ्तर में हनुमान, अंगद, सुग्रीव, जामवन्त आदि सारे विधायकों को लिए राम अपनी पार्टी की सूची बना रहे थे। सभी तरह से हिसाब लगा कर देखा, पार्टी बहुमत में नहीं आती थी। राम ने लंबी सांस ली और कहा—"विभीषण होता तो ऐसे वक्त पर 'डिफेक्ट' कर के आ जाता।"

8. प्रगति के चरण

राजा भरत ने अपने राज्य की प्रगति की सालाना रिपोर्ट पढ़ते हुए कहा—"जैसा कि हमारा लक्ष्य था कि इस देश में दूध और दही की नदियां बहने लगें, वह चालू वर्ष में पूरा हो गया और आपने देखा होगा कि देश में दूध और दही की नदियां बह रही थीं। पर इसी बीच देश को एक भारी विपत्ति का सामना करना पड़ा कि दूध और दही की ये नदियां किन्हीं टेकनिकल गलती के परिणामस्वरूप आगे जाकर परस्पर मिल गईं। नतीजा यह हुआ कि दही में मिलने से दूध की नदी भी जम गई और फट जाने के कारण दूध पीने लायक नहीं रहा। अब हमारे सामने समस्या है कि इस सड़े दही को, जिसकी दुर्गन्ध के कारण जनता को बड़ा कष्ट हो रहा है, किस प्रकार साफ करवाया जाय। हमने इस कार्य के लिए विदेश से मदद मांगी है......।

9. अपने में अजनबी

पांडव जब अंत समय में हिमालय गलने के लिए गए तो एक कुत्ता भी साथ हो लिया।

"तुम किसके कुत्ते हो और हमारे पीछे-पीछे क्यों आते हो ?"—पांडवों ने उससे पूछा।

"अकेला हूँ। किसी का नहीं हूँ। एक महाभारत हम कुत्तों में भी हुई थी। मैं ही शेष बचा हूँ, सो हिमालय पर गलने जा रहा हूँ।"

"तुम्हारे साथ तुम्हारी कुतिया नहीं आई ?"—द्रौपदी ने पूछा।

"उसी के पीछे तो सारा झगड़ा हुआ था। अब उसे साथ लाकर क्या एक और महाभारत करवाऊं ?"

10. एक अस्वीकृति

अर्जुन ने समस्त युद्धभूमि की ओर दृष्टिपात करते हुए कृष्ण से कहा—"नहीं, मैं शस्त्र नहीं उठाऊंगा। चाचा, भाई, भतीजों की तो कोई बात नहीं, इनसे तो निपट सकता हूँ, पर देख नहीं रहे हो, बॉस भी खड़े हैं। मैं ऐसे धर्मयुद्ध से बाज आया।"

तीन आदर्श भूलें

एक वृद्ध दार्शनिक के तीन पुत्र थे। तीनों बड़े शैतान, बड़े चंचल, बड़े मस्त। दार्शनिक की गंभीरता उन्हें निकट से छू कर भी नहीं निकली थी।

दार्शनिक को यह देख बड़ा दुख होता कि उसके बेटे बुरी बातों में रुचि लेते हैं, बुरी बातें मुंह से निकालते हैं।

उसने एक दिन तीनों को बुलाया। कहा—"तुम लोग इतने चंचल और शैतान हो, जैसे बंदर होते हैं। पर क्या ही अच्छा होता यदि तुम तीनों आदर्श बंदरों की तरह होते, और आदर्श आदमी बन जाते।"

तीनों बेटों के कुछ समझ में नहीं आया। उन्हें कभी समझ में आता भी नहीं था। पर जिज्ञासावश सबसे छोटे बेटे ने पूछा—"यह तीन आदर्श बंदर कौन से हैं? हमें भी बताइये।"

पिता ने वही तीन आदर्श बंदर बताये जिनमें एक ने बुराई न देखने के लिये आंखें बंद कर रखी हैं, दूसरे ने बुराई न सुनने के लिये कान बंद कर रखे हैं, और तीसरे ने मुंह बंद कर रखा है कि वह किसी की बुराई न बोले। दार्शनिक पिता ने कहा—"इन बंदरों की तरह यदि तुम रहो तो कितना अच्छा हो। मेरी आत्मा प्रसन्न रहे।"

तीनों बेटे सिर झुकाये रवाना हो गये। कोई किसी से कुछ नहीं बोल रहा था। नदी किनारे बैठ काफी देर वे लहरों में पत्थर फेंकते रहे, फिर छोटे बेटे ने कहा कि अब मेरी इच्छा है कि पिताजी की आज्ञा मानूं और जीवन भर मुंह से कोई विचार प्रकट नहीं करूं। चाहे सच हो, पर बुरा नहीं बोलूं। दूसरे बेटे ने कहा कि मैं कान से किसी की बात नहीं सुनूंगा। तीसरे ने अपनी आंखें नहीं उपयोग करने का तय किया।

तीनों आदर्श बंदर-से होने का तय करके नदी किनारे से उठे और अपने पिता के पास खबर कहलवा दी कि आपके बेटे आदर्श बंदरों की तरह रहने का निश्चय करके नौकरी की खोज में रवाना हो गये हैं।

तीनों भाई चलते-चलते एक चौराहे पर पहुंचे। वहां पुनः अपनी प्रतिज्ञा को दुहरा कर तीनों तीन रास्ते रवाना हो गये।

दार्शनिक पिता ने बड़े समय तक अपने बेटों की प्रतीक्षा की, पर वे नहीं आये। वह दुखी रहने लगा। पुस्तकों से उसकी तबियत उचट गई। एक दिन उसने क्रोध

में आकर तीनों बंदरों की मूर्ति हटा दी। इन्हीं के कारण अपने बेटों से वह बिछुड़ गया था।

फिर वह सोचने लगा कि अपने पिता के वचनों को इतनी निष्ठा से मानने वाले मेरे बेटे इतने बुरे नहीं थे, जितना कि उनका प्रचार था। यह दोष समाज का है। फिर वह दार्शनिक सबकी बुराई करने लगा, सब में दोष देखने लगा। कुछ दिनों तक लोगों ने उसकी बातों का सम्मान किया और बाद में सभी दार्शनिक की बुराई करने लगे।

दार्शनिक ने अनुभव किया कि इन दिनों उसका मनुष्य और समाज के सम्बन्ध में ज्ञान बढ़ रहा है—मेरे बेटों को भी ऐसा ज्ञान था। वे बुरे नहीं थे।

कुछ सालों बाद तीनों आदर्श बेटे घर आये। उनके रूप-नक्श में फर्क आ गया था। वे पहिचान में नहीं आते थे। पिता की आंखों में आंसू आ गये। बोला—"तुम लोग आजकल क्या कर रहे हो ? कहां हो ?"

सबसे बड़े बेटे ने कहा—"मैंने आंखों से कोई बुराई न देखने की प्रतिज्ञा की थी, मैं उसका पालन कर रहा हूं। मैं सरकारी प्रचारक हो गया हूं। आंखों से कुछ नहीं देखता। सिर्फ जो कान से आज्ञा सुनता हूं, मुंह से उसका प्रचार करता हूं।"

दूसरे बेटे ने कहा—"मैं नेता हो गया हूं। कान से किसी की प्रार्थना या बुराई नहीं सुनता। देश में घूमता हूं और मुंह से बोलता हूं।"

तीसरे छोटे बेटे ने कहा—"तुम दोनों तो फिर भी ठीक हो। मैं मुंह से कुछ बुराई न बोलने का निर्णय कर गया था। मैं अब सरकारी विभाग में क्लर्क हूं। आंखों से देखता हूं, पर मुंह से कुछ नहीं बोलता।"

नेतृत्व की ताकत

नेता शब्द दो अक्षरों से बना है। 'ने' और 'ता'। इनमें एक भी अक्षर कम हो, तो कोई नेता नही बन सकता। मगर हमारे शहर के एक नेता के साथ अजीब ट्रेजेडी हुई। वह बड़ी भागदौड़ में रहते थे। दिन गेस्टहाउस में गुजारते, रातें डाकबंगलों में। लंच अफसरों के साथ लेते, डिनर सेठों के साथ। इस बीच जो वक्त मिलता, उसमें भाषण देते। कार्यकर्ताओं को संबोधित करते। कभी-कभी खुद संबोधित हो जाते। मतलब यह कि बड़े व्यस्त। 'ने' और 'ता' दो अक्षरों से तो मिल कर बने थे। एक दिन यह हुआ कि उनका 'ता' खो गया। सिर्फ 'ने' रह गया।

इतने बड़े नेता और 'ता' गायब। शुरू में तो उन्हें पता ही नहीं चला। बाद में सेक्रेटरी ने बताया कि "सर, आपका 'ता' नहीं मिल रहा। आप सिर्फ 'ने' से काम चला रहे हैं।"

नेता बड़े परेशान। नेता का मतलब होता है, नेतृत्व करने की ताकत। ताकत चली गयी, सिर्फ नेतृत्व रह गया। 'ता' के साथ ताकत गयीं। तालियां खत्म हो गयीं, जो 'ता' के कारण बजती थीं। ताजगी नहीं रही। नेता बहुत चीखे—मेरे खिलाफ यह हरकत विरोधी दलों ने की है। इसमें विदेशी शक्तियों का हाथ है। यह मेरी छवि धूमिल करने का प्रयत्न है। पर जिसका 'ता' चला गया, उस 'नेता' की सुनता कौन है ? सी. आइ. डी. लगायी गयी, सी. बी. आइ. ने जांच की, रॉ की मदद ली गयी। 'ता' नहीं मिला।

नेता ने एक सेठ जी से कहा, "यार, हमारा 'ता' गायब है। तुम्हारे ताले में से 'ता' हमें दे दो।"

सेठ कुछ देर सोचता रहा। फिर बोला, "यह सच है कि 'ले' की मुझे जरूरत रहती है, क्योंकि 'दे' का तो काम नहीं पड़ता, मगर ताले का 'ता' चला जायेगा, तो 'ले' को रखेंगे कहां ? सब इन्कम टैक्सवाले ले जायेंगे। तू नेता रहे कि ना रहे, मैं ताले का 'ता' तो तुझे नहीं दूंगा। 'ता' मेरे लिए बहुत जरूरी है। कभी तालाबंदी करनी पड़ी तो ? ऐसे वक्त तू तो मजदूरों का साथ देगा। मुझे 'ता' थोड़े देगा !"

सेठ जी को नेता ने बहुत समझाया, "जब तक नेता रहूंगा, मेरा 'ता' आपके ताले का समर्थन और रक्षा करेगा। आप 'ता' मुझे दे दें और फिर 'ले' आपका। लेते रहिए, मैं कुछ नहीं कहूंगा।"

सेठ जी नहीं माने। नेता क्रोध में उठ कर चले आये।

विरोधी मजाक बनाने लगे। अखबारों में खबर उछली कि कई दिनों से नेता का 'ता' नहीं रहा। अगर 'ने' भी चला गया, तो ये कहीं का नहीं रहेगा। खुद नेता के दल के लोगों ने दिल्ली जा कर शिकायत की—आपने एक ऐसा नेता हमारे सिर पर थोप रखा है, जिसके 'ता' नहीं है।

नेता दुखी था, पर उसमें इतनी हिम्मत नहीं थी कि वह जनता में जाये और कुबूल करे कि उसमें 'ता' नहीं है। यदि वह ऐसा करता, तो जनता शायद अपना 'ता' उसे दे देती। पर उसे डर था कि जनता के सामने उसकी पोल खुल गयी तो क्या होगा ?

एक दिन उसने अजीब काम किया। कमरा बंद कर जूता में से 'ता' निकाला और 'ने' से चिपका कर फिर नेता बन गया। यद्यपि उसके व्यक्तित्व से दुर्गंध आ रही थी, मगर वह खुश था कि चलो, नेता तो हूं। केंद्र ने भी उसका समर्थन किया। पार्टी ने भी कहा, "जो भी नेता है, ठीक है। हम फिलहाल परिवर्तन के पक्ष में नहीं।"

समस्या सिर्फ यह रह गयी कि लोगों को इस बात का पता चल गया। आज स्थिति यह है कि लोग नेता को देखते हैं और अपना जूता हाथ में उठा लेते हैं। उन्हें डर है कि कहीं वह उनके जूतों में से 'ता' न चुरा ले।

पत्रकार अक्सर प्रश्न पूछते हैं—"सुना आपका 'ता' गायब हो गया था पिछले दिनों ?" वे धीरे से कहते हैं, "गायब नहीं हो गया था। वो बात यह थी कि माताजी को चाहिए था, तो मैंने उन्हें दे दिया था। आप तो जानते हैं, मैं उन्हें कितना मानता हूं। आज मैं जो भी कुछ हूं, उनके ही कारण हूं। वे 'ता' क्या मेरा 'ने' भी ले लें, तो मैं इन्कार नहीं करूंगा।"

ऐसे समय नेता की नम्रता देखते ही बनती है। लेकिन मेरा विश्वास है मित्रो, कि जब भी संकट आयेगा, नेता का 'ता' नहीं रहेगा, लोग निश्चित ही जूता हाथ में ले आगे बढ़ेंगे और प्रजातंत्र की प्रगति में अपना योग देंगे।

नाई-नाई कितने बाल, सामने नहीं आयेंगे श्रीमान

उनके बाल सीधे खड़े थे और उनमें हल्की-सी मांग निकली हुई थी। आयोग के कक्ष में घुसने के पूर्व अभी-अभी उन्होंने बरामदे में खड़े-खड़े जेब से कंघी निकाल अपने बाल संवारे थे और तब वे अंदर आये थे।

आयोग के वकील ने प्रश्न किया, "आपके सिर पर बाल हैं या नहीं ?"

"मुझे नहीं पता।" उन्होंने उत्तर दिया। उत्तर देने के बाद वे गर्व से दर्शकों की तरफ घूमे और मुसकराये।

"क्या आप नहीं जानते कि आपके सिर पर बाल हैं ?" वकील ने फिर प्रश्न किया।

"जी नहीं, मैं नहीं जानता।"

"आपको कभी आईना देखने का अवसर नहीं प्राप्त हुआ ?"

"जी नहीं। मैं आईना नहीं देखता।"

"आप अपनी शक्ल से डरते हैं ?"

जोर से ठहाका लगा।

"जी नहीं। मैं किसी की शक्ल से नहीं डरता। अपनी शक्ल से भी नहीं।" उन्होंने मुस्करा कर उत्तर दिया।

"आपके बारे में यह कहा जाता है कि आपके सिर पर बाल हैं।"

"मैं ऐसी झूठी खबरों पर विश्वास नहीं करता।"

वकील थोड़ा ऊब चुका था। उसने नये सिरे से सवाल उठाया।

"कभी आपने हाथ फेर यह देखा कि आपके सिर पर बाल हैं या नहीं ?"

"जी नहीं।"

"क्यों ?"

"मैं जिस पद पर था उसमें यह जरूरी नहीं था कि मैं सिर पर हाथ फेरूं।"

"क्या यह आपके कर्तव्यों में नहीं आता था ?"

"आता होगा। मैंने कभी इसकी जरूरत नहीं समझी।"

वकील क्रोधित हो चुका था। उसने जोर दे कर पूछा, "क्या आप यह कहना चाहते हैं कि आप गंजे हैं ?"

"मैंने ऐसा कभी नहीं कहा।"

"मैं कह रहा हूं कि आपके सिर पर बाल हैं।" वकील चीखा।

"तो आप गवाही दीजिए, मुझे यहां क्यूं खड़ा कर रखा है ?"

इस पर फिर लोगों में ठहाका लगा। उन्होंने फिर गर्व से लोगों की ओर देखा।

"आप बताना क्यों नहीं चाहते कि आपके सिर पर बाल हैं या नहीं ?"

"मैं कह चुका हूं महाशय, कि मैंने तब गोपनीयता की शपथ ली थी और मैं शासकीय रहस्य उद्घाटित नहीं कर सकता।"

"हम शासकीय रहस्य नहीं, आपका रहस्य जानना चाहते हैं।"

"मेरा कोई रहस्य नहीं।"

"आपके सिर पर बाल हैं या नहीं ? आप गंजे हैं, या आपने विग लगा रखा है ? या असली बाल हैं ? आयोग यह जानना चाहता है।"

"मैं जानता होता, तो मुझे बताते हुए खुशी होती।"

"आप जानते हैं।"

"मैं नहीं जानता।"

"सारा देश देख रहा है कि आपके सिर पर बाल हैं और आप कहते हैं मैं नहीं जानता !"

"मैं यही कहना चाहता हूं श्रीमान, कि हमें यहां बुलाने के पहले से आप लोगों ने चंद धारणाएं बना रखी हैं, जिन्हें हम पर थोपा जा रहा है। यह जो कुछ चल रहा है, हमारी चरित्र-हत्या का प्रयास और राजनीतिक स्टंट है। हम इसका विरोध करते हैं।" वे आयोग की ओर देख कर गरजे।

"मैं आपको बता दूं कि ऐसी कोई पूर्व धारणा हमने नहीं बनायी है, हम सिर्फ इस वास्तविकता का पता लगाना चाहते हैं कि आपके सिर पर बाल हैं या नहीं ?" —आयोग ने उन्हें शांत करते हुए वकील से कहा, "आप पूछिए।"

"आपके सिर पर बाल हैं या नहीं ?"

"मुझे नहीं पता।"

"श्रीमान, मुझे इनसे कोई प्रश्न नहीं करना। ये जा सकते हैं।"

"आप जा सकते हैं।" आयोग ने उनसे कहा।

वे आदर से झुके, गर्व से मुसकराये और सीना तान आयोग के कक्ष के बाहर निकल गये। स्वयंसेवकों, चमचों और फालतू नारा लगाने वालों की एक जमात ने उन्हें घेरा और उनकी जयजयकार के नारे लगाये। उन्होंने जेब से कंघी निकाल बालों पर फेरी और उसी मेटाडोर में घुस गये, जिससे आये थे।

मेटाडोर चली गयी।

उन लोगों ने फिर कहा--"बोल असत्यनाराण भगवान की....।" सबने कहा—"जय !"

फिर वे आयोग के सम्मुख नये गवाह के उत्तर सुनने लगे।

"आपके हाथों में कितनी उंगलियां हैं ?" वकील ने प्रश्न किया।

"मुझे नहीं पता।" उत्तरों की शुरुआत हुई।

महंगाई

शेक्सपिअर का पात्र, 'खूने-नाहक' का हीरो हेमलेट बाजार में थैली लिए खड़ा है—खरीदूं या नहीं खरीदूं। महंगाई इतनी बढ़ गयी है कि बेटे का दिमाग काम नहीं कर रहा।

कल वशिष्ठ अयोध्या आये और राजा दशरथ से बोले—"आश्रम की शांति भंग हो गयी, राक्षसगण बहुत उत्पात मचाते हैं।" दशरथ ने कहा—"राम और लक्ष्मण को ले जाओ। वे तीर मार-मारकर राक्षसों का नाश कर देंगे।" गुरु वशिष्ठ बोले—"नहीं राजन, इस महंगाई में खुद का पेट पालना तो मुश्किल है। ऊपर से इन दो राजकुमारों का खर्चा कहां से बर्दाश्त करूंगा ?"

पांच भाई पांडव, बरसों से संयुक्त परिवार में रहते आए थे। परिवार में अकेला भीम चार के बराबर राशन खाता था। महंगाई इतनी बढ़ी कि युधिष्ठिर, अर्जुन, नकुल, सहदेव से नहीं रहा गया। उन्होंने भीम से कहा—"ऐ भाई, तू अपना अलग इंतजाम कर ले।"

इस महंगाई ने मनुष्य क्या देवताओं के हालात पतले कर दिये हैं। देवताओं ने इस उम्मीद से फिर समुद्र-मंथन किया कि शायद कुछ हाथ लगे। कुछ नहीं मिला। दुबई से आते तीन स्मगलर लपेट में आ गये जिन्हें पुलिस पकड़ ले गई। थके-हारे, भूखे-प्यासे देवता घर लौट आए।

कल नारदजी रास्ते में मिले। मैंने कहा—"गुरुवर किधर ?" बोले—"आजकल पक्के गाने की प्रायवेट टयूशन करने लगा हूं। इस महंगाई में नारायण-नारायण करने से पेट नहीं भरता।"

भगवान बुद्ध बोधिवृक्ष के नीचे तपस्या कर रहे थे। आंखें खोलीं तो देखा—सामने सुजाता खड़ी है। बोले, "मेरे लिए खीर लाई हो !" सुजाता ने कहा—"तथागत, तुम तो पेड़ के नीचे आंखें मूंदे बैठे हो, तुम्हें क्या पता बाजार में शक्कर-दूध और चावल के भाव क्या चल रहे हैं। अब खीर बनाना गरीब सुजाता के बस की बात नहीं।"

दास कबीर बाजार में लुकाटी हाथ में लिए खड़े हो गये। बोले, "जो घर फूंके आपना वो चले हमारे साथ।" सामने वाले मकान से दास कबीर का एक शिष्य बाहर आया। बोला, "मैं चलता हूं गुरु, मगर घर फूंकने पर क्यों जोर देते हो ? इसे किराए पर उठा देते हैं। थोड़ी मंथली इन्कम हो जाएगी तो गुरु-चेला दोनों का काम चलेगा।"

आटा-दाल हो या सोना-चांदी, सभी चीजों के दाम बढ़ गये हैं। राजा राम चक्रवर्ती बनने के लिए राजसूय यज्ञ करने बैठे। पंडितों ने कहा, "या तो तुम असली सीता को लाओ या उसी के वजन की स्वर्ण की सीता बिठानी होगी।" राम को समझ में नहीं आ रहा कि ऐसी महंगाई में इतना गोल्ड कहां से लाएं। वे बजाय गोल्ड की सीता बैठाने के असली सीता की खोज में जंगल की तरफ चल पड़े। इस महंगाई में हर मर्यादा पुरुषोत्तम को अपनी आर्थिक मर्यादा का पता चल गया।

सिंकदर यूनान से चला और कई मुल्क फतह करता हुआ हिंदुस्तान आ गया। यहां आकर उसने साथियों से पूछा—"बोलो, क्या करें ? आगे बढ़ें या लौट चलें ?" साथियों ने कहा, "सिकंदर, खैर इसी में है कि हम यूनान लौट चलें। यह मुल्क बहुत महंगा है। यहां के दुकानदार हमारी सारी कमाई लूट लेंगे।"

और सिकंदर यूनान लौट गया।

हुमायूं सख्त बीमार है। उसका बाप बाबर दुआ कर रहा है—"या अल्लाह, मेरे बेटे को चंगा कर दे। उसके बदले में मेरी जान ले ले। दवाइयां और इंजेक्शन बहुत महंगे हो गये हैं खुदा ! अब तू हुमायूं को बचा और मुझे उठा ले ताकि इसकी भी तकलीफ दूर हो और मेरी भी।"

आज जहांगीर ने पिछले माह का शराब का बिल देखा और बिना पिये लड़खड़ा कर गिर पड़ा। बोला, "नूरेजहान, आज से हम देशी ठर्रा पीएंगे। रम और व्हिस्की बहुत महंगी हो गयी है।" नूरजहां ने कहा, "शुक्र है खुदा का। अगर ऐसी ही महंगाई रही तो एक दिन आप यह भी छोड़ नेक इंसान की जिंदगी बिताने लगेंगे।"

आज संगमरमर के भाव पूछने के बाद शाहजहां ने ताजमहल का एस्टीमेट बनवाया और हुक्म दिया—"ताजमहल संगेमरमर का नहीं बनेगा। हम कार्डबोर्ड का ताजमहल बनवाएंगे। अल्ला कसम, सस्ता भी होगा और खूबसूरत भी।"

आज राजा भरथरी ने पिंगला से कहा—"मैं संन्यास ले रहा हूं।" आंखों में आंसू ला पिंगला ने कहा—"राजा, जाते-जाते मेरे एक प्रश्न का उत्तर दे दे। तू चला जाएगा तो किरोसिन के क्यू में कौन खड़ा रहेगा ?"

भरथरी के पांव रुक गये। इस प्रश्न का उत्तर तो गुरु गोरखनाथ के पास भी नहीं था।

वर्षों तपस्या करने के बाद भगवान ने भक्त को दर्शन दिये। भक्त ने कहा, "प्रभु, मुझे कोई ऐसा मार्ग बताएं जिससे जीवन सुखी हो।" प्रभु ने कहा—"भाव और बढ़नेवाले हैं वत्स, स्टाक कर ले। जीवन का सुख इसी में है।"

आज गंगा के किनारे अपने पुरखों का तर्पण करते हुए उस व्यक्ति ने कहा—"हे पुरखो, इस महंगाई में तुम्हारा श्राद्ध करना मेरे वश की बात नहीं है। तुम्हें मुक्ति मिले या न मिले, मुझे मुक्ति दो, मुझे मुक्ति दो, मुझे मुक्ति दो !"

गिरफ्तारी

गिरफ्तार करने और गिरफ्तार किये जाने की खबरें आपने अक्सर पढ़ी होंगी। आज़ादी के आन्दोलन के समय अंग्रेज सरकार नेताओं को गिरफ्तार करती। नेता अपना काम करते थे। सरकार कहती थी, ये गैर-कानूनी है और गिरफ्तार कर लेती थी।

अब ऐसा नहीं है। अब गिरफ्तारी दी जाती है। लोग गिरफ्तारी देने जाते हैं।

"कहां जा रहे भाई साहब ?"

"यों ही। सोच रहा हूं गिरफ्तारी दे आऊं।"

"किसे देंगे ?"

"जो भी ले ले।"

और वह गिरफ्तारी देने चला जाता है।

"साहब, हमारी गिरफ्तारी ले लीजिये।"

"उधर लाइन में खड़े हो जाइये।"

"इंस्पेक्टर साहब, माफ कर दीजिये। हम गिरफ्तारी के लिये दो दिन से चक्कर काट रहे हैं, कोई सुनवाई नहीं हो रही।"

"क्या करें भई, जितनी ले सकते हैं ले रहे हैं, इतना कम स्टाफ है, कितनों की लें! ऊपर से बड़े लोगों के प्रेशर आते हैं। ये हमारी जात का है। ये दूर से आया है। अब आप ही बताइये, किस-किस की गिरफ्तारी लें ?"

ये सरासर अन्याय है पुलिस विभाग का। लोग गिरफ्तारी देना चाहते हैं और उनकी गिरफ्तारी ली नहीं जा रही। यदि ली नहीं गई तो हमारी गिरफ्तारी है किस काम की ! सड़ रही है फ़िज़ूल।

"साहब, जल्दी लीजिये हमारी गिरफ्तारी। बेकार टाइम वेस्ट हो रहा है।"

"शांत रहिये। शांत रहिये। सबकी गिरफ्तारी ली जायेगी। बैठ जाइये। सबका नंबर आयेगा। चिंता न करें।"

और लोग अपनी-अपनी गिरफ्तारी जेब में लिये इंतज़ार करते हैं। देनी है।

"लाओ भई, किस-किस को गिरफ्तारी देनी है ?"

"हमारी ले लीजिये साहब, प्लीज़ हमारी गिरफ्तारी ले लीजिये।"

"कहिये भाई साहब, दे आये गिरफ्तारी ?"

"जी, दे आये।"

"अब कैसा लग रहा है ?"

"अच्छा महसूस हो रहा है।"

"आपने नहीं दी गिरफ्तारी ?"

"सोच रहा था, मगर दो दिन बाद लड़के की बर्थ-डे है। वो हो जाये, फिर दे आता हूं।"

सरकार को देने के लिये सबके पास एक-एक गिरफ्तारी है। देश में पता नहीं कितनी गिरफ्तारियां सरकार को दी जाने के लिये पड़ी हैं। सरकार अगर प्रति गिरफ्तारी पांच सौ रुपया फीस लगा दे तो पुलिस विभाग का खर्चा निकल सकता है। यह भी हो सकता है कि पुलिस को कुछ खिला-पिला कर गिरफ्तारी देनी पड़े।

गिरफ्तारी देने से राजनीति में कैरियर बनता है। कल जब मुन्सीपाल्टी या विधानसभा के टिकिट बटेंगे तब उम्मीदवार से पूछा जायेगा, "तुमने गिरफ्तारी दी या नहीं दी ?"

"श्रीमान, दी।"

"कितनी बार दी ?"

"पांच बार दी।"

"शाबास ! बोलो, कहां का टिकिट चाहिये ? विधान सभा या नगर निगम ?"

हमें तो दुकान के लिये किरोसिन की एजेंसी दिला दीजिये भाई साहब !

अपने-अपने भ्रष्टद्वीप

नेता चीख कर कहता है....प्रगति करो। सबसे जरूरी है प्रगति। जो जहां जिस हाल में है वहां से प्रगति करे। सिद्धान्त ही नहीं, भ्रष्टाचार, पाखंड, अभाव, जीवन जी लेने की स्थितियां नहीं होने पर भी प्रगति करो। बाकी काम काँग्रेस सरकार पर छोड़ दो। तुम्हारे प्रगति करने में व्यस्त रहने के कारण जो शेष काम रह गये हैं, वह सरकार कर देगी। प्रगति आधुनिक मनुष्य का चस्का है। अपनी नौकरी लगते ही देश की आधी बेकारी की समस्या समाप्त हो जाती है। शेष बचती है आधी, छोटे भाई की नौकरी लगते ही वह भी खत्म। प्रगति हमारी समस्याओं का हल है। हमारा फ्लैट बनते ही मकान की समस्या देश में तीन चौथाई हल हो जाती है। शेष बची पाव, तो फ्लैट की ऊपरी मंजिल उठने पर वह भी समाप्त। प्रगति किये बिना समस्याएं नहीं मिटेंगी। देश में बेरोज़गारी है। तुम नौकरी ढूंढो। नौकरी रिश्वत देने से मिलती है, रिश्वत दो। प्रगति करो। नौकरी मिलना प्रगति है। लाभ मिलना प्रगति है। निजी सुरक्षा प्रगति है। सुखी जीवन प्रगति है। मेरी पी.एच.डी. शिक्षा की प्रगति है, मेरा कारखाना उद्योग की।

लोग चीख कर कहते हैं भ्रष्टाचार नहीं होना चाहिए। जिस दिन हम रेल से यात्रा कर रहे होते हैं, उस दिन बर्थ देने वाले को अधिक पैसा नहीं खाना चाहिए। जब हम थाने में जाएं उस दिन हमसे थानेदार रिश्वत न ले। जब मैं लोकसेवा आयोग के सम्मुख आऊं तब वहां भ्रष्टाचार न हो। लोग चीख कर कहते हैं। जब अनेक एकाकी स्वर एक साथ सुनाई दें तो वे कोरस का भ्रम उत्पन्न करते हैं। वास्तव में यह कोरस नहीं है। यह लाखों निजी स्वर हैं। हर व्यक्ति जहां वह फंसा है वहां पर भ्रष्टाचारहीनता का एक सुरक्षित द्वीप चाहता है। आर. टी. ओ. का दफ्तर जैसा चल रहा है, चलता रहे, मगर जब हम अपना ट्रक लेकर जाएं हमें खिलाना-पिलाना न पड़े। हमारा माल स्टेट के बाहर निकल जाए, और स्मगलिंग समाप्त हो। स्मगलिंग बुरी चीज है।

मगर इन भोले-भाले लोगों से ज्यादा दमदार कुछ और लोग हैं जिनकी गिनती भी इनसे कम नहीं। वे इससे एकदम उलटा चाहते हैं। वे चाहते हैं कि सारे देश में भ्रष्टाचार न हो, सिर्फ उस स्थल को छोड़कर जहां वे कार्यरत हैं। जिस आर. टी.ओ., लोक कर्म विभाग, स्वास्थ्य विभाग में उनका कुछ निकलता है और उनका काम निकलता हो तो वहां के बाबू और अफसर रिश्वत लें और उनका काम कर दें, ताकि समय की बचत हो और न्याय का दुरूह रास्ता न चलना पड़े। मगर वे

कामना करते हैं कि विश्वविद्यालयों, राजनैतिक पार्टियों या न्यायालयों में भ्रष्टाचार न हो। वे अपनी प्रगति के आकांक्षी हैं। खुले जनपथ पर चलकर निजी प्रगति नहीं होती। अतः वे गली-गलियारों का उपयोग करते हैं। सारे देश में प्रगति की हवा है। नेताओं का यही संदेश है। हर मुसीबत का सामना करते, उसका हल खोजते, आगे बढ़ो। सामने खड़ा स्वास्थ्य विभाग का क्लर्क बिना दवाई सप्लाय हुए बिल पर ध्यान नहीं दे रहा। प्रगति के मार्ग में हाय, यह कैसा रोड़ा ! इसे रिश्वत दे एक तरफ हटाओ, ताकि निजी आर्थिक उन्नति का रथ आगे बढ़े। चौराहे की रात्रि सभा में नेता चिल्लाकर कहता है कि देश में व्याप्त भ्रष्टाचार समाप्त होना चाहिए। यह उसकी ईमानदार इच्छा है, उसके दल का मेनिफेस्टो है। संकल्प है। मगर उसके दल को राजनैतिक प्रगति करनी है। प्रभाव बढ़ाना है, चुनाव जीतना है, सो वह दो नंबर की कमाई का पैसा ग्रहण करता है। चारों तरफ पवित्र सामाजिक एवं राजनैतिक वातावरण हो, भ्रष्टाचारहीनता की फ़िज़ा बने, मगर सिर्फ मेरे लिए, मुझ भर के लिए सुविधा हो कि भ्रष्ट तरीके से आगे बढ़ सकूं। प्रगति हर देशवासी का प्रायवेट मामला है, और उसे अपने तरीके से उसे सुलझाना होगा। रेलवे में भ्रष्टाचार चलता रहे ताकि मुझे एक सीट मिलती रहे, पांच रुपया ज़्यादा देकर। शिक्षा में भ्रष्टाचार बना रहे, जिससे मेरे लड़के को एडमीशन मिल जाए। नगर निगम में भ्रष्टाचार है, यह प्लाट का नक्शा पास करवाने वाले के लिए कितनी खुशी की बात है ! और साथ ही ये सब वे नाराज लोग हैं जो चाहते हैं कि देश में भ्रष्टाचार न हो। पवित्र लहरों के सागर में एक द्वीप बना रहे जहां वे भ्रष्टाचार कर अपनी प्रगति कर सकें। छब्बीस वर्षों से ऐसे द्वीप बनाने की निजी कोशिशों से एक विराट भूखंड बन गया है। कोई जगह अछूती नहीं रही। क्यों रहे, जब सबको प्रगति करनी है तो क्यों रहे ?

देश के हर छोर पर अहमदाबाद मच गया। उसके साथ सभी सोचने लगे कि ऐसा पूरे देश में हो। आँधी आये और व्याप्त भ्रष्टाचार समाप्त हो। यह कामना उन सबकी है जो टेंडर पास करते हुए रिश्वत लेते और देते हैं। परीक्षाओं के मार्क्स बढ़ाते और बढ़वाते हैं, लोकसेवा आयोग में जाति और पैसे के प्रभावों का उपयोग करते हैं। दस रुपया दे बर्थ पर लेटे अखबार पढ़ते हुए अहमदाबाद की प्रशंसा करते हैं। अपना एक अदद भ्रष्टद्वीप बना रहे और शेष जगह लहर उमड़े। सब जगह अहमदाबाद सा हो। राष्ट्र के प्रति कैसा प्रेम है, कितना गहरा, कितना सही। ट्रेड यूनियन का चन्दा खाने वाला नन्हा नेता और कोऑपरेटिव में गबन करने वाला भी अहमदाबाद की ओर आशाभरी निगाह से देख रहा है। भावुक छात्रों की जोशीली राजनीति से उमड़ी हवा हमें किस हद तक स्थानीय फायदे दे सकती है, मन ही मन हिसाब लग रहा है।

कांग्रेस के पास विरोधियों की खोपड़ी तोड़ने के लिए समाजवाद का नारा शस्त्र की तरह उपयोगी रहा, जो इधर भोथरा हो रहा है। इसके जवाब में विरोधियों का शस्त्र है—भ्रष्टाचार की समाप्ति, जो इधर तेज़ हो रहा है। यह अपने आप में कांग्रेस-

विरोधी गुजरात के नेताओं का कम कमाल नहीं है कि महंगाई और अभाव के विरुद्ध आरंभ हुए युवा आन्दोलन का रुख बदल उन्होंने उसे भ्रष्टाचार के विरुद्ध और वर्तमान नेतृत्व के विरुद्ध कर दिया। मंहगाई और अभाव के खिलाफ छिड़ी लड़ाई अफसरशाही, जमाखोरों और पूंजीपतियों के खिलाफ पड़ती, सो अब उसका रुख घूमकर कांग्रेसी मंत्रियों के खिलाफ हो गया। इसका लाभ मिलेगा, सत्ता परिवर्तन। मोरारजी देसाई व्यर्थ ही उत्साहित नहीं हो रहे हैं। ऐसा आन्दोलन, जिस पर युवा पीढ़ी की सील लगी हो, जो पूंजीवादी ढांचे को बरकरार रखते हुए सत्ता को बदलने में सहायक हो, बहुत लाभप्रद है। इस हवा का तात्कालिक लाभ लेने के बाद उन युवकों को नवनिर्माण के नाम पर, सामाजिक कार्यों के नाम पर, चरित्र और ईमानदारी का नारा देकर सहज ही भगाया जा सकता है। इसके लिए दो-चार लड़कों को मंत्री-पद भी दे दिये जाएंगे। जहां तक रहा भ्रष्टाचार दूर होना और उसका सवाल, तो कौन कंबख्त इससे इन्कार कर सकता है ? भ्रष्टाचार आधा तो उसी दिन दूर हो जाता है जिस दिन भ्रष्ट लोगों के हाथ सरकार आ जाती है। रिश्वत देकर काम कराने वाले जब खुद गवर्मेनट बन जाएं तो रिश्वत की जरूरत नहीं रह जाती।

छब्बीस वर्षों से हर कांग्रेसी नेता, शासन और प्राध्यापकों ने छात्रों से यही आग्रह किया है कि राजनीति में मत पड़ो। अध्ययन करो, ताकि प्रगति कर सको। प्रगति अर्थात नौकरी। नेता डरते थे कि कहीं छात्र राजनीति में कूद गये तो हमारे हाथ से नेतृत्व चला जाएगा। वे यही नेक सलाह देते रहे। कांग्रेस में परिवर्तन आया, मगर छात्रों को वही उपदेश दिये गये। लीजिये, प्रगति का संदेश बांटने वाले नेताओं के सम्मुख प्रस्तुत है—थाली बजाती, त्यागपत्र लिखवाती, नेताओं के सिर मूंड़े गये गधे पर घुमाती हुई उन छात्रों की भीड़, जिन्हें राजनीति से दूर रखा गया। जो छात्र जमाखोरों और वितरण में अकुशल सरकार के खिलाफ निकले थे, वे उस बात को छोड़ विधान सभा बदलने और पुराने नेतृत्व को फिर हावी करने के काम में जुट गये। गलियारे तलाशने वालों को छात्रों की कृपा से राजपथ मिल गया।

जब समाजवाद का नारा हवा में था, सत्ता पुरानी कांग्रेस के हाथ में से छिन रही थी, तब एक ताजा समाजवादी बने कांग्रेसी ने मुझ से कहा था, "जोशीजी, यदि आप इस समाजवाद के नारे में सत्ता की राजनीति से अधिक गहराई देख रहे हैं तो आप जैसा मूर्ख दूसरा नहीं।"

और उसी तरह अहमदाबाद से उठी भ्रष्टाचार विरोधी हवा में आज यदि मैं सत्ता की राजनीति से अधिक गहराई खोजूं तो मुझ-सा मूर्ख दूसरा न होगा।

एक नारा उठा, सत्ता मिल गयी। दूसरा उठा, सत्ता चली गयी। हाय रे संसार-सागर !

इक्कीसवीं सदी

आप जानते हैं कि जो आनेवाली होती है वह तभी आती है जब वह आनेवाली होती है। फिर वह आपकी प्रेमिका कन्या हो या राजीव गांधी की इक्कीसवीं सदी। बार-बार सुन कर और बार-बार पढ़ कर मैं इक्कीसवीं सदी को लेकर इतना उत्सुक और इतना उतावला हो गया हूं कि वह आसपास कहीं हो तो मैं उसमें प्रवेश करना चाहूंगा। मगर जैसा कि होता है, कि कोयल तभी कूकती है जब उसे कूकना होता है। कलियां समय पर ही चटखती हैं, झाड़ू सुबह ही लगती है और सोलह वर्ष की सुन्दरी सोलह वर्ष में ही सुन्दर होती है। इस मामले में गवर्मेन्ट की जल्दबाजी से कुछ नहीं होगा। इक्कीसवीं सदी इस कंबख्त बीसवीं सदी की आत्मा को शांति मिले बिना नहीं आयेगी। उसमें अभी तेरह बरस बाकी हैं। बारह बरस में घूरे के दिन फिरते हैं। हमें उसके बाद एक साल और चाहिये। इक्कीसवीं सदी पूरे दिन हुए बिना जन्म नहीं लेगी। कांग्रेस पलंग पर लेटी कराहती रहे और राजीव गांधी परेशान जच्चाघर के बरामदे में टहलता रहे, मगर वह तो तभी पैदा होगी जब उसे होना है—**1999** के दिसंबर माह की इकतीस तारीख की रात के बारह बजे बाद। उसके पहले तो आपरेशन कराने से भी कुछ नहीं होगा।

मैंने तो डाक्टर से बात की। "क्यों साहब, मेरे बारे में आपका क्या ख्याल है ? मैं इक्कीसवीं सदी तक पहुंच जाऊंगा ? कहीं ऐसा न हो कि जैसे कुछ खिलाड़ी सेंचुरी बनाने से पहले नाइंटी-एट पर पेवेलियन लौट आते हैं उसी तरह मैं भी इक्कीसवीं सदी लगने से पहले ही उस आदि-अनंत पेवेलियन में लौट जाऊं।" डाक्टर ने मेरी ओर देखा और कहा—"पहुंच भी सकते हो, नहीं भी पहुंच सकते हो। हिंदी के लेखक हो। तुम्हारा क्या ठिकाना ! जी भी जाओ। मर भी जाओ।" मैंने कहा—"डाक्टर साहेब, ऐसा न बोलिये। अरे, राजीव गांधी को पूरे भारत को इक्कीसवीं सदी में पहुंचाना है तो हमें भी हिंदी व्यंग्य को इक्कीसवीं सदी में पहुंचाना है। बड़ा जिम्मेदारी का काम है। थोड़ा ताकत का इंजेक्शन दे दीजिये ना ! च्यवनप्राश तो ले ही रहे हैं।" डाक्टर ने हमारी तरफ दया से देखा। बोला—"इतना कह रहे हो तो तुम्हें पहुंचा ही देंगे इक्कीसवीं सदी। जाओ, पहले पूरा चेकप करा के आओ।" "अरे," हमने कहा—"डाक्टर साहब, रहने दीजिये। कल से आप कहेंगे, पूरा इंडिया का चेकप कराइये। इक्कीसवीं सदी में घुसने से पहले तो आपको इतनी अठारहवीं सदी मिलेगी कि आप उन्नीसवीं सदी में नहीं घुस सकते। बीसवीं सदी की तो बात

और है। फोन लगा कर देखिये, रांग नंबर न मिले तो हमारा नाम बदल दीजियेगा। अरे, कमलापति त्रिपाठी तो अपना कुर्सी का हवस छोड़ नहीं रहे हैं, आप हमारा इक्कीसवीं सदी में घुसने में क्या चेकप करियेगा ? हममें कोई रोग है, बीमारी है जो चेक कीजियेगा ? सेंटर मिनिस्टर समझ रखा है हमें या कहीं का चीफ मिनिस्टर ? वो सब इक्कीसवीं सदी में जाने के लिये एडवांस भत्ता ले रहे हैं, हम अपनी गांठ से नहीं जा सकते।"

डाक्टर ने मुझे धक्के देकर निकाल दिया। सरकारी डाक्टर था, गवर्मेन्ट की ड्यूटी पर। कुछ कह भी नहीं सकते। पर जरा आप सोचिये। राजीव गांधी कहते हैं, सब मिल कर हमें देश को इक्कीसवीं सदी तक पहुंचाना है। अब हम तो पूरा जोर लगा कर प्रधानमंत्री के कहे से देश को इक्कीसवीं सदी तक पहुंचा दें। लो भई, ले आये। तब तक हमारी तो हड्डी-पसली टूट जाये। खांसने-खंखारने लगें। दमा, अस्थमा, आप तो जानते हैं जईफी अपने आप में एक बिमारी है। और वहां पहुंचने पर हो जाय युवाओं का राज। आज भी छाती पर बैठे रहते हैं, बोलने का मौका नहीं मिलता। तो हम क्या झख मराने के लिये तेरह साल से खींच कर लायें देश को इक्कीसवीं सदी ? इसलिये हमारी सलाह यह है कि राष्ट्रपति से कह कर के अगले ही महिने भारत में इक्कीसवीं सदी डिक्लेअर करवा दो। अध्यादेश निकाल कर। ये बीसवीं सदी में बारह-तेरह साल कम हो गये तो कोई देश की उमर कम नहीं हो जायेगी। मगर जल्दी इक्कीसवीं सदी आ गई तो हम अन्य देशों से आगे तो बढ़ जाएंगे। अरे, किसी मामले में तो आगे रहे हमारा देश दूसरों से ! सब देशों की जब आयेगी। हमारी पहले आ जायेगी। क्या फरक पड़ता है ! अरे, इस उमर में देख लेंगे तो कुछ हम भी मजा ले लेंगे इक्कीसवीं सदी का।

एक दिन ऐसे ही इक्कीसवीं सदी पर सोचते-सोचते सो गये तो देर रात एक सपना आया इक्कीसवीं सदी का। क्या देखते हैं कि एक द्वार बना हुआ है। उस पर लिखा है—इक्कीसवीं सदी। मार ठसाठस पब्लिक जमा। पूरा देश ही खड़ा हुआ। ये आजकल के नेता तो दिखाई न पड़े। रहे होंगे भीड़ में। पर दूर एक नेता खड़ा माइक पर भाषण दे रहा था। इक्कीसवीं सदी में प्रवेश का उद्घाटन भाषण।

"भाइयो और बहनो, हम आपको आज नहीं एट्टी फाइव, एट्टी सेवन में प्रामिस किये थे कि हम अपना देश को इक्कीसवीं सदी में पहुंचाएंगे। तब ये विरोधी पार्टी का लोग हमारा मजाक बनाये थे। ये खुराफाती व्यंगकार लोग हम पर व्यंग-फंग कसे थे। पर हम अपना प्रामिस पर पक्का डटे रहे कि चाहे जो हो हम अपना देश की जनता के साथ इक्कीसवीं सदी में घुस कर रहेंगे। आप तनक सोचिये। आज जब दुनिया का सारा देश इक्कीसवीं सदी के अन्दर घुस रहा है तब अगर हमारा भारत इक्कीसवीं सदी में नहीं घुसता तो हमारे लिये कितना सरम का बात होता ? जरा सोचिये। हमारे नेताओं ने कितना बरस पहले तय किया था कि जैसा भी करके

मुल्क को इक्कीसवीं सदी में पहुंचाना है। इसके लिये कितना भी कुरबानी करना पड़े हम करेंगे। भाइयो, हम तब से लगे हैं। कैसा धीरे-धीरे कर के, एक-एक दिन गुजार के आज हम पूरा देश को इक्कीसवीं सदी में लेकर आये हैं सो आप जानते हैं। आपका सहयोग रहा। आपके सहयोग के बिना हमारी पार्टी, हमारी गौरमेंट आज इक्कीसवीं सदी तक नहीं पहुंच सकती थी। अगर आपका सहयोग रहा तो इक्कीसवीं क्या, बाईसवीं, तेईसवीं, चौबीसवीं, पच्चीसवीं, आप जौन सदी में कहियेगा तौन सदी में इस देश को पहुंचा देंगे।"

जोरदार तालियां बजीं। फिर नेता ने इक्कीसवीं सदी के प्रवेशद्वार का फीता काटा। "आइये भाइयो, सब शांति से आइये, एक-एक कर प्रवेश कीजिये।"

पहले नेता घुसा, फिर अफसर घुसे। फिर चमचे घुसे। भ्रष्टाचार घुसा, अनाचार, पाखंड, झूठ घुसा। फिर गरीबी घुसी, लाचारी घुसी, बीमारी घुसी, बेकारी घुसी। सब इक्कीसवीं सदी में प्रवेश करने लगे। रेंगते, लड़खड़ाते, घिसटते। सब अंदर जा रहे थे। पूरा देश अंदर जा रहा था। मैं, एक गुज़री हुई सदी का व्यंग्यकार यह सब देख रहा था।

तभी एक पुलिसवाले ने मेरी पीठ पर डंडा जड़ते हुए कहा, "ऐ बुड्ढे, देखता क्या है, आगे क्यों नहीं बढ़ता ? आगे बढ़ो, आगे बढ़ो।"

प्रहार जोरदार था मित्रो ! मेरी नींद खुल गई।

कितना महान है यह देश !

अफ़सर कुर्सी पर बैठा रहे या सो जाय, प्रशासन की क्षमता में इससे कोई गड़बड़ी दिखायी नहीं देती। सरकारी अफ़सर अपनी कुर्सी पर बैठे-बैठे ही सो लेते हैं। यों उन्हें इस कार्य के लिए आरामदेह कुर्सियाँ दी जाती हैं। सरकारी दफ्तरों के चपरासी इस मामले में अफ़सरों से कहीं अधिक प्रतिभावान हैं। वे स्टूल पर ही बैठे-बैठे ऊँघ लेते हैं।

अफ़सर दो तरह से सोता है। एक तो सामान्य नींद, जिसमें आँखें बन्द रहती हैं और दिमाग़ शान्त, और दूसरे जब आँखें तो खुली रहती हैं, सिर्फ दिमाग़ सोया रहता है। यह एक सिद्धि है, जो अनुभव से प्राप्त होती है। सरकारी अफ़सर अ "स्लीपवाकर" में सबसे बड़ा अन्तर यही है कि "स्लीपवाकर" कम-से-कम "वाक' तो करता है।

प्रशासन सोता है, तो फ़ाइलें तकियों का काम देती हैं। साधारण व्यक्ति अपने दुख-दर्द भुला कर सोता है और अफ़सर सारी दुनिया के दुख-दर्द भुला कर। साधारण व्यक्ति सोते समय यह जानता है कि उसे उठना है और वक्त पर उठना है, कल उठ कर काम करना है। प्रशासक सोते समय जानता है कि उसे उठने की कोई जरूरत नहीं। साधारण बिस्तर पर नींद मात्र नींद होती है। मगर सरकारी नींद में एक नशा होता है। अफ़सरी अहं का नशा।

और जब अफ़सर को नींद आती है, फ़ाइलें विचाराधीन रहती हैं। प्रशासन सोता है और समस्याएँ विचाराधीन रहती हैं। आग लग रही है और बुझाने का प्रश्न विचाराधीन है। मर रहे हैं और डाक्टर बुलाने का प्रश्न विचाराधीन है।

"विचाराधीन" शब्द बड़ा रोचक है। यह "नहीं" का सरकारी पर्यायवाची है। सोते हुए शासन की अक्षमता की गम्भीर अभिव्यक्ति है। विचाराधीन की कोई काल-सीमा निर्धारित नहीं। कोई भी प्रश्न कितने भी लम्बे समय तक विचाराधीन हो सकता है। इसमें समस्या विचारों के अधीन हो जाती है, सेवक या दास हो जाती है। समस्या पर विचार राज करते हैं, उसे रौंदते हैं, उठने नहीं देते। समस्या सिर उठाती है, तो विचार उसे दाब देते हैं। वे क्षण जब कोई गुत्थी, कोई मामला तथाकथित बुद्धिमानों के ज्ञानपाश में फँसा मुक्ति के लिए कराहता या छटपटाता है, विचाराधीन के क्षण होते हैं। फ़ाइल की कड़ी पीठ पर डोरियों, लाल फ़ीतों के नागपाश में बँधा कागज़ फड़फड़ाता है। यही कैद "विचाराधीन" की स्थिति है। विचार मानो एक

अंकुश है, जिसके नीचे वास्तविकता का हाथी भयभीत दबा रहता है। सोता हुआ प्रशासन वर्तमान को भविष्य और भविष्य को अति भविष्य में फेंक कर नींद लेता है और जनता को जानकारी दे दी जाती है कि प्रश्न शासन के विचाराधीन है।

यह इस देश का सौभाग्य ही है कि भगीरथ जी ने गंगा को भूमि पर लाने की कल्पना विचाराधीन नहीं कर दी। अगर समाजवाद के प्रस्ताव की तरह उस जमाने में यह कार्य खूंटी पर टाँग दिया जाता, तो गंगा नहीं आती, उत्तर प्रदेश ऐसा घना नहीं बसता और पवित्र घूँट पी कर गन्दी "पॉलिटिक्स" करने वाले लोगों की बन नहीं आती। अफसर और नेता आज चैन की नींद सोते हैं, क्योंकि वे जानते हैं कि गंगा बह रही है और लोग रामायण पढ़ रहे हैं। इस देश के भविष्य के लिए क्या रह जाता है ?

इस देश में नए सुझाव राजकुमार के ठाट से जन्म लेते हैं और कैंसर के मरीज की तरह तड़प-तड़प कर मृत्यु प्राप्त करते हैं। सारे देश में प्रस्ताव बिलबिलाते, रेंगते रहते हैं। आइडिया अचार हो जाता है, प्रस्तावों पर फफूँद लगता है। कुछ दिनों पहले कम-से-कम यह सुख था कि सारा देश कार्निवाल लगता था और नेता जादूगर नज़र आते थे। मगर अब तो वैसा भी नहीं होता। नेता बोलते हैं या नहीं बोलते, कोई फर्क नहीं पड़ता। अफ़सर जागता है या सोता है, कोई फ़र्क नहीं पड़ता। निर्णय लिये जायें या न लिये जायें, कोई फ़र्क नहीं पड़ता। कैसी परम सिद्धि मिल गयी है इस देश को ! अखबारों की हेडलाइन एक छोटी-सी काली नागिन की तरह रह-रह कर फन पटकती है, मगर धीरे-धीरे खबरों का सारा कथ्य सारहीन, सनसनीहीन हो जाता है।

जुलूस गुज़र जाते हैं, खिड़कियाँ बन्द रहती हैं। कोड़े भी पड़ें, तो कोई असर नहीं होता। मोटे तकिये, नर्म गद्दियाँ, आरामदेह कुर्सियाँ, पंखे, कूलर और खस के परदों के बीच हम कैसी सिद्धि प्राप्त कर रहे हैं ! सचमुच हमारा देश कितना महान है !

यदि जसलोक सरकारी अस्पताल होता

सरकारी अस्पताल की नर्स मरीज़ के बिस्तर के पास पहुंची और पूछने लगी—"तुम्हारा नाम क्या है ?"

"जयप्रकाश नारायण।"—मरीज़ ने कहा।

"बिस्तर खाली करो।"

"क्यों ?" जयप्रकाश नारायण ने पूछा।

"तुम मर चुके हो।"—नर्स ने कहा।

"अभी मेरा इलाज चल रहा है। मैं मरा नहीं हूँ। तुम चाहो तो मुझे पूरा चेकप करके देख लो।"

"अखबार नहीं पढ़ते क्या ? प्रधानमंत्री ने लोकसभा में कहा है, जयप्रकाश नारायण नहीं रहे। बिस्तर खाली करो।"

"मगर यह कैसे हो सकता है ?"

"तुम्हारी मृत्यु के बाद डाक्टर साहब ने ये बिस्तर दूसरे मरीज़ के नाम अलॉट कर दिया है। मरीज़ों की भीड़ कितनी है, पता है ? अजीब लोग हैं। मरने के बाद भी बिस्तर नहीं छोड़ते।"

जयप्रकाश नारायण के हाथ में डेथ सर्टीफिकेट थमा दिया गया। वे उठे। डॉक्टर के कक्ष में पहुंचे।

"डॉक्टर साहब, ये क्या धांधली है ? आप जानते हैं मैं नहीं मरा हूँ।"

"मुझे पता है, मगर मेरी सुनता कौन है ? आई. जी. पुलिस ने कह दिया, तुम मर गए। चीफ सेक्रेट्री ने कह दिया, तुम मर गये। और तो और, प्रधानमंत्री ने कह दिया, तुम मर गए। मैं गरीब डॉक्टर, बहुत छोटे पद पर हूँ। मैं इन बड़े-बड़े लोगों के खिलाफ न लिख सकता हूं, न बयान दे सकता हूं। मुझसे पूछा तो मैंने भी कह दिया, तुम मर गये।"

"फिर मैं क्या करूं ?"—जयप्रकाश नारायण ने पूछा।

"सरकारी आर्डर निकल जाने के बाद तो कुछ करना मुश्किल है।"

मरीज़ जयप्रकाश नारायण सरकारी अस्पताल से बाहर निकले। जेब में पैसे नहीं थे। दुकाने बंद थीं। सरकारी दफ्तर बंद थे। उनकी मृत्यु के शोक में सभी कामकाज रुके हुए थे। एक जगह सभा हो रही थी। मोरारजी देसाई आंखों में आंसू और उदास चेहरा लिये जयप्रकाश नारायण की सेवाओं पर भाषण दे रहे थे।

जयप्रकाश नारायण ने भाषण सुना और कुछ देर अपने मर जाने का अफसोस किया। फिर काफी देर अपने न मर पाने का अफसोस किया।

दूसरे दिन मरीज़ जयप्रकाश नारायण सरकारी दफ्तर पहुंचे। पहली और दूसरी आज़ादी की लड़ाई में भाग लेने के सिलसिले में उन्हें पेंशन मिलती थी। जयप्रकाश नारायण ने क्लर्क से अपनी इस माह की पेंशन मांगी।

"मगर आपका तो देहांत हो गया। ऊपर से लेटर आया है, यह देखिए।"

"मगर तुम देख रहे हो, मैं जिंदा हूँ।"

"हमें सरकारी कागज़ देखने और आदेश मानने की तन्ख्वाह मिलती है साहब ! आप ऊपर कोशिश कीजिए। वहां से हुकुम ले आइए। मैं तो मजबूर हूँ।"

इतना कह कर वह क्लर्क दूसरा काम देखने लगा।

जयप्रकाश नारायण दुखी मन से दफ्तर के बाहर आकर खड़े हो गए। जैसे-तैसे अपने घर पहुंचे। पटना। देखा, घर के बाहर दूसरे आदमी के नाम की तख्ती लटक रही है।

"भई, यह मेरा घर है।"

"मकान मालिक से बात करो। हमने उससे किराए पर लिया है।"

जयप्रकाश नारायण मकान मालिक के पास पहुंचे। "क्या बताएं भाई ! हम तो तुम्हें मकान किराए पर देकर पछताए। पहले सोचे थे, तुम बहुत आंदोलन किए हो जनता पार्टी के लिए तो तुम्हारा थोड़ा गवर्मेन्ट पर असर होगा, हमारे दुई-चार काम बन जाएंगे, पर हमने देखा जनता शासन में कोई तुम्हरी नहीं सुनता। हम चाह ही रहे थे कि तुम मकान खाली कर दो कि किस्मत से तुम्हारे मरने की खबर आ गई। हम कहे, चलो ये अच्छा हुआ। मगर तअज्जुब है तुम जिंदा हो। बड़ी पोल है सुसरी इस गवर्मेन्ट मां। एकौ काम हिसाब से नहीं चल रहा है। जाओ, कोई दूसरा मकान देख लो।"

जयप्रकाश नारायण ने देखा कि न वे अस्पताल में रह सकते हैं और न ही घर है रहने को, तो वे बहुत दुखी हुए। वे क्रोध में दिल्ली चले और सीधे प्रधानमंत्री मोरारजी देसाई के आवास पर पहुंचे।

"मैं प्रधानमंत्री से मिलना चाहता हूँ।"—जयप्रकाश नारायण ने सक्रेट्री से कहा।

"जिंदा आदमी से बात करने की तो उन्हें फुरसत नहीं है। मुर्दों से क्या बात करेंगे ! देख नहीं रहे, लोकसभा का सेशन चल रहा है ?"

बमुश्किल तमाम प्रधानमंत्री से भेंट हुई।

"क्या चाहिए आपको ?"

"मोरारजी भाई, मैं जिंदा हूँ। आपने कह दिया, मैं मर गया।"

"तुम मुझे झूठा साबित करना चाहते हो। कोई नहीं कह सकता कि मैं झूठ बोलता हूँ। मुझे झूठा कहने वाले खुद झूठे हैं।"

"जब मैं जिंदा था तो आपने कैसे कह दिया कि मैं मर गया ?"

"शासन की तरफ से बयान देते वक्त हम भविष्य पर दृष्टि रखते हैं। आज नहीं कल जो होना है वह होगा। तुम्हें मैंने श्रद्धांजली दी है। तुम उसके पात्र नहीं बन सके तो उसका दोषी मैं नहीं हूँ।"

"मगर मैं जिंदा हूँ।"—जयप्रकाश नारायण ने कहा।

"एक ही बात को बार-बार दोहरा कर आप मुझे मजबूर नहीं कर सकते। लोगों ने इंदिरा गांधी के बाद मुझे प्रधानमंत्री चुना है। आपको नहीं। मैं देखता हूँ आप जनता पार्टी के साथ सहयोग नहीं करते। मुझे सब खबरें मिलती रहती हैं। अगर मैंने बयान दे दिया तो आप शासन के साथ सहयोग नहीं कर सकते थे ? हमें आपके मरने की आशा थी। आपने हमारी आशा तोड़ी। मैंने कह दिया, मैं कुछ नहीं कर सकता और न करूंगा। जाइए। रहिए जिंदा। बहुत से लोग जिंदा हैं, मगर वे मेरा कुछ नहीं बिगाड़ सकते।"

जयप्रकाश नारायण बाहर आ गये। सोचने लगे, सरकारी अस्पताल की बजाय प्रायवेट में भरती होते तो ठीक रहता। हमारे मरने-जीने से गवर्मेन्ट का ताल्लुक तो नहीं रहता।

बाहर कुछ लोग एक मुर्दे को तरकटी पर लिए बैठे थे।

"क्या बात है ?"—जयप्रकाश नारायण ने पूछा, "आप लोग यहां क्यों बैठे हैं ?"

"ये मर चुका है, मगर गवर्मेन्ट मानने को राजी नहीं। जलाना चाहते हैं, मगर परमीशन नहीं मिल रही।"

तभी प्रधानमंत्री बाहर आए और उन लोगों से बोले—"मुझे आई.जी. पुलिस ने बताया कि यह शख्स मर गया है। चीफ सेक्रेट्री ने भी लिखा है कि यह मर गया है। मगर मैं जब तक अपने तरीके से जांच-पड़ताल नहीं कर लूंगा, यह घोषणा नहीं करूंगा कि यह मर गया। जयप्रकाश नारायण के मामले में मुझसे जो गलती हुई उसे अन्य मृत व्यक्तियों के मामलों में मैं फिर नहीं दोहराऊंगा। आप लोग मुझे ऐसा करने के लिए मजबूर नहीं कर सकते।"

जयप्रकाश नारायण एक साधारण आदमी की तरह खड़े यह सब सुन रहे थे और मन ही मन यह सोच दुखी थे कि मैंने जिंदा रह कर शासन को कितनी परेशानी में डाल दिया। मैं मर जाता तो आज इन नेताओं के चेहरों पर कितनी खुशी होती !

वे यही सोचते धीरे-धीरे एक ओर चल दिए।

तीस साल का इतिहास

कांग्रेस को राज करते तीस साल बीत गये। कुछ कहते हैं, तीन सौ साल बीत गये। गलत है। सिर्फ तीस साल बीते। इन तीस सालों में कभी देश आगे बढ़ा, कभी कांग्रेस आगे बढ़ी। कभी दोनों आगे बढ़ गए, कभी दोनों नहीं बढ़ पाये। फिर यों हुआ कि देश आगे बढ़ गया और कांग्रेस पीछे रह गई। तीस सालों की यह यात्रा कांग्रेस की महायात्रा है। वह खादी भंडार से आरंभ हुई और सचिवालय पर समाप्त हो गई।

पूरे तीस साल तक कांग्रेस हमारे देश पर तंबू की तरह तनी रही, गुब्बारे की तरह फैली रही, हवा की तरह सनसनाती रही, बर्फ सी जमी रही। पूरे तीस साल तक कांग्रेस ने देश में इतिहास बनाया, उसे सरकारी कर्मचारियों ने लिखा और विधानसभा के सदस्यों ने पढ़ा। पोस्टरों, किताबों, सिनेमा की स्लाइडों, गरज़ यह है कि देश के जर्रे-जर्रे पर कांग्रेस का नाम लिखा रहा। रेडियो, टीवी, डाक्यूमेंटरी, सरकारी बैठकों और सम्मेलनों में, गरज़ यह कि दसों दिशाओं में सिर्फ एक ही गूंज थी और वह कांग्रेस की थी। कांग्रेस हमारी आदत बन गई। कभी न छूटने वाली बुरी आदत। हम सब यहां-वहां से, दिल-दिमाग और तोंद से कांग्रेसी होने लगे। इन तीस सालों में हर भारतवासी के अंतर में कांग्रेस गेस्ट्रिक ट्रबल की तरह समा गई।

जैसे ही आज़ादी मिली, कांग्रेस ने यह महसूस किया कि खादी का कपड़ा मोटा, भद्दा और खुरदुरा होता है। और बदन बहुत कोमल और नाजुक होता है। इसलिए कांग्रेस ने यह निर्णय लिया कि खादी को महीन किया जाए, रेशम किया जाए, टेरेलीन किया जाए। अंग्रेजों की जेल में कांग्रेसी के साथ बहुत अत्याचार हुआ था। उन्हें पत्थर और सीमेंट की बेंचों पर सोने को मिला था। मगर आज़ादी के बाद अच्छी क्वालिटी की कपास का उत्पादन बढ़ाया गया, उसके गद्दे-तकिए भरे गए और कांग्रेसी उस पर विराज कर, टिक कर देश की समस्याओं पर चिंतन करने लगे। देश में समस्याएं बहुत थीं, कांग्रेसी भी बहुत थे। समस्याएं बढ़ रही थीं, कांग्रेस भी बढ़ रही थी। एक दिन ऐसा आया कि समस्याएं कांग्रेस हो गईं और कांग्रेस समस्या हो गई। दोनों बढ़ने लगे।

पूरे तीस साल तक देश ने यह समझने की कोशिश की कि कांग्रेस क्या है ? खुद कांग्रेसी यह नहीं समझ पाया कि कांग्रेस क्या है ? लोगों ने कांग्रेस को ब्रह्म की तरह नेति-नेति के तरीके से समझा। जो दाएं नहीं है वह कांग्रेस है। जो बाएं

नहीं है वह कांग्रेस है। जो मध्य में भी नहीं है वह कांग्रेस है। जो मध्य से बाएं है वह कांग्रेस है। नहीं, जो वहां भी नहीं सो कांग्रेस है। मनुष्य जितने रूपों में मिलता है, कांग्रेस उससे ज़्यादा रूपों में मिलती है। कांग्रेस सर्वत्र है। हर कुर्सी पर है। हर कुर्सी के पीछे है। हर कुर्सी के सामने खड़ी है। हर सिद्धान्त कांग्रेस का सिद्धान्त है। और उस सिद्धान्त के खिलाफ जो सिद्धान्त है, वह भी कांग्रेस का सिद्धान्त है। इन सभी सिद्धान्तों पर कांग्रेस तीस साल तक अचल खड़ी हिलती रही।

तीस साल का इतिहास साक्षी है कि कांग्रेस ने हमेशा संतुलन की नीति को बनाए रखा। जो कहा वह किया नहीं, जो किया वह बताया नहीं, जो बताया वह था नहीं, जो था वह गलत था। अहिंसा की नीति पर विश्वास किया और उस नीति को संतुलित किया लाठी और गोली से। सत्य की नीति पर चली, पर सच बोलने वाले से सदा नाराज़ रही। पेड़ लगाने का आंदोलन चलाया और ठेके देकर जंगल के जंगल साफ कर दिए। राहत दी, मगर टैक्स बढ़ा दिए। शराब के ठेके दिए, दारू के कारखाने खुलवाए; पर नशाबंदी का समर्थन करती रही। हिंदी की हिमायती रही, अंग्रेजी को चालू रखा। योजना बनायी तो लागू नहीं होने दी। लागू की तो रोक दिया। रोक दिया तो चालू नहीं की। समस्याएं उठीं तो कमीशन बैठे, रिपोर्ट आयी तो पढ़ा नहीं। कांग्रेस का इतिहास निरंतर संतुलन का इतिहास है। समाजवाद की समर्थक रही, पर पूंजीवाद को शिकायत का मौका नहीं दिया। नारा दिया तो पूरा नहीं किया। प्रायवेट सेक्टर के खिलाफ पब्लिक सेक्टर को खड़ा किया, पब्लिक सेक्टर के खिलाफ प्रायवेट सेक्टर को। दोनों के बीच खुद खड़ी हो गई। तीस साल तक खड़ी रही। एक को बढ़ने नहीं दिया। दूसरे को घटने नहीं दिया।

आत्मनिर्भरता पर जोर देते रहे, विदेशों से मदद मांगते रहे। 'यूथ' को बढ़ावा दिया, बुड्ढों को टिकिट दिया। जो जीता वह मुख्यमंत्री बना, जो हारा सो गवर्नर हो गया। जो केन्द्र में बेकार था उसे राज्य में भेजा, जो राज्य में बेकार था उसे केन्द्र में ले आए। जो दोनों जगह बेकार था उसे एंबेसेडर बना दिया। वह देश का प्रतिनिधित्व करने लगा।

एकता पर जोर दिया, आपस में लड़ते रहे। जातिवाद का विरोध किया, मगर अपनेवालों का हमेशा ख्याल रखा। प्रार्थनाएं सुनीं और भूल गए। आश्वासन दिए, पर निभाए नहीं। जिन्हें निभाया वे आश्वस्त नहीं हुए। मेहनत पर जोर दिया, अभिनंदन करवाते रहे। जनता की सुनते रहे, अफसर की मानते रहे। शान्ति की अपील की, भाषण देते रहे। खुद कुछ किया नहीं, दूसरे का होने नहीं दिया। संतुलन की इंतिहा यह हुई कि उत्तर में ज़ोर था तब दक्षिण में कमज़ोर थे। दक्षिण में जीते तो उत्तर में हार गये। जयजयकार होती रही, वोट मिले नहीं। ज़ोर बना रहा, कमज़ोर पड़ गए। तीस साल तक, पूरे तीस साल तक, कांग्रेस एक सरकार नहीं, एक संतुलन का नाम था। संतुलन ! तंबू की तरह तनी रही, गुब्बारे की तरह फैली रही, हवा

की तरह सरसनाती रही, बर्फ सी जमी रही पूरे तीस साल तक।

कांग्रेस अमर है। वह मर नहीं सकती। उसके दोष बने रहेंगे और गुण लौट-लौट कर आएंगे। जब तक पक्षपात, निर्णयहीनता, ढीलापन, दोमुंहापन, पूर्वग्रह, ढोंग, दिखावा, सस्ती आकांक्षा और लालच कायम है, इस देश से कांग्रेस को कोई समाप्त नहीं कर सकता। कांग्रेस कायम रहेगी। दाएं, बाएं, मध्य, मध्य के मध्य, गरज़ यह कि कहीं भी किसी भी रूप में आपको कांग्रेस नज़र आएगी। इस देश में जो भी होता है अंततः कांग्रेस होता है। जनता पार्टी भी अंततः कांग्रेस हो जाएगी। जो कुछ होना है उसे आखीर में कांग्रेस होना है। तीस नहीं, तीन सौ साल बीत जाएंगे, कांग्रेस इस देश का पीछा नहीं छोड़ने वाली।

सरकार का जादू : जादू की सरकार

जादूगर मंच पर आकर खड़ा हो गया। वह एअर इंडिया के राजा की तरह झुका और बोला—"देवियो और सज्जनो, हम जो प्रोग्राम आपके सामने पेश करने जा रहे हैं, वह इस मुलुक का प्रोग्राम है, इस देश का प्रोग्राम है जो बरसों से चल रहा है और मशहूर है। आप इसे देखिए और हमें अपना आशीर्वाद दीजिए।"—इतना कह कर जादूगर ने झटके से सिर उठाया और जोरदार पार्श्व-संगीत बजने लगा।

"फर्स्ट आयटम ऑफ दि प्रोग्राम अप्लीकेशन दु दि गावर्मेन्ट, सरकार कू दरखास्त।"—जादूगर ने कहा और अपना बायां हाथ विंग्स की तरफ उठाया। दो लड़कियां वहां से निकलीं। उनके हाथों में बंद डिब्बे थे। एक डिब्बे पर लिखा था आवक, दूसरे पर लिखा था जावक। इनवर्ड, आउटवर्ड।

"सरकार कू दरखास्त ! आवक का डिब्बा में दरखास्त डालेंगा, जावक का डिब्बा में जवाब आएंगा। आएंगा तो आएंगा, नई तो नई भी आएंगा।"

इतना कह कर जादूगर ने अपनी जेब से बहुत सारे आवेदनपत्र निकाले और आवक के डिब्बे में डाल दिए। संगीत की लहर के साथ जादू की छड़ी घुमायी और सारे आवेदनपत्र आवक के डिब्बे से जावक के डिब्बे में आ गये। मगर उन सब आवेदनपत्रों पर लिखा था—रिजेक्ट, रिजेक्ट, रिजेक्ट। आवेदन किये गए, सरकार ने रिजेक्ट कर दिये।

"आँय, यह क्या हुआ, सारा अप्लीकेशन रिजेक्ट हो गया ! कोई बात नहीं, हम इसकू सैंक्शन करवाएंगा।"

जादूगर ने अपनी जेब से सौ-सौ के नोटों की एक गड्डी निकाली। हर आवेदनपत्र के साथ कुछ नोट लगाये, उन्हें आवक के डिब्बे में डाला, छड़ी घुमायी और जब वे दूसरे डिब्बे में पहुंचे, तो अप्लीकेशनों पर लगे सौ-सौ के नोट गायब थे, पर हर अप्लीकेशन पर लिखा था—सैंक्शन, सैंक्शन, सैंक्शन।

"अप्लीकेशन दु दि गावर्मेन्ट, सरकार कू दरखास्त।"

"नेक्स्ट आयटम आफ दि प्रोग्राम, टूरिज्म इन इंडिया, भारत का सैर।"

इस बार मंच पर मंदिर के आकार का एक लकड़ी का ढांचा लाया गया जिसके चारों ओर परदे लगे थे। तभी एक विदेशी व्यक्ति हाथ में सूटकेस ले मंच पर आया।

"गुड इवनिंग सर, क्या मांगता है ?"—जादूगर ने पूछा।

"इंडिया विजिट करना मांगता।"

"वेलकम, वेलकम, सुवागत है आपका।" जादूगर ने झुक कर कहा और मंदिर का एक परदा हटा दिया। विदेशी व्यक्ति उसमें प्रवेश कर गया। जादूगर ने परदा गिरा दिया, जादू की छड़ी घुमायी, परदा उठाया, विदेशी व्यक्ति बाहर आया, उसका सूटकेस गायब था।

"सर, आपका सूटकेस किदर गिया ?"

"बनारस में चोरी चला गया।"

"वेरी सॉरी सर।"—जादूगर ने कहा और मंदिर का दूसरा परदा उठा दिया। विदेशी व्यक्ति फिर अंदर चला गया। इस बार जब बाहर आया, उसके बदन पर कोट नहीं था।

"सर, आपका कोट किदर गिया ?"

"तुम्हारा इंडिया का एक होलीमैन, साधू ने हमसे ले लिया।"

"वेरी फाइन सर !"

विदेशी व्यक्ति फिर अंदर गया और इस बार उसका पतलून गायब था और वह विजिट इंडिया का पोस्टर लपेटे हुए था।

"सर, आपका पाटलून किदर गिया ?"

"उसकू बेच कर हम अपना कांट्री का टिकिट खरीद लिया।"

"गुड बाय सर, विजिट इंडिया अगेन, फेर को तोशरीफ लाइए।"

"नेक्स्ट आयटम आफ दि प्रोग्राम, इंडिया का फारेन पालिसी, विदेश नीति।"

जादूगर ने अपने हाथ में एक डिब्बा उठाया जो चारों तरफ से खुलता था।

"ये फारेन पालिसी का डिब्बा है साहबान, डिब्बा सब बाजू से खुलता है। इस बाजू से अमरीका से बात करेंगा, इदर से रूस से बात करेंगा, इदर से इंग्लैंड से बात करेंगा, इदर से फ्रांस से बात करेंगा। डिब्बा सब बाजू से खुलता है, ये फारेन पालिसी का डिब्बा है।"

उसके बाद जादूगर ने उसी डिब्बे से एक कबूतर निकाल कर बताया—"पीस डव, शांती का पाखी। हमारा कंट्री सबसे पीस रखना मांगता।"

उसके बाद जादूगर ने उसमें से एक कटोरा निकाला। वही कटोरा जो भिखारियों के हाथ में होता है।

"यह फारेन एड, विदेशी मदद का कटोरा है साहबान !"—जादूगर ने कहा और वह एक के बाद एक कटोरे निकालने लगा।

"अमरीका का वास्ते, रूस का वास्ते, कनाडा का वास्ते, फ्रांस का वास्ते।"

जादूगर देशों के नाम लेता जा रहा था और कटोरे निकालता जा रहा था।

दर्शक तालियां बजा रहे थे। कटोरे निकलते जा रहे थे।

"नेक्स्ट आयटम ऑफ दि प्रोग्राम, इकानामिक्स ऑफ इंडिया, भारत का अर्थशास्त्र।"

मंच पर दो डिब्बे रखे गये। प्रायवेट सेक्टर, पब्लिक सेक्टर। निजी क्षेत्र, सार्वजनिक क्षेत्र।

जादूगर ने एक मुर्गी निजी क्षेत्र के डिब्बे में रखी और दूसरी मुर्गी सार्वजनिक क्षेत्र के डिब्बे में रखी। डिब्बा बंद किया, जादू की छड़ी घुमायी। निजी क्षेत्र की मुर्गी ने दस अंडे दिये और सार्वजनिक क्षेत्र की मुर्गी के अंडे तो दूर, मुर्गी ही गायब थी।

"आँय, इदर पब्लिक सेक्टर का मुर्गी भी साफ हो गया।"

जादूगर ने इस बार पांच अंडे सार्वजनिक क्षेत्र के डिब्बे में रखे और पांच अंडे निजी क्षेत्र के डिब्बे में रखे। डिब्बे को बंद किया, जादू की लकड़ी घुमायी। निजी क्षेत्र के डिब्बे में अंडों से चूजे निकल आये थे और सार्वजनिक क्षेत्र के डिब्बे से अंडे ही गायब थे।

"ये कैसा पब्लिक सेक्टर है साहबान, मुर्गी भी गायब, अंडा भी गायब ! थोड़ा जांच इन्क्वायरी करना मांगता।"

जादूगर मंच से नीचे उतरा। उसने सामने की पंक्ति में बैठे एक मिनिस्टर साहब की जेब से अंडा निकाल कर बताया, एक आइ.ए.एस. अफसर की नाक से टपका कर बताया, एक इंजीनियर की बगल से निकाला, एक ट्रेड यूनियन लीडर की टोपी से निकाला, एक बाबू की मुट्ठी से निकाला।

"ये पब्लिक सेक्टर का अंडा है साहबान, जिसे मिनिस्टर साब, अफसर साब, इंजीनियर साब, नेता साब ने मिल कर गायब कर दिया था।"

"नेक्स्ट आयटम ऑफ दि प्रोग्राम, निपोटिजम इन इंडिया, भारत में भाई-भतीजा वाद।"

विंग्स से एक लड़का निकल कर आया।

"आप कौन हैं ?"

"हम मंत्री महोदय का भतीजा है।"

जादूगर ने मंत्री महोदय के भतीजे को टेबल पर लिटा दिया। जादू की छड़ी घुमायी और भतीजा लेटे-लेटे ऊपर उठने लगा।

"देखिए साहबान, हमारे मुल्क में मंत्री का भतीजा कैसे ऊपर उठता है। बिना कुछ किये ऊपर उठता है। कोई आलतू-फालतू आदमी ऐसा ऊपर नहीं उठ सकता जैसे मिनिस्टर का भतीजा ऊपर उठता है।"

भतीजा ऊपर उठ रहा था, दर्शक तालियां बजा रहे थे।

और अंत में मंच पर एक यंत्र लाया गया। बिजली से चलनेवाला एक आरा जो हर चीज़ को काट देता था।

फिर एक गरीब फटेहाल व्यक्ति मंच पर आया। जादूगर ने उसे मंच पर लिटा दिया, अपने आदर्शवादी भाषणों से हिप्नाटाइज कर दिया। यंत्र चलने लगा, गरीब

का पेट कटने लगा।

"यह हमारे देश का यंत्र है साहबान, और यह गरीब का पेट है। यह यंत्र रोज चलता है, गरीब का पेट रोज कटता है। पिछले पैंतीस सालों से यह प्रोग्राम आपके सामने पेश करते आ रहे हैं। हमें अपना आशीर्वाद दीजिए, अपना गुडविशेस दीजिए साहबान !"

दर्शक तालियां बजा रहे थे, जादूगर नम्रता से झुका हुआ था।

अपनी-अपनी मछली : एक काल्पनिक संवाद

एक काल्पनिक बातचीत है यह मध्यप्रदेश के मुख्यमंत्री श्री अर्जुन सिंग व तथाकथित दस्यु सुन्दरी फूलनदेवी के बीच की।

अर्जुन सिंग फूलनदेवी की तरफ देख मुस्कुराए व फूलन देवी अर्जुन सिंग की तरफ देख मुस्काई। अर्जुन सिंग तो मुस्कुराते ही रहते हैं, फूलन देवी का किसी नेता की तरफ देख मुस्कुराने का यह पहला मौका था। वह समर्पिता थी। उसके भाग में अब नेताओं की तरफ देखकर मुस्कुराना ही बदा था।

"कैसी हो ?" मुख्यमंत्री ने पूछा।

"ठीक हैं।" फूलन देवी ने कहा।

"तुम्हें यहां कोई तकलीफ तो नहीं ?"

"अब हमरी तकलीफ हम ही भुगतेंगे, ऊ में तुम क्या कर लोगे......?" फिर फूलन देवी ने कहा, "नहीं, कोई तकलीफ नहीं।"

"हमारे ख्याल से समर्पण कर तुमने बहुत समझदारी का काम किया है फूलन !"

"हम को फूलन-वूलन ना कहो, हम तुम्हारी कोई लगती ना !"

"हां फूलन देवी जी, मैं कह रहा था कि समर्पण कर आपने बहुत समझदारी का परिचय दिया है।"

"हम कोई परिचय-वरिचय ना दें, जिसको गरज होगी वोई परिचय देगा।" फूलन देवी फिर तमक गई।

"हां, मेरा मतलब, आप ने बहुत अक्लमंदी का काम किया।"

"अब जे तो आगे चल कर पता पड़ी है कि हमने ठीक किया कि गलत किया। अब ही तो फंस गए तुम्हारे चंगुल में।"

"नहीं फूलन देवी, तुम्हें सरकार पर विश्वास करना चाहिए। वो जो करेगी तो तुम्हारे भले के लिए करेगी।"

फूलन देवी कुछ देर सोचती रही, फिर बोली, "यही हम भी सोचत हैं। आजकल की सरकार पर हम चोर-डाकू भरोसा ना करेंगे तो कौन करेगा ?"

मुख्यमंत्री मुस्कुराए। उन्हें ये जान कर प्रसन्नता हुई कि फूलन देवी के मन में मध्यप्रदेश शासन की अच्छी छवि है।

"एक बात पूछें फूलन देवी ?" मुख्यमंत्री ने कहा।

"वही पूछोगे जो दूसरे पूछते हैं या कछु दूसरा पूछोगे ?....हां, पूछो।"

"सच-सच बताना, तुमने और तुम्हारी गैंग ने अब तक कितनों को मारा, कितनों को लूटा, कितनों को तकलीफ पहुंचाई ?"

फूलन देवी सकुचाई, फिर शरमाई, फिर बोली—"अब आप भी कैसी बातें करते हैं मुख्यमंत्री जी ? अब ये बात भी कोई याद रखने की है !"

"नहीं-नहीं, बताओ, हम जानना चाहते हैं।"

"अब जे तो ऐसा है मुख्यमंत्री जी, कि आपने कितनों के तबादले करवाए, कितनों को बेघरबार करवाया, कितनों पर मामले-मुकदमे करवाए, नौकरी से अलग किया, सजा कराई, तो आपको थोड़ेई याद होगा ! तुम हमरी गैंग की पूछो, अरे तुमरी गैंग के पुलिस वालों ने कितनी महिलाओं को बेज्जत किया, कितनों को पीटा और कितनों को बेघर किया। हमरे पास बंदूक थी, तुमरे पास कुर्सी; जो हमसे बन गया वो हम कर गए, जो तुमसे बना वो तुम कर रहे हो।" फिर कुछ रुक कर बोली—"हमने तो समर्पण कर दिया, कोई तुम कुछ थोड़े ही करोगे ?" बेचारी फूलन देवी अपढ़ ठहरी, उसे क्या पता कि अपराधी अपराध करते हैं, फिर देवी के चरणों में समर्पण करते हैं और नेता पहले देवी के चरणों में समर्पण करते हैं, फिर अपराध करते हैं।

मुख्यमंत्री चुप थे, फिर बोले—"आगे क्या इरादा है ?"

"इरादा ? कैसा इरादा ? कुछ करने को रह गया जो इरादा पूछते हो ? जो काम सात जनम में न कर पाए वो हमने कर दिया। अब कैसा इरादा ?"

"मेरा मतलब था फूलन देवी, कि सजा भुगतने के बाद तुम क्या करना चाहोगी ? क्या बनना चाहोगी ?"

फूलन देवी कुछ देर सोचने लगी, भविष्य के शून्य में खो गई, फिर बोली—"अब क्या बताएं मुख्यमंत्री जी, देश में मूक प्राणियों की संख्या बहुत बढ़ गई है। अत्याचार करने वाले बहुत बढ़ गए हैं। सजा भुगतने के बाद सोचते हैं कि फिर से बंदूक हाथ में ले लें, ठांय-ठांय कर सारे बदमासन को मार दें। फिर सोच कर रह जाते हैं कि ऐसा करेंगे तो इस देश के सारे बड़े लोग मारे जाएंगे, कितने अफसर मारे जाएंगे, कितने नेता मारे जाएंगे। सबका मरना ठीक नहीं, परजातंतर भी तो चलाना है इस देश में !"

मुख्यमंखी ने घड़ी देखी व धीरे से उठ खड़े हुए।

"एक अरज है हमरी",—"फूलन देवी ने कहा।

"कहो।"

"हमरे बाप मछुआरे हैं। हम भी बचपन से मछली पकड़ती रही, और दुई टाइम की रोटी जुटाती रही। अब आप एक काम करो, कोई नदी-तालाब के पास हमें थोड़ी-सी जमीन दे दो। मछली बेचकर चार पैसे कमा जिन्दगी गुजार देंगे।"

और कुछ बरस बाद यही हुआ। सजा भुगतने के बाद फूलन देवी एक तालाब

के पास घर बना कर रहने लगी। सारा दिन मछली पकड़ती, शाम को बाज़ार में बेचती और जीवन बिताती। कुछ दिनों बाद तालाब के पास एक बगुला आकर बैठने लगा। फूलन देवी बगुले को देखती तो बस, देखती रह जाती।

एक दिन मां ने पूछा—"ए फूलन, तू का उस बगुले को एकटक देखती रहती है ?"

फूलन हंसी, फिर बोली—"याद है मां, वे कौन नेता थे जो हमरा समर्पण कराने आए थे। ऐसे ही बगुला जैसे झक कपड़े पहने थे, ऐसा ही खामोस सांत भाव से हमरे पास खड़े थे। का नाम था उनका......... ?

"अर्जुन सिंग।"

"हां अर्जुन सिंग, कहां हैं आजकल वे ? सुनाई नहीं देता उनका नाम।"

"वे भी कहीं तेरी तरह मछरियां पकड़ रहे होंगे।" मां ने कहा व अन्दर चली गई।

फूलन देवी फिर उसी तरह मुस्कराती हुई बगुले को देखती रही।

पानी की समस्या

वे लोग जो टी. वी. देखते हैं अच्छी तरह जानते हैं कि हमारे प्रधानमंत्री वास्तविकता से सीधा साक्षात्कार करते हैं। वे स्वयं उस जगह जाते हैं और पूछ कर, बातचीत कर पता लगाते हैं कि सचाई क्या है। यह उनकी काम करने की शैली है। जैसे कोई मुख्यमंत्री उनसे कहे कि साहब, हमारे राज्य में गरीबी है तो प्रधानमंत्री उसकी बात पर यों ही विश्वास नहीं कर लेते। वे वहां जाते हैं, टेलीविज़नवालों को साथ लेकर जाते हैं और गरीबों को पूछते हैं :

"सुना, आपके गांव में गरीबी है ?"

"जी साब।"

"कितने गरीब हैं गांव में ?"

"जी, सभी गरीब हैं।"

"आप में से ज़्यादा गरीब कितने हैं ?"

गांववाले एक-दूसरे का मुंह देखने लगते हैं।

"जी, सभी ज़्यादा गरीब हैं।"—एक सोशल वर्कर कहता है।

"उन्हें जवाब देने दीजिये, आप बीच में मत बोलिये।"

"इस गांव की पाप्यूलेशन क्या है ? कितने लोग रहते हैं इस गांव में ?"—प्रधानमंत्री कलेक्टर से पूछते हैं।

"जी, कोई सत्तर फेमिलीज़ हैं।"—कलक्टर कहता है।

"आय वांट एक्ज़ेक्ट फिगर्स।"

"सिक्स्टी नाइन पाइंट फाइव।"

"हूं।—ये पाइंट फाइव कैसे ?"

"जी एक फेमिली में वाइफ यहीं है, हस्बंड शहर चला गया है।"

"हूं।"

तो इस तरह हमारे प्रधानमंत्री स्वयं वहां जाते हैं और वास्तविकता से साक्षात्कार करते हैं। अर्थात बातचीत से सचाई का पता लगाते हैं।

जैसे एक गांव में पानी की कमी है। प्रधानमंत्री स्वयं वहां जाएंगे और सचाई का पता लगाएंगे। वार्तालाप कुछ इस प्रकार का होगा :

"आप लोग पानी पीते हैं ?"

"जी हां हुज़ूर, पीते हैं।"

"इस गांव में कितने लोग पानी पीते हैं ?"

"जी, सब पीते हैं। प्यास लगती है हुजूर, तो पीना पड़ता है।"

"कहां से मिलता है पानी ? लाते कहां से हैं ?"

"नदी से लाते हैं।"

"नल नहीं है ?"

"जी, नहीं है।"

"हूं। नदी यहां से कितनी दूर है ?"

"थोड़ी दूर है।"

"कैसे लाते हैं पानी ?"

"मटकी में भर कर लाते हैं।"

"मटकी घर से ले जाते हैं या नदी पर मिल जाती है ?"

"जी, घर से लेकर जाना पड़ता है।"

"आय सी। नदी पर मटकियों का कोई इंतजाम नहीं रहता। तो आप जब मटकी लेकर नदी पर जाते हैं तब नदी में पानी मिल जाता है ? या मुश्किल पड़ती है ?"

"पहले मिल जाता था, आजकल मुश्किल पड़ती है।"

"क्या मुश्किल पड़ती है ? एक़ नदी में कितनी मटकी पानी होता है ?"

"काफी मटकी होता है।"

"आय वांट टू सी ए मटकी। एक्ज़ेक्टर क्या साइज़ होती है उसकी ?"—प्रधानमंत्री ने कहा।

फौरन एक गरीब के घर से एक मटकी लाकर प्रधानमंत्री को दिखाई गई।

"ये मिट्टी से बनती है ?"

"जी।"

'हम मिट्टी इंपोर्ट करते हैं या यहीं की है ?"

"जी, लोकल मिट्टी है।"

"गुड।"

"इस एक मटकी में कितने बकेट पानी आ जाता है ? इसमें कितनी बालटी पानी आ जाता है ?"

"कोई डेढ़ बाल्टी आता है।"

"आप बड़ी मटकी लेकर क्यों नहीं जाते ? ज़्यादा पानी आ सकता है। या सभी मटकियां एक साइज़ की होती हैं ?"

"जी, बड़ी भी होती हैं, मगर उठाने में भारी पड़ती हैं।"

"एक बार में कितनी मटकी उठाते हैं ?"

"जी, एक़ उठाते हैं ?"

"पानी से भरी हुई या खाली ?"

"पानी से भरी हुई।"

"आप खुद उठाते या दूसरे से उठवाते हैं ?"

"जी, खुद उठाते हैं।"

"कितने आदमी लगे हैं इस काम पर ?"

"जी, सभी लगे रहते हैं।"

"नदी से चौबीसों घंटे पानी मिलता है या उसका फिक्स टाइम है, इतनी बजे से इतनी बजे तक ?"

"जब मिलता है तब चौबीसों घंटे मिलता है।"

"आजकल कितने घंटे मिलता है ?"

"आजकल नदी सूख गई है।"

"जब सूख जाती है तब कितने घंटे मिलता है ?"

"तब नहीं मिलता।"

"एक-दो घंटे भी नहीं ?"

"नहीं।"

प्रधानमंत्री का चेहरा गंभीर हो जाता है। वे सोचने लगते हैं। फिर कलेक्टर से पूछते हैं—"ये नदी सूख क्यों जाती है ?"

"ये सर, गर्मी में एटमास्फेरिक टेंपरेचर बढ़ जाता है, उससे सूख जाती है।"—आई.ए.एस. कलेक्टर जवाब देता है।

"कांट वी हैव सम शेड आर समथिंग, जो नदी के ऊपर लगा दें जिससे छाया रहे ? पानी पर धूप न पड़े, ऐसा कुछ हो जाये।"

"नो सर, इट इज़ नाट पासीबल।"

"क्यों ? वी कैन टाक टू वर्ल्ड बैंक अबाउट इट। सारी नदियों पर शेड लगा दिये जाएं। खास कर उन नदियों पर जो गांवों के पास में बहती हैं। वी कैन सर्च आउट दोज़ प्राब्लम एरिआज़।"

"सर, उसमें प्रैक्टीकल डिफिकल्टीज़ हैं।"

"क्या डिफिकल्टीज़ हैं ?"

"क्या है सर, कि एक तो नदी का पाट बहुत चौड़ा होता है। उसको कवर करना बहुत मुश्किल है। दूसरे नदी के आसपास की सॉइड कंडीशन, रेती और कीचड़ के कारण ऐसी होती है कि उसमें पिलर्स खड़े करना बड़ी डिफिकल्ट है।"

"आय सी।"

तब दूसरे अफसर ने, जो इस अफसर के प्रधानमंत्री से ज़्यादा बात कर लेने की वजह से परेशान हो गया था, और स्पष्ट करते हुए कहा—"दूसरी प्राब्लम यह है सर, कि अगर हम नदी को कवर कर देंगे तो बरसात में जो पानी नदी में गिरता है वह नहीं गिर सकेगा।

प्रधानमंत्री ने गर्दन हिलाई। वे प्राब्लम को समझ गये थे। सामने खड़े प्यासे गांव वाले उनमें क्या बातें हो रही हैं, यह तो समझ नहीं पा रहे थे; मगर उन्हें इतना समझ आ रहा था कि प्रधानमंत्री उनकी पानी की समस्या के हल को लेकर बहुत चिंतित हैं और वे अफसरों से इस बारे में बात कर रहे हैं।

प्रधानमंत्री ने फिर गांव के लोगों से पूछा—"जब नदी से पानी नहीं मिलता तो आप वहां मटकी लेकर क्यों जाते हैं ?"

"हम कूएं पर जाते हैं साब, नदी पर नहीं जाते ?"

"कूएं पर पानी मिल जाता है, नदी पर नहीं होता ?"

"जी।"

"एक कूएं से कितना पानी मिल जाता है ? पूरे गांव को मिल जाता है ?"

"काफी मिल जाता है ?"—एक ने कहा।

"जी, थोड़ा-बहुत मिल जाता है ?"—दूसरे ने कहा।

"आप लोगों को कौन सा पानी अच्छा लगता है ? नदी का पानी अच्छा लगता है या कूएं का ?"—प्रधानमंत्री ने पूछा।

"जी, जहां से मिल जाये वहीं का अच्छा लगता है।"

"नदी के पानी में थोड़ा कचड़ा होता है साहब !"

"फिर आप क्या करते हैं ? नदी को छान लेते हैं ?"

"पूरी नदी तो नहीं छानते साब, हम जो पानी लेते हैं वो छान लेते हैं।"

"बाकी का छोड़ देते हैं ?"

"जी साहब !"

"और नदी से क्या-क्या मिलता है पानी के अलावा ?"

सब एक-दूसरे को देखने लगे। किसी को जवाब नहीं सूझता।

"नदी से पानी मिलता है, पर इसके अलावा और क्या-क्या मिलता है ?"—प्रधानमंत्री ने अपनी बात को दोहराते हुए पूछा—"पुल मिलता है नदी पर ?"

"जी, नहीं मिलता।"

"बांध मिलता है नदी पर ?"

"जी, कोई बांध नहीं है।"

"इट इज़ सरप्राइज़िंग। आफ्टर फोर्टी ईयर्स आफ फ्रीडम नदी पर एक बांध नहीं है !"—प्रधानमंत्री ने अफसरों से कहा।

अफसरों ने शरम से सिर झुका लिया। फिर एक अफसर ने हिम्मत कर के कहा—"सर, सिक्स्थ प्लान में नदी पर बांध बनाने का प्रपोज़ल था।"

"फिर क्या हुआ ?"

"सर्वे करने पर पता चला कि नदी में पानी नहीं है, इसलिये बांध बनाना फिजूल होगा।"

"हम इतना भी पानी अरेंज नहीं कर सकते कि एक बांध बनाया जा सके ?"—प्रधानमंत्री ने कहा।

अफसरों ने शरम से फिर सिर झुका लिया। प्रधानमंत्री ने मुख्यमंत्री की ओर देखा जो साथ ही पीछे-पीछे चल रहे थे। मुख्यमंत्री ने अपनी टोपी ठीक की, थोड़ा खांसे और फिर बोले—"मैंने आपसे दिल्ली में भी निवेदन किया था श्रीमान, कि नदी के पानी को लेकर अंतर्राज्यीय डिस्प्यूट है। 1967 में इस समस्या पर एक हाईपावर कमीशन बैठा था, जिसकी सिफारिशें अमान्य कर दी गईं। मैंने कांग्रेस अधिवेशन में भी यह सवाल उठाया था श्रीमान…।"

"कमीशन इस नदी पर बांध बनाने के लिये था ?"—प्रधानमंत्री ने पूछा।

"जी नहीं, वह दूसरी नदी पर था।"—मुख्यमंत्री ने कहा।

"मैं आपसे इस नदी का पूछ रहा हूं ?"

"प्लानिंग कमीशन कहता है जिन नदियों में पूरे वर्ष पानी नहीं रहता वहां हम बांध बनाने को प्रिआरिटी नहीं दे सकते, क्योंकि उससे बिजली नहीं बनेगी।"

प्रधानमंत्री कुछ सोचने लगे। मामला उलझा हुआ है। कंप्यूटर को फीड करना पड़ेगा। फिर वे लोगों की तरफ घूमे।

"कितने कूएं हैं आपके गांव में ?"

"जी एक भी नहीं है।"

"फिर आप मटकी लेकर कहां जाते हैं ?"

"पासवाले गांव में।"

"वहां कूआं है ?"

"जी है।"

"पानी मिल जाता है ?"

"मिल जाता है, मगर भीड़ बहुत पड़ती है।"

"वो गांव कितनी दूर है ?"

"दो मील दूर है।"

"लौटने पर भी दो मील पड़ता है ?"

"जी, उतना ही पड़ता है।"

"जाने के लिये कोई साधन है, बस, टैक्सी ?"

"जी नहीं, कोई साधन नहीं, पैदल जाना पड़ता है।"

प्रधानमंत्री के चेहरे पर पीड़ा की रेखाएं उभर आईं। उन्होंने अफसरों से पूछा कि क्या इन दो गांवों के बीच हम बस सर्विस नहीं प्रोवाइड कर सकते पानी लाने के लिये।

उस दिन एक विराट जनसभा को संबोधित करते हुए प्रधानमंत्री ने कहा—"हमने देखा और हम देखेंगे कि आपके गांवों में पानी की समस्या है। लोगों

को, खासकर महिलाओं को दूसरे गांवों से पानी लाना पड़ता है। मटकी में भर कर। हमने देखा कि सिर पर उठा कर लाना पड़ता है। हम चाहते हैं कि हमारे देश में हर गांव के पास एक नदी हो। खास कर उन गांवों के पास जहां पानी नहीं है। हम देखेंगे कि आप लोगों को मटकी नहीं उठाना पड़े। या तो गांव नदी के पास ले जाये जाएं या वे नदियां गांव के पास लाई जाएं। जो भी जरूरी होगा, हम करेंगे। सरकार करेगी। और भी समस्या जैसे बस चलाने की या बांध की, सब हम पूरी करेंगे। वो हमें बड़ी जल्दी करना है। हमें बताया गया यहां पर कि जो मटकियां यहां पर आप लोग उठाते हैं वे मिट्टी की बनी होती हैं। इस बारे में हमें कुछ करना है। देश में पानी ही पानी कर देना है। वो चाहे नदी का हो या बरसात का या समुद्र का। हम चाहते हैं और हम कोशिश करेंगे कि आपके यहां बरसात जल्दी आये या नदी में पानी जल्दी आये। या जैसा भी हो सके। हम बैंकों से बात करेंगे कि मटकियों के सवाल पर जितना कर सकते हैं करें। हमें देश को आगे ले जाना है।"

इस पर एक युवक जो अगले चुनाव में कांग्रेस के टिकिट का उम्मीदवार था, जोर से चिल्लाया—"राजीव गांधी की.....

इस पर सबने "जय" कहा और प्रधानमंत्री का कारवां दूसरे गांव की समस्या समझने के लिये आगे बढ़ गया।

तुम कब जाओगे अतिथि

तुम्हारे आने के चौथे दिन, बार-बार यह प्रश्न मेरे मन में उमड़ रहा है, तुम कब जाओगे अतिथि ! तुम कब घर से निकलोगे मेरे मेहमान !

तुम जिस सोफे पर टांगें पसारे बैठे हो, उसके ठीक सामने एक केलेन्डर लगा है जिसकी फड़फड़ाती तारीखें मैं तुम्हे रोज दिखा कर बदल रहा हूं। यह मेहमाननवाज़ी का चौथा दिन है, मगर तुम्हारे जाने की कोई संभावना नज़र नहीं आती। लाखों मील लंबी यात्रा कर एस्ट्रानाट्स भी चांद पर इतने नहीं रुके जितने तुम रुके। उन्होंने भी चांद की इतनी मिट्टी नहीं खोदी जितनी तुम मेरी खोद चुके हो। क्या तुम्हें अपना घर याद नहीं आता ? क्या तुम्हें तुम्हारी मिट्टी नहीं पुकारती ?

जिस दिन तुम आए थे, कहीं अंदर ही अंदर मेरा बटुआ कांप उठा था। फिर भी मैं मुस्कराता हुआ उठा और तुम्हारे गले मिला। मेरी पत्नी ने तुम्हें सादर नमस्ते की। तुम्हारी शान में ओ मेहमान, हमने दोपहर के भोजन को लंच में बदला और रात के खाने को डिनर में। हमने तुम्हारे लिए सलाद कटवाया, रायता बनवाया और मिठाइयां मंगवाईं। इस उम्मीद में कि दूसरे दिन शानदार मेहमाननवाज़ी की छाप लिए तुम रेल के डिब्बे में बैठ जाओगे। मगर, आज चौथा दिन है और तुम यहीं हो। कल रात हमने खिचड़ी बनाई, फिर भी तुम यहीं हो। आज हम उपवास करेंगे और तुम यहीं हो। तुम्हारी उपस्थिति यों रबर की तरह खिंचेगी, हमने कभी सोचा न था।

सुबह तुम आए और बोले, "लांड्री को कपड़े देने हैं।" मतलब ? मतलब यह कि जब तक कपड़े धुल कर नहीं आएंगे, तुम नहीं जाओगे ? यह चोट मार्मिक थी, यह आघात अप्रत्याशित था। मैंने पहली बार जाना कि अतिथि केवल देवता नहीं होता। वह मनुष्य और कई बार राक्षस भी हो सकता है। यह देख मेरी पत्नी की आंखें बड़ी-बड़ी हो गईं। तुम शायद नहीं जानते कि पत्नी की आंखें जब बड़ी-बड़ी होती हैं, मेरा दिल छोटा-छोटा होने लगता है।

कपड़े धुल कर आ गये और तुम यहीं हो। पलंग की चादर दो बार बदली जा चुकी और तुम यहीं हो। अब इस कमरे के आकाश में ठहाकों के रंगीन गुब्बारे नहीं उड़ते। शब्दों का लेन-देन मिट गया। अब करने को कोई चर्चा नहीं रही। परिवार, बच्चे, नौकरी, राजनीति, रिश्तेदारी, पुराने दोस्त, फिल्म, साहित्य। यहां तक कि आंख मार-मार कर हमने पुरानी प्रेमिकाओं का भी जिक्र कर लिया। सारे विषय खत्म

हो गये। तुम्हारे प्रति मेरी प्रेमभावना गाली में बदल रही है। मैं समझ नहीं पा रहा हूं कि तुम कौन-सा फेवीकोल लगा कर मेरे घर में आये हो ?

पत्नी पूछती है, "कब तक रहेंगे ये ?" जवाब में मैं कंधे उचका देता हूं। जब वह प्रश्न पूछती है, मैं उत्तर नहीं दे पाता। जब मैं पूछता हूं, वह चुप रह जाती है। तुम्हारा बिस्तर कब गोल होगा अतिथि ?

मैं जानता हूं कि तुम्हें मेरे घर में अच्छा लग रहा है। सबको दूसरों के घर में अच्छा लगता है। यदि लोगों का बस चलता तो वे किसी और के घर रहते। किसी दूसरे की पत्नी से विवाह करते। मगर घर को सुन्दर और होम को स्वीट होम इसीलिए कहा गया है कि मेहमान अपने घर वापिस लौट जाएं।

मेरी रातों को अपने खर्राटों से गुंजाने के बाद अब चले जाओ मेरे दोस्त ! देखा, शराफत की भी एक सीमा होती है और 'गेट आउट' भी एक वाक्य है जो बोला जा सकता है।

कल का सूरज तुम्हारे आगमन का चौथा सूरज होगा। और वह मेरी सहनशीलता की अंतिम सुबह होगी। उसके बाद मैं लड़खड़ा जाऊंगा। यह सच है कि अतिथि होने के नाते तुम देवता हो, मगर मैं भी आखिर मनुष्य हूं। एक मनुष्य ज़्यादा दिनों देवता के साथ नहीं रह सकता। देवता का काम है कि वह दर्शन दे और लौट जाए।

तुम लौट जाओ अतिथि। इसके पूर्व कि मैं अपनी वाली पर उतरूं, तुम लौट जाओ।

उफ् ! तुम कब जाओगे अतिथि !

संशय की एक रात

आधी रात का वक्त। राष्ट्रपति संजीवा रेड्डी को नींद नहीं आ रही है। विशाल राष्ट्रपति भवन के बरामदे में घूमते हुए मानो वे बार-बार अपने आप से प्रश्न करते हैं–'किसे प्रधानमंत्री बनाऊं ? कोई बताए मुझे कि किसे प्रधानमंत्री बनाऊं ?' उन्हें एक अदद लल्लू-जगधर की तलाश है और वह मिल नहीं रहा। वे मेरी ओर घूम कर कहते हैं–"बताओ शरद, मैं क्या करूं ?"

"आप सो जाइए। सारा राष्ट्र सो रहा है, आप भी सो जाइए।"–मैं कहता हूँ।

वे मेरी नहीं सुनते। मैं कोई चालू केबिनेट तो हूँ नहीं, जिसकी बात मानना उनके लिए बंदिश हो। वे सोचते रहते हैं। घूमते रहते हैं।

"यह चरणसिंह भी कमाल आदमी हैं। पहले जनता पार्टी से निकले और आज पूरी लोकसभा से भाग आये।"

"चरण का यही अर्थ होता है राष्ट्रपति महोदय ! वे चलते रहे हैं। कभी इधर से उधर। कभी उधर से इधर।"

"मगर इस देश को एक प्रधानमंत्री चाहिए। अर्जन्ट।"–राष्ट्रपति ने कहा।

"छोटे पदों के लिए तो अच्छे आदमी मिल नहीं रहे, आप बड़े पद की बात कर रहे हैं। अच्छे मोटर ड्रायवर मिल जाएं तो आधे एक्सीडेंट रुक जाएं इस देश के। ईमानदार बाबू मिल जाएं तो कितनी फाइलें निपट जाएं। वे तो हैं नहीं। आप प्रधानमंत्री की तलाश कर रहे हैं !"–मैंने कहा।

"वो सब ठीक है, मगर प्रधानमंत्री होना इस देश को। होना कि नहीं होना ?"

"होना क्यों नहीं, जरूर होना।"–मैंने कहा।

"दुर्घटनाएं होंगी तो अफसोस करनेवाला भी तो चाहिए कुर्सी पर ?"

"हां।"

"प्रधानमंत्री नहीं होगा तो झंडा कौन फहराएगा लाल किले पर ?"

"ठीक बात है।"

"अविश्वास का प्रस्ताव किस पर लाएंगे लानेवाले ?"

"सच कह रहे हैं।"

"इन्दिरा गांधी देश की दुर्दशा के लिए दोषी किसे ठहराएंगी ?"

"आप ठीक कह रहे हैं राष्ट्रपति महोदय, एक प्रधानमंत्री जरूर चाहिए इस देश को।"

"चरणसिंह चौबीस दिन प्रधानमंत्री रहे, एटम बम बनवा कर चले गये। किसानों के शुभ दिन आ गये। आर.एस.एस. का नाश हो गया। प्रधानमंत्री बहुत जरूरी है भैया ! विदेश से मेहमान आएंगे तो तुम जाओगे लेने अपना कामकाज छोड़कर ? प्रधानमंत्री जाएगा। बाढ़ आती है हर साल देश में। मजबूत सीना कर हेलीकोप्टर पर बैठ नज़ारा देखना होता है बाढ़ का। है हिम्मत किसी की प्रधानमंत्री के अलावा ? अपीलें करनी होती हैं, विदेश जाना होता है, निर्णय टालने होते हैं, मामले विचाराधीन रखने पड़ते हैं। प्रधानमंत्री नहीं होगा तो कौन करेगा यह काम ? बोलो ?"

"मैं मानता हूँ आपकी बात। सारे पद खाली पड़े हों, मगर प्रधानमंत्री की योग्यता का आदमी खाली नहीं रहना चाहिए। भरिए कुर्सी, बिठाइए किसी को।"

"तुम कैसे रहोगे ?"—राष्ट्रपति ने मुझे देख कर कहा।

राष्ट्रपति भवन के बरामदे में एक आईना लगा था। मैंने उसमें अपनी शक्ल देखी। मैंने चरणसिंह की तरह मुंह पर उंगलियां रख कर देखा, मैंने जगजीवनराम की तरह दांत निपोर कर देखा, मैंने सोशलिस्टों की तरह चेहरा आगे बढ़ा कर देखा, मैंने जनसंघियों की तरह रीढ़ सीधी की और सीना फुला कर देखा, और अंत में मैंने मोरारजी की तरह गर्दन लटका कर देखा, मैं किसी भी कोण से प्रधानमंत्री बनने के काबिल नहीं था।

"नहीं। मैं प्रधानमंत्री नहीं बन सकता।"—मैंने राष्ट्रपति महोदय से कहा।

"शपथ ग्रहण के पूर्व ही त्यागपत्र ! अरे पहले कुर्सी पर बैठो, फिर भागो छोड़ कर। अभी से कैसे भाग रहे हो ? नाकाबिल तो तुम्हें यह देश साबित करेगा। तुम खुद कैसे कह सकते हो कि मैं काबिल नहीं हूँ ? चलो मेरे साथ, अभी शपथ दिलाता हूँ। संविधान ने मुझे शक्ति दी है कि मैं जिस गधे को चिट्ठी लिख दूं वही आकर शपथ ले सकता है।"

"मैं नहीं बनूंगा प्रधानमंत्री।" मैंने कहा।

"लेकिन. क्यों ? बात क्या है ?"

"नहीं, मैं नहीं बनूंगा।"

"अरे, मगर जरा सोचो।"

"नहीं, मुझे नहीं बनना।"

"कमाल है।"

"मैंने कह दिया ना, मुझे नहीं बनना, फिर आप बार-बार...।"

"जरा सोचो शरद...।"

"सोच लिया।"

"क्या सोचा ?"

"मुझे नहीं बनना।"

"मगर...।"

"मुझे अपनी बेइज्जती नहीं करानी।"

"अरे नहीं-नहीं, ऐसा नहीं कहते। प्रधानमंत्री बनना तो सम्मान का काम है।"

"जूते पड़ते हैं बाद में।"

"कैसा बोलते हो इतने बड़े पद के लिए ! चलो, हमारे साथ चलो, शपथ दिला देते हैं। आओ।"

"आप किसी बुड्ढे को बना दीजिए प्रधानमंत्री। मैं···मैं···मैं नहीं बनूंगा।"

"तुम बुड्ढे लगते हो भाई, तुम समझ नहीं रहे।"

"लगता होऊंगा, मगर मेरी उंमर ऐसी नहीं कि मंजूर करूं। मैं प्रधानमंत्री नहीं बनूंगा।"

"अरे, हम नौजवान आदमी को भी प्रधानमंत्री बना सकते हैं। चलो।" राष्ट्रपति ने कहा।

"संविधान का क्या होगा ?" मैंने कहा।

"क्या होगा ?" वे बोले।

"भारतीय संविधान में लिखा है, बूढ़ा व्यक्ति ही प्रधानमंत्री बन सकता है।" मैंने राष्ट्रपति महोदय को समझाया।

वे मुझे देख हंसने लगे। फिर बोले—"तुम इतने नासमझ और भोले हो, मुझे लगता है तुम बहुत अच्छे भारत के प्रधानमंत्री हो सकते हो।"

मैं उनका अर्थ समझ रहा था कि वे क्या कहना चाहते हैं। मैंने गंभीरता से उत्तर दिया—"राष्ट्रपति महोदय, हमारे देश में प्रधानमंत्री की कुर्सी तो बूढ़े की प्रेमिका होती हैं। सबकी तमन्ना होती है, हविस होती है कि मरने के पहले एक बार मिल जाए और मिल जाए तो आखिर तक पास रहे।"

"हां, इसीलिए तो चौबीस दिनों में विधवा हो जाती है और नया ढूंढना पड़ता है।" वे बोले—"मगर अब ऐसा नहीं होगा। इस बार मैं तुम्हें प्रधानमंत्री बनाऊंगा।"

"क्यों मजाक करते हैं, कोई दूसरी नौकरी दिलवा दीजिए ना जहां·····"

"देखो शरद, पछताओगे। ऐसा चांस जिंदगी में बार-बार नहीं मिलता। साहित्य में तुम क्या ऐसा महत्वपूर्ण काम कर रहे हो जो प्रधानमंत्री नहीं बन सकते ?"

मैंने कहा—"साहित्य में दिल पर चोट पड़ती है, राजनीति में खोपड़ी टूटती है। अब वह वक्त आ रहा है जब लोग कुर्सी पर बैठे राजनीतिज्ञों के पीछे जूता लेकर दौड़ेंगे। आप मुझे क्षमा कीजिए।"

"तुम्हें बनना पड़ेगा।"

"ना।"

"बनना पड़ेगा।"

"मैं नहीं बनूंगा।"

नज़ारा यह था मित्रो, कि उस विशाल राष्ट्रपति भवन में मैं यहां-वहां नाच रहा था और राष्ट्रपति मेरे पीछे-पीछे दौड़ रहे थे। वहां कई नौकर हैं, चपरासी हैं, माली हैं। सबने मिलकर मुझे पकड़ा और प्रधानमंत्री की कुर्सी पर इस जोर से फेंका कि होटल मानसरोवर के इस कमरा नंबर चार में मेरी नींद खुल गई।

सपना समाप्त हुआ। मैं उठ कर बैठ गया। मेरा मन ग्लानि से भर गया था। जब लोकतंत्र पर इतना भीषण संकट पड़ रहा है, प्रधानमंत्री ढूंढे से नहीं मिल रहा तब मैंने राष्ट्रपति के प्रस्ताव को ठुकरा दिया। लानत है मुझ पर ! मैं इस इरादे से फिर सोया कि यदि इस बार सपने में राष्ट्रपति आग्रह करेंगे तो मैं इन्कार नहीं करूंगा। यथार्थ में भी उन्होंने कहा तो इन्कार नहीं करूंगा। जब कोई भी बन सकता है तो मैं भी बन सकता हूँ।

सुबह हो गई थी। अखबार वाला अखबार डाल गया था। राष्ट्रपति महोदय ने देश में मध्यावधि चुनाव घोषित कर दिये थे।

जब शरद जोशी ने इन्कार कर दिया तो इसके अलावा उनके पास चारा भी क्या था !

भ्रष्ट जो खोजन मैं चला

देश का थोड़ा-बहुत बड़ा आदमी इन दिनों जेल में है। ऊँचे फ्लैटों का सम्मानित निवासी, सोने और विदेशी करेंसी में खेलने वाला बारहताड़ी के पीछे है अथवा मरीज बना सरकारी अस्पताल में बिस्तर पर लेटा नर्सें ताक रहा है। कुछ बाहर हैं। मेरे ख्याल से ज्यादा बाहर हैं। आएगा, यदि ऐसा ही चला तो वह भी आएगा।

जेल की छत से कैदियों के सिर पर सवाल लटक रहे हैं। भविष्य क्या होगा ? भविष्य में भविष्य क्या होगा ? स्मगल की स्वर्णिम डोर जेल से छूटने के बाद ज़ुड़ेगी अथवा नहीं ? सरकार क्या प्रश्न करेगी ? बचाव क्या होगा ? बचाव के दौर में रिश्वत और कितनी दी जानी होगी ? संपत्ति पूरी तरह पकड़ी जाएगी या कुछ बच जाएगी ? सरकारी जेलों की अविकसित व्यवस्था में लेटे फाइव स्टार होटल की समृतियों में जीते, वे सोच रहे हैं। उन्हें अपने ज्योतिषीजी याद आ रहे हैं जो कह चुके थे कि बीच में राहु थोड़ा कष्ट देगा, मंगल नीच का होने से रुपये की आवक रुकेगी, मगर जिनकी बात को गंभीरता से नहीं लिया था। उन्हें वे कालगर्लें याद आ रही होंगी जो फोन करने से ही आ जाती थीं। वे सरकारी अधिकारी याद आ रहे होंगे जो उनसे प्रेजेन्ट्स आदि लेते थे, रिश्वत लेते थे, पार्टियां जीमते थे। वे रिश्तेदार याद आ रहे होंगे जिनके नाम से अलग-थलग संपत्तियां खरीदी जाती थीं, होटल चलते थे। जेल की रातें वे कैसे गुजारते होंगे ? सारी माया आदमी की है। आदमी जेल गया तो सब कुछ सूना है, फाइव स्टार होटल की, स्मगल की नौकाओं तक।

प्रश्न है कि क्या सरकार इन बनियाओं और हाजी मस्तानों से उन सरकारी अधिकारियों के नाम पूछेगी जो इन स्मगल-धर्मा व्यापारियों के निरंतर मददगार रहे हैं ? प्रश्न है कि क्या सरकार उन मंत्रियों और नेताओं के नाम पता लगाएगी जो इन स्मगलरों से रुपया लेकर चुनाव लड़ते थे, राजनीति करते थे, सत्ताएं बनाते-बदलते थे ? वे पुलिस अफसर, निगहबान जो विदेशी स्मगल सामान की नाव तट पर आने की बेला में किनारे से हट जाते थे ? वे कस्टम अधिकारी जो मुख पर मंद मुस्कान लिए अर्ध-निमीलित नयनों से स्मगलर को गुजरते हुए निहारते थे, जहाजों पर भारतीय अनाज लद जाता था, विदेशी सोना उतर आता था और वे समुद्र तट पर रेस्तरां में कोकाकोला पीते रहते थे। क्या नैनमल और चंपालाल शाह इस वास्तविकता पर प्रकाश डालेंगे कि अब तक कितने नेताओं को वे कितनी रकम दे चुके हैं ?

इनसे सत्य का पता कैसे लगेगा ? यदि ये पूर्ण सत्य छुपाएंगे तो क्या होगा ? यदि बता देंगे तो क्या होगा ?

भ्रष्टाचार का एक विराट वृक्ष है। उसकी कितनी सारी शाखाएं हैं, उसकी जड़ें कितनी गहरी फैली हुई हैं ? क्या यह सब परस्पर जुड़े हुए नहीं हैं ? इस वृक्ष की रक्षा के लिए राजनीति का परकोटा लगा है। सिर्फ कांग्रेस ही नहीं, दीगर पार्टियां भी भ्रष्टाचार के आर्थिक विषवृक्ष की रक्षा कर रही हैं और उससे शक्ति पा रही हैं। भ्रष्टाचार प्रजातंत्र की जड़ सींच रहा है। हमारा वोट पाया शख्स किसी जमाखोर या स्मलगर का नमक खाता है, उसकी हलाली करता है, उसकी बजाता है। एक या दो वाटरगेट नहीं, वाटरगेटों का अंतहीन क्रम है और हर वाटरगेट हद के बाद सत्ताधारी की निजी नैतिकता के लिए चुनौती भरा प्रश्न बन जाता है कि वह स्वीकार करे या न करे ? पावन अनुभवी चमड़ियों के नीचे एक निक्सन छुपा बैठा है। प्रश्न यह है कि स्मगलरों का बयान क्या होगा और उसमें प्राप्त व्यक्तिवाचक संज्ञाओं के साथ हमारा व्यवहार क्या होगा। शासन ने वृक्ष की एक डाली पकड़ी है, क्या दीगर डालियों को भी पकड़ेगी ? क्या जड़ तक पहुंचेगी ? पौधा-शास्त्र का नियम है कि एक-दो डाली काट देने से वृक्ष की बाढ़ कम नहीं होती, बल्कि उलटे बढ़ती है। बंबई का किनारा खतरनाक होने पर स्मगलर कोलंबो और मद्रास की बाजू से आने का प्रयास करेगा। एक दरवाजा बंद हुआ तो दो खुलेंगे। डालियां पनपेंगी। स्मगलर्स की नई पीढ़ी उभर कर आएगी। किस कुली की सुप्त महात्वाकांक्षा उसे कब एक और हाजी मस्तान बनने की दिशा में प्रवृत्त कर दे, कहा नहीं जा सकता। बड़ी उर्वरा है इस देश की काली मिट्टी। काले कर्मों के लिए शस्य श्यामल से कितनी श्यामल हरकतें जन्म लेती हैं, सब परिचित हैं।

प्रश्न यह है। तो, प्रश्न यह है कि इस हुआ-हुआ के बाद क्या कुछ होगा ? स्थिति यह है कि "भ्रष्ट जो खोजन मैं चला, भ्रष्ट मिला ना कोय, जो घर खोजा आपना मुझ-सा भ्रष्ट न कोय।" क्या सत्ताधारी और दीगर राजनैतिक दल अपना घर स्वयं खोजना अथवा दूसरों के द्वारा खोजे जाना पसन्द करेंगे ? यह एक मिलियन डालर प्रश्न राष्ट्र के सामने है और भविष्य का रोचक दृश्य यह होगा कि देखें राजनीति इससे कैसे पल्ला झटक कर बचती है !

टीम अनाथ और साथ में विश्वनाथ

विश्वनाथ ने फिर कुछ रन बना लिये और अखबारों के सुबह-सिंदूरी शाम-लीने समीक्षकों ने फिर लिखा कि विश्वनाथ ने टेस्ट टीम में अपने रहने की जरूरत को साबित कर दिया। क्रिकेट का खेल ही ऐसा है, जहां चमकीले मुहावरे विकेट की रक्षा करते हैं। ढीले खेल और सुस्त खिलाड़ी की रक्षा में पूरा शब्दकोश तनकर खड़ा हो जाता है। जैसे ही खिलाड़ी अपने दमखम और अदा से प्रतिष्ठित हुआ, एक खूबसूरत कविता उसे घेरने लगती है और वह बल्ला लिये शब्दों के आकाश में तैरने लगता है। धीरे-धीरे यह शायरी उसकी रगों में उतरती है और वह विशेषणों द्वारा प्रदत्त अदा बन कर रह जाता है, जिसे तोड़ने के लिए किसी इमरान की आवश्यकता होती है, जो फिर अपने में एक लंबी खूबसूरत नज्म है।

लगता है, क्रिकेट का पूरा तनाव एक काव्यधारा और उसके समीक्षकों के बीच का तनाव है, जो तब तक तारी और जारी रहता है, जब तक उस धारा के पाठक ऊबने और सिर पीटने नहीं लगते। घिसी-पिटी शैली के वही-वही स्ट्रोक किसी पत्रिका में एक ही ढर्रे की प्रकाशित होने वाली कविताओं की तरह बार-बार प्रकाशित होने पर जिस तरह पढ़नेवाला कहता है कि इस पत्रिका को क्या हो गया, उसी तरह अपने-अपने टी. वी. और ट्रांजिस्टरों से प्रवाहित कमेंटरी को निहारने, सुनने और भोगने के लिए अभिशप्त लोग कहने लगे हैं कि क्रिकेट को क्या हो गया ! दीवानों की महफिल में उदासी का आलम तब तक रहेगा, जब तक मोमबत्ती विश्वनाथ के पास से हटा कर किसी दूसरे शायर के सामने न रख दी जायेगी।

अपनों में गुंडप्पा और सबके लिए विश्वनाथ नामी यह नन्हा खिलाड़ी सुदृढ़ हायकू जैसा उभर कर टेस्ट के पन्नों पर एक गजल की तरह छा जाता है। हूट हो जाने के भय से मुक्त और मुशायरे में अपने आमंत्रण को लेकर आश्वस्त एक प्रौढ़ और जमे हुए शायर की तरह वह शेर पर शेर रह-रह कर धीरे-धीरे पढ़ता और लोग वाह-वाह करते। विश्वनाथ के हर स्क्वेयर ड्राइव पर कुरबान जाना भारतीय क्रिकेट-धर्मिता का अनिवार्य कर्म हो गया। विश्वनाथ के **24** या **29** रन दूसरों के **80** रन से अधिक पूजे और गिने जाते। उसका हर चौका भारतीय क्रिकेट के म्यूजियम में स्थान पाने लगा। लोग उसके एक सिंगल के लिए तरसते और वह खूबसूरती से डिफेंसिव खेल जाता, इस रौब और स्टाइल के साथ, मानो युवा पीढ़ी को प्रशिक्षण दे रहा हो कि देखो, जब विदेशी बॉलर्स आयें, तब ऐसे डिफेंसिव खेला जाना चाहिए।

आउट वह होता है, क्योंकि अक्सर वह आउट होने के लिए ही क्रीज तक आता है, पर भारतीय क्रिकेट के लिए उसका आना ही गर्वभरा क्षण है। अब यह टीम के भाग्य पर निर्भर करता है कि सात बनाये या नौ, या चौंतीस बना ले, जिसे खेल समीक्षक मूल्यवान चौंतीस रन कहें।

कहानी यही है कि विश्वनाथ आता है और लौट जाता है। खेद है, कविता भी यही है। विश्वनाथ का बल्ला न हुआ, किसी प्रतिष्ठित साहित्यकार की कलम हो गयी, जो कुछ नहीं लिखने के बावजूद निरंतर पुरस्कृत होती रहती है। एक आन को सुरक्षित रखा जाता है, मानो कि विश्वनाथ तो रहेगा। जो भी हो, विश्वनाथ तो रहेगा। कुछ भी कहो, विश्वनाथ तो होगा। टीम अनाथ और साथ में विश्वनाथ। वह तो होनाच्। मेरे को पाहिजे। पानी की गाड़ी हो गया विश्वनाथ। आये और घूंट-घूंट प्यास बुझा कर चले गये। समूची क्रिकेट-थाली में चटनी हो गया विश्वनाथ। कम है, पर रहेगी जरूर। सिंगल-सिंगल बढ़ता और हर बार नये कारण से आउट होता विश्वनाथ। संस्कारशील बल्ला पता नहीं किस गेंद पर रिश्तों का खयाल कर नरम पड़ जायेगा, कह नहीं सकते। क्रिकेट मैदान में एक सांस्कृतिक आनंद बन कर रह गया विश्वनाथ। एक छोटी-सी आयटम, जो जरूर पेश की जायेगी। तालियां बजाने को तैयार रहिए। वह जब भी पेवेलियन से चले, क्रिकेट के कमेंटेटर्स चारण-भाट की तरह विश्वनाथ की वीरगाथा का वर्णन आरंभ कर दें और वर्णन समाप्त भी न हो कि विश्वनाथ पेवेलियन की ओर लौटता नजर आये। आला रे आला, विश्वनाथ आला ! और दूसरे ही क्षण—गेला रे गेला, विश्वनाथ गेला !

अपनी टीम की अक्षमता, अपनी असफलता को सशक्त बयानों से ढकने में प्रवीण विश्वनाथ के रिश्तेदार और हमारे कप्तान सुनील गावस्कर चीख-चीख कर कहते रहते हैं कि विश्वनाथ में अभी बहुत क्रिकेट बकाया है और उसे नकारा नहीं जा सकता। सुनील पराजय स्वीकार करेंगे, ड्रा में गौरवान्वित होंगे, पर उन्हें विश्वनाथ की अनुपस्थिति स्वीकार नहीं होगी। विश्वनाथ सलाहकार है। सलाहकार के हाथ में बल्ला और टीम में उसकी पोजीशन होना जरूरी है। बूंद-बूंद रिसते हैं रन। टपकते हैं रन। खाली हाथों की ओक बना इंतजार करते हैं क्रिकेट के दर्शक। विश्वनाथ के रन उनके क्रिकेट व्यक्तित्व की अंतिम खुरचन की तरह सौंधे और मीठे होते हैं। पर लोग अब चिल्ला कर पूछने लगे हैं कि आखिर कब तक ? कब तक, विश्वनाथ कब तक ? और कितनी देर ? कितनी बार ? विश्वनाथ के पांच तथावर्जित बहुमूल्य रनों की खातिर कब तक श्रीकांत, या यशपाल के पचास रनों से हमारा प्रत्येक टोटल वंचित रहेगा ? कब तक ?

अब तुम लौट जाओ विश्वनाथ ! तुमने सात हजार रन बना लिये। यदि तुम पांच-छह वर्ष रुको, तो तुम आठ हजार रन बना लोगे। यदि तुम पंद्रह वर्ष और रुकोगे। तो हो सकता है, तुम दस हजार रन बना लो। कुछ खिलाड़ी अपने पहले

एक हजार रन बनाने के लिए तुम्हारे हटने की प्रतीक्षा में कहीं बूढ़े न हो जायें। भारतीय क्रिकेट के गोवर्धन पर्वत के नीचे से तुम अपना बल्ला हटा भी लोगे, तो पर्वत टिका रहेगा। यह सच है कि तुम हसीन, जिम्मेदार और अनुभवी खिलाड़ी हो, मगर हमें रनों की संख्या चाहिए, किसी का चरित्र और जन्मपत्री नहीं। गावस्कर कुछ कहे, तुम क्रिकेट के भविष्य नहीं, एक लड़खड़ाते अनिश्चित वर्तमान हो। क्रिकेट में तुम्हारा आना जितना सुखद है, विश्वास रखो, जाना भी उतना रहेगा।

यह सच है कि तुम कप्तान के रिश्तेदार हो, पर यह क्रिकेट है, राजनीति नहीं, जहां जाति और रिश्तों के बंधन हथेली देते हैं। यह साहित्य भी नहीं, जहां पोले व्यक्तित्व महज किसी के ससुर या किसी के दामाद होने की प्रतिष्ठा से लाभान्वित हो अपने पूर्वग्रहों का छकड़ा छकाते रहते हैं। यह क्रिकेट है विश्वनाथ ! और हम चाहते हैं कि और कुछ नहीं, तो इस देश में कम-से-कम क्रिकेट शुद्ध रहे। खिलाड़ी मैदान पर अपने बल्ले के सहारे रहें, अपने रिश्ते, अपने आतंक , अपने गुटों के सहारे नहीं। हम तालियों की भारी गड़गड़ाहट के साथ तुम्हें विदाई देंगे, बशर्ते तुम हमें शीघ्र ऐसा करने का अवसर दो। हम तुम्हें याद करेंगे और तुम्हारे गुण गायेंगे। यह सच है कि तुम अड़े रहोगे, तो किसी दिन सेंचुरी मार दोगे। उस दीये की लौ की तरह, जो बुझने के पूर्व अपनी पराकाष्ठा अर्जित कर लेती है। पर उस प्रकाश की तुलना में तुम्हारी अनुपस्थिति का अंधकार हमें प्रिय लगने लगा है। अब तुम लौट जाओ विश्वनाथ ! खड़े-खड़े इतिहास हो जाने से लौट जाना अच्छा है।

प्रतिदिन/शुंई, फुस्स, बिझुंग

जब वे उलटी गिनती लगा रहे थे वे नहीं जानते थे कि यह उलटी धड़कन चल रही है। राकेट उठा, और उठा, और उठा और एकाएक जात पर आ गया अर्थात घूमा और करोड़ों खर्च करने वालों की इज्जत पर, पूरे आसमान पर झाड़ू फेरता समुद्र की गहराई में किसी सरकारी रहस्य की तरह समा गया। शुंई, फुस्स, बिझूंग, गुड़प्प, झीं, भाम। गया पानी में। जो नारंगी प्रकाश था वह बुझने के पहले दीये की लौ का था। अफसोस की क्वान्टिटी इसलिये ज़्यादा है कि दीया भी बड़ा खर्चीला था और प्रकाश भी कम न था। अफसोस का एक स्तर भी है। उपग्रह प्रक्षेपक के असफल होने का अफसोस करने के लिये आपको कम से कम मेट्रिक पास होना चाहिये। अच्छा तो यह हो कि यह अफसोस चूंकि टेकनालाजी से संबंधित है, इसलिये केवल अंग्रेजी में किया जाये। जो लोग राकेट गिरने का अफसोस हिंदी, मलयाली या कन्नड़ में कर रहे हैं वह कोई राष्ट्र का हित नहीं कर रहे।

कारण क्या हो सकता है ? आइये, हिंदी में सोचें। शायद नीचे का ईंधन इतना भभक कर जलता होगा कि वह ऊपर के प्रक्षेपण की भी बारह बजा देता होगा। संकेत आने बंद हुए, मतलब तार जले। या हो सकता है ऊपर की बाडी इतनी नाजुक धातु की टेंडर पर खरीदी होगी कि वह आग से पिघल कर झुकी होगी। या हो सकता है पुर्जे परस्पर पूरे जुड़े न हों। राजू ने सोचा कि श्यामू ने जोड़ लिये होंगे और श्यामू समझता रहा कि यह काम रामसिंग का है। हो सकता है डिप्टी डायरेक्टर ने प्रस्ताव किया हो कि अभी. राकेट की फिटिंग ठीक नहीं हुई सो छोड़ना उचित न होगा, पर डायरेक्टर ने न माना हो; क्योंकि इस समय प्रधानमंत्री विदेश में हैं और उपग्रह उठ गया तो इज्जत भी उठेगी। दिल्ली से प्रेशर आ रहा हो कि चुनावों के पूर्व उपग्रह ऊपर उड़ना ही चाहिये। सरकारी काम है, असफलता का कोई भी कारण हो सकता है। सप्लाय में गड़बड़ हो, कमीशन ज्यादा लेने पर माल खराब सप्लाय हुआ हो। दो अफसरों में झगड़े हों और एक को बदनाम करने के लिये दूसरे ने प्रक्षेपण की ऐसी-तैसी फेर दी हो। ऐसे ही समय वहां कुछ लोग कहते मिलेंगे कि हमने तो पहले बोला था कि यही होगा।

उपग्रह प्रक्षेपक न हुआ, चुनावी नारा हुआ कि उठा, छू हो गया और डूब गया। स्थानीय नेता हुआ कि चमक कर उठे और मुन्सीपाल्टी के चुनाव में हार गये। बड़े पैमाने पर टांय-टांय होने के बाद जब ऐसी फिस्स होती तो मामला हक न होने पर

भी विचार का बनता था। रोम में ऐसे समय सीनेट बुला ली जाती थी, भारत में देवता शिवजी से कंसल्ट करने कैलाश पहुंच जाते थे, अर्जुन कृष्ण का मुंह देखने लगता था, सिकंदर सिपाहियों से राय लेने लगता, चंद्रगुप्त चाणक्य से और अकबर बैरम खां से बात करने लगता। ऐसे ही वक्त मुहम्मद तुगलक अपने वज़ीर से कहता था, "ऐसा क्यों होता है बर्नी ?" बर्नी उसका मंत्री था।

पर अब वह भारत न रहा। डूब गया पानी में साढ़े छह करोड़ तो डूब जाने दो। इतना रुपया होता क्या है ! हमने स्कीमों में इससे अधिक डुबोया है और डुबोने की इच्छा रखते हैं। आज के तुगलक बर्नी के सामने भी पीड़ा व्यक्त नहीं करते। राकेट गिरा है, छवि नहीं गिरनी चाहिये। वह ब्रह्मास्त्र है। काम जारी रहे। टेंडर निकलते रहें। कमीशन कटते रहें। भत्ते-अलाउन्स बनते रहें। हमें पीछे नहीं हटना है।

प्रयत्न चालू रखो। इस बार पच्चीस किलोमीटर तक उठ कर गिरा है, अगली बार छब्बीस तक—शुंई, फुस्स, बिझूंग !

भारत : एक कृषिप्रधान देश

जैसे भी कहिए, भारत कृषिप्रधान देश है। कृषिप्रधान है, इसी कारण देश है। ऐसा न होता और यह उद्योग-प्रधान या कोई और प्रधान होता तो देश न होकर आज विदेश होता। होता तो क्या होता, यह अलग मामला है। पर काफी लोग हैं जो यह सोच कर दुखी रहते हैं कि भारत कृषिप्रधान देश है। हमारे पुरखों को खेती करने से रोकना हमारे बस की बात नहीं थी, अन्यथा आज यह शर्मिन्दगी नहीं उठानी पड़ती। यह शर्मिन्दगी कुछ ऐसी है जैसे देश में बर्फ न गिर पाने के कारण चमड़े का कोट न पहन पाने वालों को उठानी पड़ती है। वे क्या कर सकते हैं ? अगर देश की अधिकांश आबादी खेती पर आश्रित रहे तो वे क्या कर सकते हैं ? देश कृषिप्रधान है। इस में जो 'प्रधान' शब्द आता है, उसका उस प्रधान से कोई ताल्लुक नहीं जो प्रधानमंत्री में आता है। इस देश के प्रधानमंत्री कृषिप्रधान नहीं होते। वे हार्टीकल्चर अर्थात बागबानी-प्रधान होते हैं। वे गुलाब के फूलों से सीधे गहरे जुड़े लोग होते हैं। हमारा देश वायसरायों के जमाने से गुलाब के फूलों के मामले में आत्मनिर्भर रहा है। हमारे बड़े लोगों ने खेती से ज़्यादा ध्यान फूलों पर दिया। हम गुलाब के फूलों के मामले में आत्मनिर्भर हैं। कोट के बटन में लगाने से लेकर गुलकंद बनाने तक गुलाब की ज़रूरत हम अपने देश में पूरी कर लेते हैं। हमें बाहर से केवल अनाज मंगाना होता है। आयात में भी भारत कृषिप्रधान देश है। इसे हमें गुलाब-प्रधान कहना चाहिए। यहां की मिट्टी प्रधानमंत्रियों की ज़रूरतें पूरी करती है, साधारण लोगों की नहीं। भारत में हर वह वस्तु जो बेज़रूरत होती है, इफरात से होती है; जैसे जनसंख्या काफी है। लोग इफरात से और बार-बार जन्म लेते हैं। इसीलिए भारत में प्रायः आदमी बेज़रूरत की चीज लगता है। फिर भी वह ज़िंदा रहता है और खेती करता है। या कहिए खेती करता है और ज़िंदा रहता है। या कहिए वह खेती दूसरों के लिए करता है, ज़िंदा अपने लिए रहता है। कुछ लोग सोचते हैं भारत में आदमी का जनमना और जनमते रहना ही सबसे बड़ी खेती है। वे हमारे देश की ओर ऐसे देखते हैं जैसे लोग अक्सर जंगल की तरफ देखते हैं। भारत कृषिप्रधान देश है। वह कुछ और प्रधान भी हो सकता है। या हो भी। कह नहीं सकते।

लोग हैं जो सोचते हैं कि भारत नाम का यह देश अमेरिका क्यों नहीं है ? जापान या जर्मनी क्यों नहीं है ? कुछ लोग सोचते हैं कि रूस क्यों नहीं है ? अर्थात

वह जो है उसके अलावा क्यों नहीं है ? और अगर यह किसी कोने से अमेरिका होने लगे तो वे सोचते हैं कि यह भारत क्यों नहीं बना रहता ? लोग भारत के चेहरे को बदलने की इच्छा रखते हुए यह कहते हैं कि भारत का चेहरा नहीं है। लोग भारत के विषय में सोचते हुए अक्सर किसी और देश के विषय में सोचते हैं। सच यह है कि वे उस देश के विषय में भारत से अधिक जानते हैं और भारत को वैसा न पाकर परेशान रहते हैं। उनकी निगाह में भारत देश जो है उसके अलावा हो जाए तो यह उसकी प्रगति होगी। प्रगति का अर्थ हमें 'जो हैं' से बढ़ कर कोई और देश हो जाना है। बढ़ कर या घट कर भी कहें तो कोई अंतर उनके हिसाब से नहीं पड़ेगा। पर भारत कंबख्त कृषिप्रधान देश है। यदि यह पेट्रोल-प्रधान होता तो आज हम अरबों की ठाठवाली ज़िंदगी जीते। लोगों को दुख है कि हमारे यहां भरपूर पेट्रोल क्यों नहीं होता। यदि पेट्रोल हमारे यहां होता तो हम गंगा-जमुना इंपोर्ट कर लेते। हमें हिमालय की ज़रूरत न होती। यदि हम हालीवुड की तरह फिल्में बनाने वाले होते तो हम ताजमहल के बिना बखूबी काम चला लेते। इस बीसवीं सदी के अंत में हमें अपने देश को देख कर बहुत दुख होता है कि हम सारे पहाड़ों के बावजूद स्विट्ज़रलैंड क्यों नहीं हैं। लंबी टांगें उपलब्ध हैं, पर वे विदेश की तरह खुली क्यों नहीं रहतीं ?

कई बातें हैं जिन पर लोग सोचते हैं। चिंतित रहते हैं। चिंतित रहना इस देश का कृषि के उपरान्त दूसरा प्रमुख कर्म है। प्राचीन ऋषि-मुनी चिंतित रहते थे, राजा-महाराजा रहते थे, फिर नेता रहने लगे। मनु जो इस देश का या पूरी आदमजात का पहला व्यक्ति था, जिसकी हम सब संतानें हैं, स्वयं काफी चिंतित किस्म का आदमी था। उसकी कुछ ऐसी ही छवि का पता लगता है कि सारा संसार बाढ़ में डूब गया था और उस पर फिर से सारा सिलसिला जमाने की जिम्मेदारी आ गई थी। आज भी बाढ़ें आती हैं और मंत्री चिंतित हो जाते हैं, और उनके मूड को भांप कर जिले का कलेक्टर और दीगर अफसर चिंतित होने लगते हैं। बाढ़ उतर जाती है, चिंता उतर जाती है। नया सिलसिला अपने आप जमने लगता है। बाढ़ न हो तो सूखा। चिंतित होने के लिए वह ज़मीन भी उपलब्ध है। आप स्वीमिंग पुल के पास शरीर का प्रदर्शन करते औंधे या सीधे लेटे इस विषय में चिंतित हो सकते हैं कि देश में सूखा क्यों है ? आप सोचने को यह भी सोच सकते हैं कि यह स्वीमिंग पुल का पानी खेतों में क्यों नहीं है, पर इतनी गहराई तक जाने का रिवाज़ नहीं है। आप चिंतित हैं क्योंकि चिंताएं की जानी हैं और चिंता नहीं करेंगे तो खाली समय में क्या करेंगे ? एक कृषिप्रधान देश में खाली समय काफी मिलता है। भारतीय किसान की तस्वीर एक चिंतित व्यक्ति की तस्वीर रही है। आज भी, आज़ादी के इतने साल बाद वह प्रायः उन ही चिंताओं में व्यस्त रहता है जिनमें उसके बाप-दादा रहते थे। और यदि वह उन बुनियादी चिंताओं से मुक्त हो गया हो तो भी उसके पास अन्य

चिंताओं के लिए भरपूर मसाला है जैसे कि कर्ज़ लेने के लिए सरकारी संस्थानों के अफसरों और कर्मचारियों को कितनी रिश्वत देना पर्याप्त होगा या पंप दुरुस्त करनेवाला कब आएगा ?

देश में किसान काफी हैं, चाहे उनके पास खेत उतने न हों। जिसके पास खेत नहीं होता वह दूसरे के खेतों को जोतता है। नतीजे में काफी ऐसे किसान हैं जो अपने खेत दूसरे से जुतवाते हैं, अर्थात वे हैं किसान पर उनके खेत दूसरे जोतते हैं। और ऐसे किसान हैं जो खेत जोतते हैं, पर बेज़मीन हैं। हिसाब लगा कर अगर देखा जाए, हालांकि इस देश में हिसाब सारे गड़बड़ होते हैं, तो ज़मीन इतनी कम और किसान इतने ज़्यादा हैं कि अगर सारे खेत दुमंजिला हों तो भी सबको जोतने-काटने का काम मिलने में कमी नहीं आएगी।

भारत एक लंबी-चौड़ी ज़मीन है। उत्तर से दक्खन और पूरब से पश्चिम तक फैली हुई। पर यह शिकायत आम है कि हमारे पास पर्याप्त ज़मीन नहीं है। अगर ज़मीन नहीं है तो हमारे पैरों तले क्या है ? क्या खिसक गई—जैसा कि मुहावरा है ? जिससे मिलिए वही कहेगा—साहब, ज़मीन नहीं है। ज़मीन मिल नहीं रही है। वह इतनी पीड़ा से कहेगा जैसे हवा में लटका हुआ है। कारखाना बनाने से कब्र बनाने तक ज़मीन का अभाव है। खेतों के लिए ज़मीन नहीं है। हम भूमि के अभाव के साथ कृषिप्रधान हैं। आप इस समस्या पर, या इस समस्या की ज़मीन पर ताज्जुब कर सकते हैं कि ज़मीन नहीं है। फिर क्या है ? हमारा देश कहां खड़ा है ? लोग कहां बैठे सुस्ता रहे हैं यदि ज़मीन नहीं है ? क्या हमारी ज़मीन अंग्रेज़ अपने साथ ले गये ? या वह हमारे बंधु पड़ोसियों ने हड़प ली ? गई कहां ? आपकी कार किस्ती पर चल रही है ? आपका ड्राइंगरूम कहां है ? अगर ज़मीन नहीं है तो क्या ये फाइव स्टार होटल पानी में तैर रहे हैं ? ऐसा तो नहीं हुआ कि सारी ज़मीन विनोबा ने दान करवा दी और लोग उसे लेकर भाग गये ? अजीब स्थिति है। अगर कोई आपसे कहे कि ज़मीन नहीं है तो आप पूछ सकते हैं कि ज़मीन नहीं है तो तुम साले खड़े कहां हो ? पर ऐसा कोई एक-दूसरे से नहीं पूछता। यह देशव्यापी चिंता का मामला है कि हमारे कृषिप्रधान भारत में भूमि का अभाव है।

आप रेल की खिड़की से देखिए। इसके अलावा इस देश को देखने का कोई तरीका भी नहीं है। आप देखेंगे कि दूर-दूर तक ज़मीन फैली है। वो जो क्षितिज है उस तक और उसके आगे तक अपने बाप का राज है, अर्थात ज़मीन ही ज़मीन है। पत्थर हैं, चट्टानें हैं, खड्ड हैं, पहाड़ हैं, ऊबड़-खाबड़ और अंतहीन है, पर है तो ज़मीन। अगर आप बड़े आदमी हैं और रेल के नज़रिए पर भरोसा नहीं करते तो आप हवाई जहाज से यही बात देख सकते हैं। उस भरपूर ज़मीन पर आपको शायद ही कोई आदमी या औरत नज़र आए। आपको इस दूसरे अभाव का अफसोस अधिक होगा, पर आश्चर्य की बात है कि आप ज़मीन देख रहे हैं। वह है। चरित्रहीन या

चरित्रवान अहल्या की तरह उपेक्षित जैसी भी है, वह है। आप सोचते हैं कि ज़मीन की तलाश करने वाले यहां क्यों नहीं आते ? वन महोत्सव के अवसर पर कलेक्टर अपने कलेक्टोरेट के अहाते में ही वृक्ष प्रति वर्षानुसार क्यों लगाता है ? वह यहां आकर कुछ जरूरी और कीमती पौधे क्यों नहीं बोता ? आम, इमली या अमरूद ही बो सकता है। वह नहीं तो कोई दूसरा व्यक्ति बो सकता है। आप तो बो नहीं सकते; क्योंकि चलती रेल से उतरना आपके लिए कठिन है और फेमिली आपके साथ है, सामान भी है, पर आप मन ही मन यह सवाल कर सकते हैं कि किसी ने इस जगह का उपयोग क्यों नहीं किया ? इसका उत्तर भी चाहें तो आप मन ही मन दे सकते हैं कि किसी को क्या पता कि यह या ऐसी कोई जगह है !

किसी ने देखी जगह ? किसी ने देखा अपने देश को ? किसान ने अपना खेत, आसपास के खेत, अपना गांव, अपनी ससुराल, अपनी तहसील और अपनी कचहरी देखी। लड़कों ने अपना स्कूल देखा, स्कूल तक का रास्ता देखा, शहर देखा, पापा का दफ्तर देखा और वह जगह देखी जहां टीचर पिकनिक के लिए ले गई थी। लड़की ने वह कोना देखा जहां उसका प्रेमी उससे मिलता है। नेता ने अपना चुनाव क्षेत्र देखा जहां उसने वोट बटोरे। रईस ने अपना कारखाना देखा और वह पक्की सड़क देखी जिससे होकर उसका ट्रक माल लेकर जाता है। लोग घर से निकले और दर्शनीय स्थान देख आए। जो बंबई में रहता था वह पहाड़ देखने नैनीताल गया। जो नैनीताल था वह समुद्र देखने बंबई आया। बूढ़े निकले और चारों धाम हो आए। देश देखने का अर्थ भरी-भरी सुंदर-सुंदर जगहें देखना है। देश देखने का अर्थ यहां-वहां उपलब्ध सुविधाओं के मज़े लेना है। चंडीगढ़ के किसी लॉन पर बैठे आमलेट की प्रतीक्षा करते हुए शिवालिक की पहाड़ियों को ताकना देश देखना है। शहरों के बड़े बाज़ारों में घूमते लड़कियां निहारना देश देखना है। नेता और अफसर गये और किसी डाक-बंगले में रह कर उन्होंने देश देखा। हमारे देश में देश इसी तरह देखा जाता है कि आप देखते भी रहें और देश फिर भी दिखे नहीं।

चोरी-चोरी ज्ञान

उस रोज यह जान कर मुझे हंसी आई और बाद में गर्व अनुभव होने लगा कि पाकिस्तान में भारत की लिखी-छपी पाठ्यक्रम की पुस्तकें चोरी से प्राप्त कर पढ़ी जाती हैं। यह सिलसिला धुंआधार जारी है और इस पर बंदिश लगाना दोनों सरकारों के लिए कठिन है। स्मगलिंग में ऐसा होता है। जो हो रहा होता है उसे होते रहने से रोकना दोनों के लिए मुश्किल हो जाता है। स्मगलिंग न हुआ चोरी-छुपे का प्यार हुआ। मां-बाप या गांव वाले चाह कर भी नहीं रोक पाते।

मुझे उन लेखकों के लिए अफसोस नहीं है जो पाकिस्तान में बिकी या छपी अपनी किताबों की रायल्टी नहीं प्राप्त कर पाते। भारत में ही पूरी रायल्टी कहां मिल पाती है जो पाकिस्तान से मिलेगी ? मुझे तो अचरच पाकिस्तान की भावी तैयारियों पर है। अमरीका से अधुनातन शस्त्र, हवाई जहाज और अन्य तकनिकी सामग्री पाने के बाद जब उसे चलाने और समझने के लिए भारतीय टेकनिकल किताबों से ज्ञान प्राप्त करेंगे तो उनका क्या होगा ?

हमें भी चाहिए कि अपनी पाठ्य-पुस्तकों में कुछ ऐसी समस्याएं और प्रश्न रख दें जिससे पाकिस्तान वालों को वास्तविकता समझने में सुविधा हो। जैसे यह प्रश्न कि बारह अमरीकन हवाई जहाजों का एक स्क्वाड्रन हर बार जब भारतीय सीमा पर आक्रमण करता है तब अपने तीन हवाई जहाज खो कर वापिस लौटता है और इस तरह के दो हमले रोज करता है, तो बताओ पाकिस्तान के प्रेसीडेंट साहब भारत से कितने दिनों तक युद्ध करें कि अमरीका से मिले पूरे पांच स्क्वाड्रन बरबाद हो जाएं जबकि हर स्क्वाड्रन में दो हवाई-जहाज उड़ान के काबिल न हों ?

यदि पाकिस्तान स्मगल की जाने वाली टेकनिकल किताबों में हम इस तरह के सवाल रख दें तो टेकनिकल ज्ञान के अतिरिक्त भी वहां के जिज्ञासुओं का भविष्य के प्रति ज्ञान बढ़ेगा।

हीरोइन नहा रही थी

स्टूडियो में बाथरूम का सेट लगा है। दृश्य यह है कि हीरोइन नहानेवाली है। लेखक के नाते मैं वहां उपस्थित हूं। देख रहा हूं कि हीरोइन यहां से वहां और वहां से यहां इतराती हुई घूम रही है। "आप क्या तौलिया तलाश रही हैं ?"—मैंने पूछा। उसने कोई उत्तर नहीं दिया। वह उसी तरह इतराती हुई यहां से वहां घूमती रही।

फिल्मों में स्नान एक समारोह होता है। हीरोइन यों ही बाथरूम में नहीं घुस जाती। वह बहुत धीरे-धीरे मचलते हुए इठलाते हुए, बाथरूम की ओर बढ़ती है। जैसे जीवन में पहली बार नहाने जा रही हो। एक अदद केमरा किसी गुंडे की तरह उसके पीछे चलता है। मैंने देखा, हीरोइन अपने आप को एक चलता-फिरता केलेन्डर महसूस कर रही है। इस समय वह शरीर भर औरत और औरत भर शरीर है। पता नहीं नहाना किसे है। मुझे तो वह औरत से ज्यादा एक शरीर लग रही है।

तभी डायरेक्टर पास आया और हीरोइन की पावन चहलकदमी की ओर दृष्टिपात करते हुए बोला—"मुझे इस सीन से बड़ी उम्मीदें हैं।"

मैं घर से नहाकर आया था। मैं समझ नहीं पाया कि नहाने से सिवाय नहाने के क्या उम्मीद की जा सकती है। आखिर मैं लेखक था, वह डायरेक्टर। मैंने उससे सहमत होते हुए कहा—"जी हां, उम्मीद तो है कि नहा लेंगी।"

"क्यों नहीं ! ये इसके पहले भी दो फिल्मों में नहा चुकी हैं।"—डायरेक्टर ने कहा।

"अच्छा-अच्छा।" मैंने इठला-इठलाकर चहलकदमी करती हुई हीरोइन से पत्रकार के अंदाज में कहा—"तो आप अपनी फिल्मी जिंदगी में यह तीसरी बार नहा रही हैं ?"

"जी।"—हीरोइन ने मुस्करा कर जवाब दिया।

तभी डायरेक्टर ठुड्डी खुजलाते हुए बोला—"यार, मैं यह सीन ले तो रहा हूँ, मगर इसका कोई जस्टीफिकेशन नहीं है। आखिर हमारी हीरोइन इस कहानी में क्यों नहा रही है ?"

मैं कुछ देर सोचता रहा। फिर बोला—"मेरे ख्याल से हीरोइनों को कभी-कभी नहा लेना चाहिए। हीरोइन न भी हो तो भी नहा लेने में क्या हर्ज है ? नहाना यों भी तन्दुरुस्ती के लिये ठीक रहता है।"

"अरे यार, मैं फिल्म की बात कर रहा हूं।"

"मैं भी फिल्म की ही बात कर रहा हूं। देश को स्वस्थ फिल्मों की आवश्यकता है। नहाना स्वास्थ्य के लिये आवश्यक है। हीरोइन क्या, फिल्म में सबको नहाना चाहिए। तुम्हारी कहानी का कुल पीरियड एक साल का है। जो कहानी साल भर चलती है, उसकी हीरोइन एक बार भी नहीं नहाएगी ? मेरा तो ख्याल है उसे रोज नहाना चाहिए।"

"मगर यह बात सेंसर को कौन समझाएगा ?" वह बोला।

"क्यों, सेंसर बोर्ड के सदस्य नहाते नहीं क्या ? एक को तो मैं जानता हूं, वो तो रोज नहाता है।"

"सेंसर पूछेगा कि बाथरूम सीन की क्या जरूरत है। हीरोइन का नहाना जरूरी है क्या ?"

"बिल्कुल जरूरी है। हीरोइन नहाएगी नहीं तो उसके बदन से दुर्गन्ध आयेगी। हीरो पास नहीं बैठेगा। कहानी ट्रेजेडी हो जाएगी। आप फिल्म को जिंदगी से अलग नहीं कर सकते जनाब ! अगर जिंदगी में नहाना जरूरी है तो फिल्मों में भी नहाना जरूरी है।" मैंने कहा।

"बस ! मैं तो सेंसर को यही बता दूंगा। कहूंगा—साहब, मैं तो वही चीज देता हूं जो पब्लिक मांगती है। पब्लिक हीरोइन को नहाते हुए देखना चाहती है। मैं दिखा रहा हूँ। आज पब्लिक बहुत होशियार हो गयी है। टिकिट खरीदने के पहले पूछती है, बाथरूम सीन कितने हैं, बेडरूम सीन कितने हैं ? फिर टिकिट खरीदती है।"

डायरेक्टर की बात मुझे ठीक लगी। आज हमारे देश की जनता जाग्रत हो गयी है। वह खुद भी सफाई रखना पसंद करती है और चाहती है कि हीरोइन भी नहाये। अरे, यही तो भारतीय संस्कृति है ! नदियों का देश है हमारा। नहाना राष्ट्रीय हॉबी है। लोग पानी देखते ही कपड़े फेंकने लगते हैं। घर में शॉवर होने के बावजूद हीरोइन नहाए नहीं, इसे कौन भारतवासी पसंद करेगा ?

तभी फिल्म का हीरो धड़धड़ाता हुआ आया और डायरेक्टर से लड़ने लगा कि इस सीन में मैं क्यों नहीं हूँ। डायरेक्टर ने कहा—"हीरोइन नहा रही है। वहां तुम क्या करोगे ?" वह बोला—"हीरोइन तौलिया ले जाना भूल गई है। वह अंदर से हाथ निकाल मुझसे तौलिया मांगती है। मैं शरमाते हुए उसे तौलिया देता हूं।"

"शरमाते हुए ? तौलिया वो मांग रही है तो शरमाएंगे आप ? क्यों ?......."

"इसलिए कि मैं शरीफ आदमी हूं।"—हीरो ने कहा।

"मगर यार, ये सीन नंबर सात है। अभी तुम उसके घर में कैसे घुस सकते हो ? अभी तुम्हारी उससे मुलाकात ही नहीं हुई।" डायरेक्टर ने कहा।

"इसे सीन नंबर चौंतीस कर दो। मुलाकात के बाद।" हीरो की इस बात पर डायरेक्टर पशोपेश में पड़ गया। वह ठुड्डी पर हाथ रख सोचने लगा। फिर बोला—"क्यों नहीं हम हीरोइन के नहाने के दो सीन करें। एक इंटरवल के पहले,

एक इंटरवल के बाद।"

हीरोइन जो अभी तक इठलाती घूम रही थी, यह सुनकर रुक गई। खुश होकर बोली—"मेरे नहाने के दो सीन हैं ! सुना ममी, इस फिल्म में मेरे नहाने के दो सीन हैं !"

हीरोइन की मां यह सुनकर सीरियस हो गयी। डायरेक्टर से बोली—"नहीं, ऐसा मत कीजिए। एक ही फिल्म में दो-दो बार नहाने से हमारी बेबी को सर्दी हो जाएगी।"

"नहीं ममी ! मैं नहाऊँगी दो बार। मैं जिंदगी में कितनी बार नहाई, मुझे तो आज तक सर्दी नहीं हुई।"

डायरेक्टर खुश था। आर्टिस्ट कितना कॉपरेट कर रहे हैं—"देखना, दो बाथरूम सीन के दम पर पूरी पिक्चर खींचकर ले जाऊंगा। सेंसर क्या उसका बाप भी नहीं काट सकता सीन को। चलो, टेक करें। दिस शुड बी अवर बेस्ट।"

इतराती हुई हीरोइन बाथरूम की ओर चली। उसके पीछे गुंडों की चाल से केमरा चला। उसके पीछे डायरेक्टर, मैं, और सारा यूनिट चलने लगा। फिर मैंने देखा कि देश के लाखों दर्शक चलने लगे। ठसाठस भरे सैकड़ों सिनेमा हाल उस बाथरूम में समा गये जिसमें हीरोइन नहा रही थी। हमारा पूरा देश, गंगा-यमुना का देश, वेद और गीता का देश, बुद्ध और गांधी का देश, प्रेमचन्द और रवीन्द्रनाथ का देश अपने लंबे इतिहास, अपनी समूची नेचर, अपने पूरे सौंदर्यबोध के साथ उस बाथरूम में समा रहा था। हीरोइन नहा रही थी। शावर से बहती पानी की धारा उसके शरीर से होती हुई दर्शकों के गहन अंतर में उतर रही थी। सारा देश आंखें गड़ाए बाथरूम के दरवाजे पर खड़ा था। और बाथरूम के अंदर हीरोइन नहा रही थी।

हमारा मध्य प्रदेश उर्फ नयी मध्य प्रदेश गाइड

हमारे मध्य प्रदेश का नाम मध्य प्रदेश है। इसके दो कारण हैं। पहला तो यह कि यह मध्य में है और दूसरा यह कि प्रदेश है। यदि यह मध्य में न होकर उत्तर में होता तो इसका नाम हरियाणा या पंजाब होता। उत्तर प्रदेश तो हो नहीं सकता था, क्योंकि फिर उत्तर प्रदेश का क्या नाम होता ? मध्य प्रदेश को देश का हृदय कहते हैं। नामकरण करने वालों का ख्याल था कि हृदय मध्य में होता है। यानी हमारा प्रदेश है तो पेट, पर उसे हम कहते हैं दिल। इसे दिलवाला पेट या पेटवाला दिल भी कह सकते हैं। वाकई में है पेट और वह भी भूखा। आजादी के पहले इस क्षेत्र को सेंट्रल इंडिया, सेंट्रल प्राविंस वगैरा कहते थे। आजादी की सबसे बड़ी उपलब्धि हमारे लिए यही है कि हमने अंग्रेजी शब्द का हिंदी अनुवाद कर लिया। अब यह मध्यप्रदेश है और हमें इस पर गर्व है।

अब गर्व की बात चल पड़ी तो बता दें कि हमारे राज्य में ऊँचे पहाड़ हैं। मध्य प्रदेश संबंधी सारी किताबों में मैंने पढ़ा कि यहां ऊँचे पहाड़ हैं। हमारे पहाड़ उन पहाड़ों में से नहीं जो ऊँचे नहीं होते बल्कि गहरे एकदम जमीन के अंदर धंसे या समतल होते हैं। हमारे मध्य प्रदेश के पहाड़ ऊँचे हैं। दूसरी बात है नदियां। हमारे यहां पहाड़ों के अलावा नदियां भी हैं। ये नदियां पहाड़ों से निकलती हैं और मैदानों में बहती हैं। यह कितने संतोष की बात है और ऊपरवाले की कृपा है कि वे मैदान से निकल कर पहाड़ों पर तो नहीं बहतीं। दुख की बात यही है कि मध्य प्रदेश के चारों ओर समुद्र नहीं है, अन्यथा आज उन राज्यों के सामने जिनके पास समुद्र है नीचा नहीं देखना पड़ता और हमारे राज्य की नदियों को डूबने के लिए इतनी दूर भी नहीं जाना पड़ता। कोई बात नहीं यदि समुद्र नहीं है। हमें अपने तालाबों पर गर्व है। जब गर्व ही करना है तो तालाब पर भी कर सकते हैं।

मध्य प्रदेश का अधिकांश भाग वनों से आच्छादित है। आच्छादित शब्द इसी संदर्भ में हमारे राज्य में उपयोग होता है। जंगल कटते जा रहे हैं, शब्द ज्यों का त्यों आच्छादित है। जंगल हमारी सबसे बड़ी संपत्ति है। इस संपत्ति को जुटाने के लिए हमारे पूर्वज कितने वर्षों हाथ पर हाथ धरे बैठे रहे, तब कहीं चारों ओर जंगल उगा। हमारा राज्य वनों से आच्छादित हो गया। हमारे राज्य के वनों से लकड़ियां प्राप्त होती हैं। पता नहीं और राज्यों को वनों से क्या प्राप्त होता है, हमें तो लकड़ियां प्राप्त होती हैं। दूसरी बात यह कि मध्य प्रदेश के वनों में आदिवासी रहते हैं।

मध्य प्रदेश की जनसंख्या दो भागों में विभाजित है। एक कान्यकुब्ज ब्राह्मण और दूसरे आदिवासी। जो कान्यकुब्ज नहीं हैं वे सब आदिवासी हैं। आदिवासी वनों में रहते हैं। अब वनों में रहते हैं, इस कारण आदिवासी हैं या आदिवासी हैं इस कारण वनों में रहते हैं, यह प्रश्न विचारणीय है। जंगल कटने पर इनके शहरवासी हो जाने का खतरा है, इसलिये राज्य शासन वनों की सुरक्षा एवं विकास के मामले में चिंतित रहता है। आदिवासियों के विषय में कहा जाता है कि जंगल ही उनका घर है और वे अर्धनग्न रहते हैं। अब अपने घर में कोई कैसे ही रहे हमें क्या करना, मगर यह बात सारे संसार में मशहूर है कि मध्यप्रदेश की जनसंख्या का बड़ा भाग अर्धनग्न आदिवासियों का है। यहां की मिट्टी काली है, कपास के लिए उपजाऊ है। राज्य में कपड़े की कई मिलें हैं, यहां से कपड़ा विदेश तक जाता है, पर वह आदिवासी क्षेत्रों तक नहीं जाता। वह क्षेत्र तो पहले से आच्छादित है।

हमारे राज्य की मिट्टी उपजाऊ है। और राज्यों की मिट्टी कैसी पलीद हो रही है वे ही जानें, पर हमारी तो उपजाऊ है। यहां चावल और गेहूं पैदा होता है। इसके अलावा मक्का, जुआर, बाजरा, कोंदो, तुअर, अंगूर, नारंगी, झड़बेरी, सीताफल, इमली, आम भी होते हैं। अमरूद हमारे पड़ोसी के यहां सबसे अच्छा होता है, जिसकी एक डाली हमारे आंगन में झुक गई है। मैंने सब्जी-मार्केट में अक्सर भटे बिकते देखे हैं। गौर से देखने पर वे भी मध्य प्रदेश के ही लगते हैं। कद्दुओं के बारे में पक्की खबर है कि मध्य प्रदेश में इफरात से होता है। चूंकि मध्य प्रदेश से नदियां बहती हैं, इसलिए लोग उसके किनारे खरबूज-तरबूज़ पैदा कर लेते हैं। अगर नदी बह रही हो तो सिवाय इसके कि किनारों पर खरबूज उगाएं, आप क्या कर सकते हैं ! नदियां होने का सुखद नतीजा यह है कि पुल-निर्माण हमारे यहां प्रमुख घटना है। सरकार पुल बनाती है ताकि उसके नीचे से नदियां निकल सकें। यदि पुल न होते तो नदियां किसके नीचे से निकलतीं ? हमारे मध्य प्रदेश में सड़कें मीलों लंबी चली गई हैं। मीलों लंबी चली जाने के अलावा वे क्या कर सकती थीं !

कुछ लोगों को यह भ्रम है कि हमारे मध्य प्रदेश में विश्वविद्यालयों की संख्या प्राथमिक शालाओं से अधिक है। ऐसा नहीं है। प्राथमिक शालाओं की संख्या ही विश्वविद्यालयों से अधिक है। यदि कमी है तो शिक्षकों और छात्रों की। शिक्षक नहीं हैं, अथवा छुट्टी पर रहते हैं जब तक उनका तबादला नहीं हो जाता। प्राथमिक शालाएं तो केवल वहीं पर नहीं हैं जहां छात्र और शिक्षक पूरी संख्या में हैं। जहां शाला, छात्र और शिक्षक तीनों होते हैं तो लोग उसे कान्वेन्ट कहते हैं। रिवाज यह है कि भवन पुराना हो जाने पर स्कूल खोलने के लिए दे दिया जाता है। भवन बड़ा हो तो लोग वहां कालेज खोल लेते हैं। वास्तव में क्या खोला जाए, यह भवन की साइज पर निर्भर करता है। प्राथमिक शाला या महाविद्यालय खोल लेने के बाद कक्षाएं पेड़ों के नीचे लगाई जाती हैं, क्योंकि छत गिरने का अंदेशा रहता है। जब तक संस्था

विकसित होती है, भवन खंडहर हो जाता है तब उसे किसी नये खंडहर में स्थानांतरित कर देते हैं। शिक्षक हो जाना हमारे राज्य का प्रिय व्यवसाय है। कहीं नौकरी न मिले तो लोग शिक्षक हो जाते हैं। मिल जाए तो पत्नी को शिक्षिका बना देते हैं। हमारे यहां दुल्हा-दुल्हन सुहागरात को भी एजूकेशन डिपार्टमेंट के बारे में बात करते हैं।

मध्यप्रदेश के विश्वविद्यालयों से जितने लोगों को डाक्टरेट दी जा सकती थी, दी जा चुकी; फिर भी विश्वविद्यालयों की उपयोगिता अभी समाप्त नहीं हुई है। शोध-कार्य जारी है। अभाव है तो टाइपिस्टों का। थीसिस टाइप करने को टाइपिस्ट नहीं मिलते। इसका कारण यह है कि अधिकांश जिन्हें टाइपिस्ट होना था, खुद थीसिस लिख रहे हैं।

विश्वविद्यालय के अतिरिक्त मध्यप्रदेश के हर नगर में नगरपालिकाएं हैं जो नगर में कचरे-गंदगी का समुचित वितरण करने वाली दूसरी सक्रिय संस्थान हैं। नल हैं, जिनमें से प्रायः पानी गुजर जाता है। लोग सारा दिन पानी के लिए परेशान हो जब थक जाते हैं, तब सायंकाल नदी या तालाब के किनारे बैठ प्रकृति की शोभा निहारते हैं। पनचक्की लगाना, आरा मशीन डालना, मकान बना किराए से उठा देना, जहां सिनेमा न हो वहां सिनेमा बना देना, होटल-रेस्तरां खोलना राज्य के प्रमुख उद्योग हैं। उनसे जो बचते हैं वे पान की दुकान लगा लेते हैं। उनसे जो बचते हैं वे सरकारी नौकरियों में चले जाते हैं। पुलिस की नौकरी युवकों को बहुत आकर्षित करती है। जिन्हें नहीं मिलती वे मोहल्ले के दादा हो जाते हैं।

आम तौर पर मध्यप्रदेशवासियों का स्वास्थ्य अच्छा होता है। बीमार होने पर लोग अस्पताल जाने पर विश्वास नहीं करते। एक तो इसलिए कि अस्पताल दूर पड़ते हैं, दूसरे उन्हें पता नहीं चलता कि वे बीमार हैं। आपस में सलाह कर दवाई लेना डाक्टर के पास जाने से बेहतर माना जाता है। अनुभवी मरीजों का सम्मान डाक्टरों से अधिक है। नसबंदी आंदोलन के प्रति वातावरण में बड़ा उत्साह रहा। हर शख्स चाहता था कि दूसरे की हो जाए।

मध्यप्रदेश के चारों ओर समुद्र न होने के कारण यहां कोई बंदरगाह नहीं है। लोग इटारसी जंक्शन से काम चलाते हैं। हर ट्रेन की मजबूरी है कि उसे मध्यप्रदेश से गुजरना पड़ता है। दो-तीन हवाई अड्डे हैं जहां छोटे-छोटे हवाई जहाज बंबई से दिल्ली जाते हुए थक कर ठहर जाते हैं। आवागमन का प्रमुख साधन मोटर-बसें हैं, जिन्हें सड़क के किनारे खड़े हो रोकने का प्रयत्न राज्य के निवासी करते रहते हैं। कंडक्टर का पद हमारे राज्य में जिम्मेदार और गंभीर पद माना जाता है। राज्य की भाषा हिंदी है, क्योंकि लोगों को अंग्रेजी आती नहीं या बोलने पर उच्चारण गलत हो जाने का डर रहता है। जिनके उच्चारण अच्छे हैं वे अंग्रेजी ही बोलते हैं।

मध्यप्रदेश में चिंतन का भार अफसरों पर है। स्वागत, भाषण आदि नेताओं

के होते हैं, परिवर्तन की जिम्मेदारी छात्रों ने ले ली है। मध्यप्रदेश का भविष्य उज्ज्वल है, लोग महात्वाकांक्षी हैं, हर शख्स स्कूटर खरीदने की सोचता है, प्रमोशन के चक्कर में रहता है। प्लाट खरीद, मकान बना लेना उसके जीवन का परम लक्ष्य है जो पूरा हो जाता है। तबादलों की सूचना से लोगों को रहस्य-कथा सा आनंद आता है, मंत्रिमंडल के परिवर्तन की खबर से शरीर में सनसनी हो आती है। लोग चाहते हैं कुछ न कुछ होता रहे। होता भी रहता है। अभी पिछले दिनों एक फिल्म का कुछ भाग मध्यप्रदेश में शूट हुआ। हेमा मालिनी आई थी।

राज्य का प्रमुख पेय बीड़ी है। प्रमुख खाद्य वही जो भी वक्त पर मिल पाए। उबली चाय की कई किस्में पसंद की जाती हैं। रतलाम में सेव, इन्दौर में चिवड़ा अच्छा बनता है। भोपाल के लोग अंडा ठीक उबाल लेते हैं, खयाली पुलाव भी वहीं बेहतर पकते हैं।

भाषणों, लेखों और प्रकाशनों में यह बात अत्यंत गर्व से कही जाती है कि मध्य प्रदेश पिछड़ा हुआ राज्य है। हम पिछड़े हुए हैं। रौब यह है कि तुम हमारा क्या बिगाड़ लोगे, हम पिछड़े हुए हैं। नंगे से खुदा डरता है—यह तर्क काम कर जाता है और सब हमारा सम्मान करने लगते हैं। पिछले दिनों मध्यप्रदेश का सम्मान देश में काफी बढ़ा है। शायद यही वजह हो। मैं कहीं जाता हूं तो मुझसे मध्यप्रदेश वासी होने के नाते डाकुओं के बारे में पूछताछ करते हैं। नेताओं और अफसरों के अतिरिक्त मध्यप्रदेश की जनसंख्या के एक छोटे से प्रतिशत ने दस्यु प्रवृत्ति अपनाई है। पर जो डाकू हैं वे बड़े समर्पित प्रकृति के हैं। उनके क्षेत्र से कोई सर्वोदयी गुजरता है तो वे बंदूक चरणों में रख देते हैं। अब कोई सर्वोदयी न गुजरे तो मजबूरी है, डाकू बने रहना पड़ता है।

इतना जानने के बाद किसी की इच्छा मध्यप्रदेश देखने की हो तो हम वहां पहुंचने का मार्ग बता दें। आप यों करें कि देश के एक छोर से दूसरे छोर का रेल टिकिट खरीद लें और बीच रास्ते में कहीं उतर जाएं। बस, वही जगह मध्यप्रदेश होगी। एक बार आ जाएं, फिर आप हमारे मालिक हैं और आपका भगवान मालिक है। मध्यप्रदेश पर्यटकों को स्वर्ग है, आप स्थायी रूप से यहां स्वर्गवासी हो सकते हैं। बाद में जाना न पड़े, इसलिए हमने तो यहीं जनम ले लिया। अब सारी जिंदगी इसी सोच में गुजर रही है कि कहां जाएं। आज़ादी के बाद मध्यप्रदेश के नगरों में श्मशान की व्यवस्था संभालने वाली कमेटियों ने बड़ी लगन से काम कर राज्य का गौरव बढ़ाया है। हमारे श्मशानों की व्यवस्था सुधरी है। अतः सोचते हैं कि अब बाकी जीवन भी यहीं बिता दें। विकास-कार्यों का कुछ लाभ आखिर हमें भी तो मिले !

कहहुं लिखि कागद कोरे

जो मुझे बुलाते हैं वे जानते हैं कि मैं क्यों आने लगा ? आना चाहूं तो भी कब आ सकूंगा ? पर जब मेरे प्यारे मित्र बाबूलाल ने मुझे गांव आने को कहा तो मैं बोला कि मैं अगले सप्ताह ही पहुंच रहा हूं। मेरे गांव जाने के समाचार से सारे साहित्य-जगत को धक्का लगा। यह जन्मपत्री पर जूता मारने की सी बात थी। मैंने कहा कि मैं पूरे माह गांव में ठहरूंगा और एक उपन्यास लिखूंगा, ताकि सनद रहे और वक्त पर यह कहा जा सके कि लेखक का भारतीय जीवन से गहरा ताल्लुक रहा है। मैंने एक रीम बढ़िया क्वालिटी का कागज़ खरीदा, दो विश्वस्त फाउन्टनपेन लिए और जिस तरह सिकन्दर ने बेबीलॉन छोड़ा था, मैं शहर छोड़ कर गांव चल दिया।

गांव एक गांव था। मैंने चारों ओर घूम कर देखा, वह गांव ही था। मुझे उसी से मतलब था। एक पतली सी नदी थी, एक अदद अमराई, कुछ ढोर-ढंगर, बड़ी संख्या में गंवार-से लगने वाले लोग, सीमित समझ के कुछ कुत्ते, अपनी कला पर मोहित एक हलवाई, एक अनुभव-संपन्न नाई, एक चलता-पुरजा पुरोहित, हवा, काफी सारा आसमान, कुछ नीम सुन्दर कन्याएं, विधवाओं सी लगने वाली विधवाएं, दो-चार छुटभैये नेता, दो कुएं जिनमें एक कुआं अधिक प्रशंसित था, कौवे, कुछ अन्य पक्षी, एक चौपाल, एक हनुमान का मंदिर, एक भूत, एक पीर की दरगाह, कुछ आदि-आदि, कुछ इत्यादिनें। गरज़ यह कि गांव पर उपन्यास लिखने का पूरा सामान था। लोग गलत हिंदी बोलते थे। मुझे यही चाहिए था। कुछ गलत हिंदी मैं स्वयं लिख लेता हूँ।

मैंने खिड़की के पास टेबल लगाया। एक रीम कागज़ रखा और लिखने लगा।

कमरे में झाड़ू लगाने वाले से मैंने वचन ले लिया था कि वह मेरे उपन्यास पर झाड़ू नहीं मारेगा। मेरे पास पूरे एक रीम कागज़ देख उसके मन में एक दार्शनिक प्रश्न उत्पन्न हुआ कि क्या एक व्यक्ति के पास इतने कागज़ होना आवश्यक है। उसे एक साथ इतने कागज़ों से अपशकुन की महक आने लगी। गांववासियों के जीवन में कागज़ परचून की पुड़िया के रूप में प्रवेश करता है। पतंग के कागज़ को वे सर्वश्रेष्ठ मानते हैं। बाकी किसी भी तरह के कागज़ से उन्हें बिजली का करंट लगता है। फिर चाहे वह बनिए का खाता हो, कोर्ट का सम्मन या दूर के रिश्तेदार का पोस्टकार्ड। मेरे पास इतने कागज़ देख उसे लगा मानो बंदर के हाथ उस्तरा लग

गया। उसने मुझसे नम्रता से दो कागज़ मांगे। मैंने उदारता से दे दिये। उसके जाने के बाद मैं फिर लिखने का प्रयत्न करने लगा।

शाम को वहां के पुराने जागीरदार ने मुझे खाने पर बुलाया। वे पढ़े-लिखे थे। अपने खेतों को फार्म कहते थे। पुरखों के जमाने में दरवाजे पर हाथी बंधता था। आजकल एक बिगड़ा हुआ ट्रैक्टर स्थायी भाव-सा खड़ा रहता है। वे मेरी व्यंग्य रचनाओं के घोर प्रशंसक थे। यद्यपि जिन रचनाओं की वे प्रशंसा कर रहे थे, वे मेरी नहीं किसी और की थीं। पर विषय बदलने के डर से मैंने कुछ न कहा। सोचा-चलने दो, यह कौन नामवर सिंह है ! और होता भी तो क्या फर्क पड़ता ? तभी वे बोले—"सुना आपके पास बहुत अच्छा सफेद कागज़ है। वो आज आपका नौकर मंसाराम अप्लीकेशन लिखाने आया तो देखा। पूछा—भई, तेरे पास ये कागज़ कैसे ? तो उसने बताया। मैं आज कल में कागज़ खरीदने के लिए किसी को शहर भेजने की सोच ही रहा था...।"

"आपको चाहिए कागज़ ?"—मैंने पूछा।

"यही कोई आठ-दस काफी होंगे।"

दूसरे दिन मैंने कुछ कागज़ जागीरदार साहब की सेवा में भिजवा दिए और बैठ कर उपन्यास पर विचार करने लगा।

गांव की दोपहर वहां की रातों की तरह बोर होती है। यद्यपि यह बात मैं उस उपन्यास में नहीं लिखना चाहता था। ऐसी ही दोपहर को दो कन्याएं मेरे कमरे के इर्द-गिर्द मंडराने लगीं। वे मुझे देखतीं और हंसती हुई झमक से इधर से उधर निकल जातीं। फिर कभी खंभे के पीछे छुप जातीं और वहां से मुझे देखतीं। मैंने कहा—प्रभु, ये क्या हो रहा है ! मेरे उपन्यास के लिए हीरोइनें भेज रहे क्या ? इसी बीच वे अपने भरे-पूरे शरीर में पूरा आत्मिक बल जुटा मेरे समीप आईं और एक ने दूसरी की तरफ इशारा कर के कहा—"इसे लिखने को कागज़ चइए।"

"हट, मेरे को क्यों चइए ? तुझे ही चइए।" दूसरी बोली।

"तुझे नहीं चइए क्या ?"

दूसरी शरमा गई। मैंने अपने मायनस फाइव पाइंट फाइव चश्मे से उस पर रसभीनी नज़र डालते हुए पूछा—

"काय को चइए ?"

इस पर पहली ने अपनी गर्दन को कुछ ऐसा खम दिया कि तुमको क्यों बताएं। दूसरी बाहर देखने लगी।

"लो। ले जाओ।'—मैंने दो कागज दे दिए।

उसे अपने हृदयस्थल के समीप सटाते हुए उसने कहा—"दो और दो।"

"लो।"—मैंने दे दिए।

वे हंसती-मुस्कराती, पलट-पलट निहारती चली गईं।

दो दिन में ग्राम के युवा वर्ग को मेरे पास कागज़ होने की सूचना मिल गई। एक लड़का मेरे पास आया और पूछने लगा कि कुएं पर पंप लगाना है, सो बैंक से कर्ज़ लेने के लिए क्या करना पड़ेगा ? मैंने उसे समझाया तो बोला-कागज़ दे दीजिए, अप्लीकेशन देना है। मैं न देता तो ग्राम का विकास रुक जाता, इसलिए दे दिए। फिर कुछ और लड़के आए।

मैंने महसूस किया कि ग्राम में आत्मोन्नति की लहर फैल रही है। कोई आवेदन कर रहा है। कोई किसी विभाग को शिकायत भेज रहा है। और कागज़ मैं दे रहा हूं। जब मैंने रुखाई बरती तो वे भी मुझसे रुखे पेश आ कागज़ मांगने लगे। उनका तर्क था कि जब आपने दूसरों को दिए तो हमें क्यों नहीं दे रहे।

तभी गांव में एक वारदात हो गई। तहकीकात के लिए जो आया उसने मेरे कमरे के बाहर बरामदे में बैठ सारी कार्यवाही की। वहां न भी करता तो भी कागज़ तो मुझे ही देने थे। मेरे एक कागज़ पर सरपंच ने गांव में एक जोरदार नोटिस घुमा दिया। मेरे कागज़ पर विरोधी ग्रुप के नेता ने सरपंच के काले कारनामे लिख कर चिपका दिए। सरपंच ने उसका जोरदार उत्तर मेरे कागज़ पर दिया। सारे गांव में मुझसे कागज़ लेकर कोई करिश्मा करने की प्रतियोगिता आरंभ हो गई। कुछ-कुछ देर में कोई आता और नम्रता से, या आंखें दिखा कागज़ ले जाता।

लड़कियां आतीं। वे पान की दुकान पर खड़े लड़कों को प्रेमपत्र लिखतीं, जो उनके बाप पकड़ लेते और मुझसे लड़ने आते कि मैंने कागज़ क्यों दिया और फिर उन लड़कों की रिपोर्ट करने के लिए मुझसे कागज़ ले जाते। गांव के लोग आधी रात को मुझे उठाते और कागज़ मांग ले जाते। गांव में तनाव बढ़ रहा था। मैं पार्टी नहीं बनना चाहता था, इसलिए कागज़ दे देता था। अब कागज़ इतने कम बचे थे कि उपन्यास लिखना संभव नहीं था। मैं कम से कम एक लंबी कहानी लिख कर लौटना चाहता था, पर जिस तेजी से कागज़ जा रहा था वह भी संभव नहीं था।

मैं ग्रामीण यथार्थ पर अपनी पकड़ मजबूत करने के चक्कर में एक सभा सुनने चला गया। वहां हो रहे भाषणों का मूल स्वर यह था कि यदि हम अपने गांव का विकास कर लें तो फिर शेष भारत का ही रह जाएगा जो खास ज़्यादा नहीं है। कई प्रस्ताव पास हुए कि नदी पर बांध बनाया जाए और हाईस्कूल खोलने के लिए सरकार से कहा जाए। भाषणों में कहा गया कि ज़हां तक आवेदनों के लिए कागज़ का संबंध है, इस गांव में आज इतने बड़े लेखक सौभाग्य से ठहरे हैं। कागज़ की कमी नहीं है। कमी है तो एकता और लगन की, जिसे हमें दूर करना है और गांव को बढ़ाना है।

किसी ने कहा कि इस देश में नवयुग आएगा तो वह गांवों में आएगा। कहने को कह गया, पर नहीं जानता था कि वह सच कह रहा है। नवयुग जितना भी आया हो, कागज़ केवल एक बचा था। उस पर उपन्यास तो लिखा नहीं जा सकता था।

मैंने एक कविता लिखी—

बिखरा जाता हूं तेरे आंचल में मां
अपने सारे पत्र
यत्र-तत्र-सर्वत्र
पूरा रीम
तेरे आम-बरगद-नीम
गये हैं जीम
बिखरा जाता हूं तेरे आंचल में मां
लिखने की आस
और अनलिखा उपन्यास
तेरे कांस-घांस और पलास से
बचा कर अपनी सांस
जाता हूं ओ मां !

उस शाम मैं गांव से लौट आया। बाद में मेरे मित्र बाबूलाल ने बताया कि मेरे जाने के दो माह की अवधि में गांव में तीन निर्माण-कार्य स्वीकृत किये गये। दो वारदातें हुईं। चार लड़कियां भागीं और उन सबके मूल में मेरे बांटे गए कागज़ों का योग था। मैं कहना चाहता हूं मित्रो, कि लिखने से जो होता है आप जानते ही हैं। पर यदि लेखक अपने अलिखित पृष्ठ समाज को सौंप दे तो वह ज़्यादा बड़ी हलचल कर सकता है। लिख कर जो सेवाएं मैंने की हैं, उससे बढ़ कर मैंने न लिख कर सेवाएं की हैं।

अर्थ तेरे कई अर्थ

यों तो ये सारी दुनिया पैसों का बाज़ार है, पर इसमें एक होता है—मनी मार्केट। भाजी मार्केट आपने सुना होगा, फ्रूट मार्केट आपने सुना होगा, मगर एक होता है मनी मार्केट। इसकी एक पोजीशन होती है जो 'टाइट' चलती है। किसी भी पैसेवाले से पूछो तो वह कहेगा, "आजकल जरा पोजीशन टाइट चल रही है।" वे खुद बड़े ढीले-ढाले होते हैं—यहां से ढीले, वहां से ढीले, मगर मार्केट टाइट रहता है। पूछो—"क्या हुआ ?" जवाब मिलेगा—"बैंक ने हाथ खींच लिया।" अब लड़की हाथ खींच ले तो समझ में आता है, बैंक कैसे हाथ खींच लेता है ?

बाज़ार बाज़ार है, लोग आ रहे हैं, जा रहे हैं, गाड़ियां खड़ी हैं, मगर किसी से पूछो तो कहेगा—"आजकल बाज़ार सुस्त है।"...क्या हुआ...."दुकानदार सुस्त है !" दुकानदार तो अपनी जगह उछल रहा है, मगर माल है कि उठता नहीं। माल 'उठता' है। माल शब्द के कई अर्थ होते हैं, आप उस सब पर मत जाइए। मैं उस माल का जिक्र कर रहा हूँ जो उठता है। दुकानदार बैठा रहता है, माल उठ जाता है। कई बार माल नहीं उठता तो दुकानदार खड़ा हो जाता है। कई बार दोनों बैठे रहते हैं। कई बार दोनों उठ जाते हैं। इस संसार में सबको एक न एक दिन उठना है।

लोग कहते हैं—व्यापार 'चल' रहा है। कहां चल रहा है ? किस तरफ से किस तरफ जा रहा है ? जी, बस चल रहा है। तेजी से चल रहा है। 'दौड़' क्यों नहीं रहा ? मंदी आ गई। ये मंदी भी अजीब चीज़ है। पता नहीं कहां से आ जाती है। फिर कहेंगे—'मंदी में गिरावट' आ गई। एक तो मंदी, ऊपर से गिरावट ! मगर नहीं। सब बड़े खुश। साब...मंदी में गिरावट आ गई।...चलो, अच्छा हुआ। बाजार में पैसा आ गया। गया किधर था बाजार से जो आ गया ?

फिर पता चलता है कि 'मांग' बढ़ रही है। 'भाव' चढ़ रहे हैं। जैसे बंदर को खंभा मिल जाए तो वो चढ़ता-उतरता रहता है ना, उसी तरह भाव भी चढ़ते-उतरते रहते हैं। पूछो—"भई, ये 'भाव' क्यों बढ़ते हैं ?" "साब", 'अभाव' में बढ़ते हैं।" अभाव में तो अभाव बढ़ना चाहिए, ये भाव कैसे बढ़ जाता है ? भाव है तो अभाव कैसा, अभाव है तो भाव कैसा ? अपन को कुछ समझ में नहीं आता। सुभाव नहीं है ना अपना !

यह मानव स्वभाव है कि घूंघट गिरा हो तो शक्ल देखने की तबीयत करती है। हमारी आवश्यकता उनके नखरे को जन्म देती है। हम हाथ बढ़ाते हैं, वो बाजू खिसक जाती है।

भाव चढ़े और ग्राहक दुकान से उतरा। भाव भी जब चढ़ते हैं आसमान चढ़ते हैं। एकदम रोहिणी ! शकर के भाव आसमान चढ़ गए। आसमान की तरफ देखो तो वहां शकर के भाव नज़र आएंगे। मगर लोग उधर नहीं देखते, वे गवर्मेन्ट की तरफ देखते हैं।

गवर्मेन्ट, माई-बाप, चिंतित होती है। जब भी सुनो, पता लगता है, गवर्मेन्ट 'चिंतित' है। आदमी को चिंतित होते मैंने देखा है, मैं खुद काफी चिंतित रहा हूँ। मगर ये गवर्मेन्ट कैसे चिंतित होती है ? क्या करती है, घुटने में सिर देकर बैठ जाती है ? सिर पर हाथ रखती है ? करती क्या है ? चिंतित है। कई बार मेरे को बड़ी फिकर हो जाती है कि ज्यादा और लगातार चिंता करने से गवर्मेन्ट की तबियत न खराब हो जाए।

गवर्मेन्ट अपने तो चिंतित ही रहती है और चीजें काले बाज़ार में चली जाती हैं।

कालाबाज़ार। कमाल का शब्द है। जहां चारों तरफ उजाला है, लोग उस जगह को कहते हैं कालाबाज़ार। चमकता हुआ रुपया है, लोग कहते हैं—काला रुपया है। छमछम करती सुंदर लक्ष्मी है, लोग कहते हैं—काली लक्ष्मी है। क्या काली, क्या सफेद। क्या गोरी, क्या सांवरी। मगर लोग हैं कि सफेद को काला और काले को सफेद करने के लिए परेशान रहते हैं—'मोरो गोरो अंग लईजा, मोहे श्याम रंग दईदे।

एक साख होती है जो 'जमी' रहती है। जिस तरह दही धीरे-धीरे जम जाता है, उसी तरह साख भी धीरे-धीरे जम जाती है। आदमी उखड़ जाता है, साख जमी रहती है। कई बार आदमी जम जाता है, उसकी साख उखड़ जाती है।

एक होता है दीवाला। वो 'निकलता' है। लोग कहते हैं—इसका दीवाला निकल गया, या 'पिट' गया। बेचारा दीवाला, या तो निकलता है, या पिटता है। मैंने एक व्यापारी से पूछा—"क्यों साहब, आपका दीवाला निकल गया ?" वो मुझे गुस्से से देखने लगे। "नहीं निकला। क्यों निकलने लगा ?" मैंने कहा—"नहीं निकला तो घर में होगा ?" वो और बुरा मान गए। कमाल है। अरे, जो चीज निकली नहीं वो घर में होगी। अगर दीवाला बुरी चीज है तो निकालो घर से। अच्छी चीज है तो कहने में क्यों शरमाते हो कि हमारे घर में दीवाला है ?

सब शब्दों का एक अर्थ होता है, पर 'अर्थ' शब्द का एक ही अर्थ होता है, रुपया। यही परम अर्थ है। जड़ में यही जड़ है। चेतन में यही चेतन है। मनुष्य जीवन को अर्थ देना चाहता है। अर्थात जीवन को पैसा देना चाहता है। सार्थक बनाना चाहता है। सारा जीवन एक अर्थ की तलाश में बीत जाता है। जब मरता है, उसका शव श्मशान ले जाया जाता है। लोग कहते हैं—अर्थी जा रही है। सही कहते हैं। जो शरीर सारा जीवन अर्थ के चक्कर में रहा, मरने पर उस शरीर को अर्थी कहा तो क्या गलत कहा !

उनको मिली कोल्हापुरे, हमको मिली कोल्हापुरी

प्रिंस आफ वेल्स आये और पद्मिनी कोल्हापुरे का चुंबन हासिल कर घर वापिस लौट गये। जिनकी जिंदगी बंबई .में गुजर गई, जो हमेशा राजकमल स्टूडियो आते-जाते रहे, उन्हें नहीं मिला जीवन में एक कोल्हापुरी चुंबन। जब भी प्रयत्न किया, कोल्हापुरी चप्पल मिली। कुछ लोग नसीब लिखकर भारत आते हैं और चुंबन कमाकर विदेश लौट जाते हैं। कुछ लोग भारत में जन्म लेते हैं, मगर नसीब लिखवाना भूल जाते हैं। सारी जवानी कोल्हापुरी घीसते गुजर जाती है, किसी कोल्हापुरे का चुंबन नहीं मिलता। हमारे लिए कोई शांताराम आर्डर देने को खाली नहीं है कि 'ले ले पद्मिनी, एक चुंबन इसका भी ले ले, ये पहली बार राजकमल स्टूडियो आया है।'

मैं जब भी राजकमल स्टूडियो गया, पद्मिनी कोल्हापुरे वहां नहीं थीं। होती तो पूछता कि आप ले रही हैं या मैं ले लूँ। यह सच है कि चार्ल्स से मेरी उम्र ज्यादा है, मगर शांतारामजी से कम है।

मुझे पद्मिनी कोल्हापुरे की एक बात बहुत अच्छी लगी। उससे किसी ने पूछा—"चार्ल्स का चुंबन क्यों लिया ?" उसने जवाब में कहा—"मुझसे कहा गया था कि चुंबन लेना।"

कितनी अच्छी बात है ! भारतीय संस्कृति के अंतर्गत इससे प्रबल कारण चुंबन का दूसरा नहीं हो सकता कि मुझसे कहा था कि चूम लेना। एक जमाना था, हमारे देश में प्रेमिकाएं घर से पूछे बगैर बगीचे में चुंबन नहीं देती थी। गुड गर्ल। आज्ञाकारिणी। काश, मैं प्रोड्यूसर होता तो इसी बात पर जीतेन्द्र के साथ साइन कर लेता। कांट्रेक्ट में एक ही शर्त रखता। मेरे अलावा किसी और को मत चूमना।

सारी जिंदगी बीत गई। दो परस्पर चूमने वालों के बीच हमारी भूमिका अक्सर विलेन की रही है। जितने अड़ंगे हम डाल सकते थे, हमने डाले। डले। कुछ नहीं हुआ, मगर भांजी मारना हमारा फर्ज था। अगर हमें पता होता कि पद्मिनी कोल्हापुरे चार्ल्स का चुंबन लेने वाली है तो हम भारत-इंग्लैंड के संबंध बिगड़वाने से नहीं चूकते। हमें इस शॉक से उभरने में बहुत दिन लगे। तुम किस्मतवाले हो चार्ल्स ! हमारी राह में कितने सेंसर बोर्ड अटके रहते हैं इसी बात पर !

अब धीरे-धीरे मन को समझा लिया है कि जो हुआ सो हुआ। मुकद्दर का सिकंदर भी लंदन लौट गया और डायना से शादी कर रहा है। सवाल यह है कि तुम भारत में हो, तो क्या कर लिया और क्या कर लोगे ?

पद्मिनी कोल्हापुरे ने अपने बयान में कहा कि यह मेरा पहला चुंबन था। इस विषय में विद्वानों और जानकारों में मतभेद हो सकता है कि यह पहला था या नहीं। और अगर मान भी लें कि यह पहला था तो हम पद्मिनी कोल्हापुरे से पूछना चाहेंगे कि क्या तुम भविष्य में भी अपने चुंबनों का यही स्तर रखोगी ? चार्ल्स से कम लेवल के लोगों के लिए यह सुविधा उपलब्ध हो सकेगी या नहीं ? यह मत भूलो पद्मिनी, कि चाहे भारत गरीबों का देश है मगर समाजवाद की तरफ बढ़ रहा है। लायबेलिटीज से बचते हुए एस्टेटस का वितरण करने का, जिसमें तुम्हारा चुंबन भी शामिल है, हमारा पक्का इरादा है। इस ऊँचे आर्थिक दर्शन को तुम न समझो तो मैं एक लोककथा सुनाकर समझाता हूँ। हमारे भारत में यही रिवाज रहा है कि जब कोई बात यों न समझ में आए तो कथा सुनाओ। सो सुनो—

हे पद्मने, किसी काल में आखेट से लौटते हुए एक राजा का पुत्र मार्ग भूल आया। उसने खेत में काम करती एक किसान की कन्या से पूछा कि राजधानी का रास्ता कौन-सा है ? तिस पर कन्या ने उंगली उठाकर बता दिया कि नाक की सीध चले जाओ।

तब हे कोल्हापुरे, सहज जिज्ञासावश खेत में खड़ी उस सुंदरी ने राजपुत्र से प्रश्न किया "तुम कौन हो।" उसने कहा—"मैं इस राज्य का राजकुमार हूँ और आदत का मारा शिकार खेलने आया हूँ। शिकार तो मिलता नहीं। अब घर लौट कर पोलो खेलूंगा।"

इतना कहकर हे चार्ल्स-चुंबिता, राजकुमार तो राजधानी चला गया और हम यह मान लें कि वह वहां पहुंच भी गया होगा। मगर तभी खेत से सटे उस गांव में एक विचित्र घटना घटी कि किसान की लड़की ने बोलना बंद कर दिया। वह गूंगी हो गई पद्मने, छेड़ने पर गालियां तक नहीं बकती। खबर गांव में फैली, तहसील से जिले तक फैली—किसान की एक लड़की बोल नहीं रही।

जैसा कि होता है ऐसे संकट के क्षणों में एक साधु वहां से गुजरा। गांव के लोगों ने साधु के सामने समस्या रखी—महाराज, खेतों में काम करने वाली एक कन्या बोल नहीं रही। कल से रेप हो गया तो पत्रकारों को बयान कैसे देगी ?

सो हे सत्यम्-शिवम्-सुन्दरम् फिल्म के लगभग अर्धनग्न जीनत अमान की बालरूपिणी, साधु ने अपने प्रभाव का उपयोग कर उस हरित क्रांति में भिड़ी कन्या से पूछा—"क्यों भाव खा रही हो, बालिके, बोलती क्यों नहीं ?"

जानती हो, कोल्हापुरवासिनी, तब उस किसान-दुहिता ने क्या उत्तर दिया ? बोली कि "जिस मुंह से मैंने इस राज के राजकुमार से बातें कीं, उस मुंह का स्तर गिरा इन घाटी-गांव वालों से क्या बातें करूं ?"

आज यही प्रश्न तेरे सामने है ओ शांताराम की आज्ञाकारिणी, कि जिन होठों से चार्ल्स को चूमा उनसे इस निगोड़े शरद जोशी को क्या चमं ? इस मामले में

मैं तुझसे असहमत हूं। चार्ल्स तो राजकुमार है, मैं तो बादशाह हूं !

और अगर मान भी लें कि वह तुम्हारा पहला चुंबन था तो मेरा सुझाव है कि यह अंतिम नहीं होना चाहिए। श्रीगणेश अच्छा हुआ है और अब हमें इस काम को आगे बढ़ाना है। तुम्हारी जिम्मेदारियां बढ़ गयी हैं जिन्हें तुम्हें दिन-रात लगन से निभानी है। शांतारामजी का आशीर्वाद तुम्हारे साथ है, मौका दो तो मेरा भी हो सकता है। यदि सहयोग करो तो मैं चार्ल्स के छोड़े अधूरे कामों को पूरा करना चाहता हूं। मुंह जरूर चांद की तरह टेढ़ा है, मगर मन में निराशा नहीं है। काफी वल्ले-वल्ले टाइप का पंजाबी उत्साह रहा है इन मामलों में। इतनी उमर में मोरारजी राजनीति में निराश नहीं हुए तो मैं चुंबन में क्यों होऊँ ?

इसी सिलसिले में पिछले दिनों एक हादसा हुआ जिसका जिक्र करना अप्रासंगिक न होगा। हुआ यह कि एक सज्जन बोले—"क्या पद्मिनी कोल्हापुरे को चार्ल्स का मुंह चूमने को खड़ा कर दिया ! दूसरी कोई सुंदर लड़की नहीं मिली ?" सुनकर मुझे तैश आ गया और मैंने उनका गला पकड़ते हुए कहा—"तुम कोल्हापुर की सुंदरियों को समझते क्या हो ? वहां जैसी लड़कियां पूरे भारत में नहीं हैं।"

वह शख्स घबरा गया और माफी मांगने लगा। वो समझा, मैं कोल्हापुर का हूं और अपने शहर की मां-बहनों के खिलाफ कोई बात सुनना पसंद नहीं करता।

मैंने आज तक कोल्हापुर नहीं देखा, मगर सिर्फ तेरे कारण पद्मिनी, मैं उस शहर की रक्षा में खड़ा हो गया।

याद है एक दिन पूरे देश में गा-गाकर एक सवाल तूने उठाया था कि 'यशोमति मैया से पूछे नंदलाला, राधा क्यों गोरी और मैं क्यों काला ?' आज वही सांस्कृतिक प्रश्न लौटकर तेरी तरफ आया है कि 'चार्ल्स क्यों गोरा और तू क्यों काली ?'

और वो जो भी हो, मैंने क्या बिगाड़ा है ? चुंबन की नाजुक स्थितियों में मैं काले-गोरे के भेदभाव से सदैव ऊपर रहा हूं पद्मिनी ! फिर चाहे वह कोल्हापुर हो, या इस देश का कोई भी शहर हो।

बड़ी प्रगति की देश ने

हिंदुस्तान की आजादी को सैंतीस साल बीत गये। बीत गये तो बीत गये। इसमें हम क्या कर सकते हैं और कोई क्या कर सकता है ! जिस बात को सैंतीस साल हो जाते हैं उस बात के सैंतीस साल हो जाते है ! पचास साल हो जाते तो पचास साल हो जाते। देश वही है और वही रहेगा। उत्तर में हिमालय, दक्षिण में समुद्र। पेकबंद, चाक-चौबंद, भूलचूक लेनी-देनी। इतना बड़ा देश है, थोड़ा-बहुत कम-ज्यादा हो जाय तो क्या फर्क पड़ता है ? खुशी की बात यह है कि देश, देश है। जो भारतवासी विदेश में नहीं रहते वे यहीं रहते हैं। और उनकी संख्या कम नहीं। अगर हम देश को आगे नहीं बढ़ा सकते तो कम से कम देश की जनसंख्या तो आगे बढ़ा ही सकते हैं। आखिर हमारा पौरुष किसी काम तो आ रहा है।

आजादी के इन सैंतीस वर्षों में हमारे देश में बड़े-बड़े नेता हुए। जब बड़े-बड़े नेता नहीं हुए तो हमने छोटे-छोटे नेता पैदा किए। उन छोटे-छोटे नेताओं ने और छोटे-छोटे नेता पैदा किए। इस तरह हमारा देश नेताओं के मामले में आत्मनिर्भर हो गया। अब हमें मार्गदर्शन के लिए बाहर देखने की जरूरत नहीं है। हम खुद एक-दूसरे को मार्गदर्शन दे सकते हैं। हमने नेतृत्व का दरवाजा सबके लिए खोल दिया। अगर आपके पास कोई काम नहीं है तो आप हमारे शहर के नेता बन सकते हैं। और अगर आप के पास कोई काम है तो आप हमारे नेता हैं ही। अगर आप अच्छे काम करना चाहते हैं तो आप नेता बनिए। और अगर आप बुरे काम करना चाहते हैं तो जरूर बनिए। दरवाजा सबके लिए खुला है।

जिस नगर में अभिनेता अधिक होते हैं वहां नाटक मंडलियों की संख्या बढ़ जाती है। उसी तरह जिस देश में नेताओं की संख्या अधिक होती है। वहां राजनैतिक पार्टियां काफी हो जाती हैं। आखिर ये राजनैतिक पार्टियां क्या हैं ? प्रजातंत्र की रेल के डिब्बे हैं। रेलें बढ़ रही हैं, डिब्बे बढ़ रहे हैं। और जिस तरह सुपरफास्ट गाड़ियों के डिब्बे अलग-अलग होकर भी परस्पर जुड़े रहते हैं, उसी तरह प्रजातंत्र की रेल के ये डिब्बे अलग-अलग होकर भी जुड़े हैं। आप चाहें किसी भी पार्टी से किसी भी पार्टी में जा सकते हैं। सारी सीटें नरम हैं, हर डिब्बा एअरकंडीशन्ड है।

आजादी के इन सैंतीस वर्षों में हमने पेड़ काटे और उनसे कुर्सियां तैयार कीं। अब हम पेड़ों के नीचे नहीं बैठते। हम पेड़ से बनी कुर्सियों पर बैठते हैं, ताकि हम और पेड़ काटने का हुकुम दे सकें। इन सैंतीस वर्षों में नेताओं ने जब कहा—पेड़

लगाए जाएंगे, तब-तब पेड़ काटे गये। समस्या यह थी कि जब तक पेड़ काटे नहीं जाएंगे, जगह खाली नहीं होगी और जब तक जगह खाली नहीं होगी, पेड़ कहां लगाएंगे !

हमारे देश की धरती महान है। वह जितना अनाज उपजाती है, उससे ज्यादा खाने वाले उपजाती है। आजादी के इन वर्षों में हम भारत में उगाते रहे, विदेश से मंगाते रहे। खाते रहे, पचाते रहे। विदेशी अनाज और देशी चूरण ने पेट का संतुलन ठीक रखा। पहली बार देश को किचन और बेडरूम का महत्त्व समझ में आया। खाने और सोने के लिए हमने भवन बनाए और भवन बनाने के लिए ठेकेदारों की कौमें तैयार कीं। आज बहुत से देशवासियों को अपने तकियों, अपनी गादियों और अपने एअरकंडीशनरों पर गर्व है। वे जानते हैं कि हम सुखी हैं, सारा देश सुखी है।

आजादी के इन वर्षों में देश में उत्पादन बढ़ा और उत्पादन के भाव बढ़े। आदमी सस्ता और सामान महंगा हो गया। बदन सस्ता और कपड़े महंगे हो गये। घरों की इज्जत कम हुई, होटलों की बढ़ गयी। गहनों का सम्मान शरीर से अधिक हो गया। पद का सम्मान मनुष्य से अधिक हो गया। घर में पत्नी रहती है, मगर आंखों में अभिनेत्री। गुलाम भारत में युवक मंगेतर के सपने देखता था, आजाद भारत में वह होटल के कमरे में कालगर्ल को बुला लेता है। दुविधाएं कम हो गईं, सुविधाएं बढ़ गईं। जिसने जब जिसे चाहा रेप कर दिया। जिसने जब जिसे चाहा मार डाला। अड़तालीस से चौरासी तक हमारी बहादुरी की कहानी यह है कि महात्मा गांधी को गोली मारने से चले थे, श्रीमती गांधी को गोली मारने तक पहुंचे। निहत्थे बूढ़े से शुरुआत की थी, निहत्थी बूढ़ी को मारने पर खत्म हुई। और अब भी कौन जाने खत्म हुई कि नहीं। कुछ लोगों ने शहीदों की सूची फेंक दी और हिटलिस्ट लिए घूम रहे हैं। तिरंगा चौरंगा हो गया, एक पट्टी खून की है।

आजादी के इन सैंतीस वर्षों में देश उठा, गिरा, गिर कर उठा, उठकर गिरा, मगर ठीक से खड़ा होना नहीं सीख पाया। जब तक घड़ी इंपोर्टेड न हो, हम अपने देश का समय नहीं देख पाते। जब तक इंपोर्टेड विचार न हों, हम अपनी परिस्थितियों का विश्लेषण नहीं कर पाते। जब तक हमें बाहर से भीख और उधार न मिले, हमें अपनी प्रगति पर शक होता है। जब तक वहां की फैशन न हो, हमें सौंदर्य नजर नहीं आता। जब तक वहां की धुन न हो, हमें संगीत अच्छा नहीं लगता। हम देश की जमीन पर खड़े हैं, मगर हमारा आकाश पराया है। शरीर कस्बा है, आत्मा न्यूयार्क है। आजादी के इन सैंतीस वर्षों में हम कहां से चले, कहां आ गये। इतने वर्षों में हमारी औद्योगिक प्रगति की पहचान यही है कि हमने गंगा-जमुना को मैला कर दिया। सड़कें खराब हैं, मगर उस पर जो कार चल रही है वह सुंदर है। गली में कीचड़ है, मगर आपका पतलून टेरीकाट का है। हमारा घर अच्छा है, देश जैसा भी हो।

आजादी के इन सैंतीस वर्षों में जेबें खाली और बाल बड़े होते चले गये। लोगों ने अपनी मूंछें बढ़ाईं और राष्ट्र ने अनेक समझौते किये। देश मजबूत हुआ हो या नहीं, जातियां मजबूत हो गईं। प्रांत मजबूत हो गये। जगह-जगह ऐश करने के मुकाम बन गये। दूध पूरा मिले, न मिले, शराब में शिकायत नहीं रही। पान की खेती और सिगरेट का उत्पादन बढ़ा जिससे देश के सभी चौराहे गुलजार हो गये।

बागों में बहार आई, जरूरत-बेजरूरत पानी बरसा, बाढ़ आई, सूखा पड़ा, लोग भूखों मरे और ब्याह-शादी में विराट भोज हुए। और आम आदमी, बिचारा आम चूसता रहा। वो भी महंगे हो गये। सैंतीस वर्ष खूब रहे। कई सड़कें बन गईं। जिसे वहां नहीं जाना था, वह वहां पहुंच गया। इधर का माल उधर हुआ। स्मगलिंग में गति आई। सारा देश आपस में जुड़ गया। रेल से, तार से, टेलिफोन से, पोस्टकार्ड से। सट्टे का फिगर बंबई में खुलता है और सारा देश उसे जान लेता है। राष्ट्र की एकता का इससे बढ़कर हमारे पास कोई प्रमाण नहीं।

जो निराश था, फुटपाथ पर भटकता रहा। जो महत्वाकांक्षी था, विदेश चला गया। जिसको जब मौका लगा, वह विदेश चला गया। उनके बदले में टूरिस्ट आए। हिप्पी आए। हिप्पी-हिप्पनों की लाज भारतीय हैंडीक्राफ्ट से ढँकी रही और भारतीय सती-सावित्रियों की लाज इंपोर्टेड नायलान से। मुस्कराहटें व्यावसायिक हो गयीं, खुशामद धर्म बन गई, क्रोध एक मुखौटा रह गया, गंभीरता की दरें निश्चित हो गईं। कवि बहुत सुंदर कविताएं लिखने लगे और दहेज न मिलने पर लोग अपनी बहुओं को जलाने लगे। बड़ी प्रगति की देश ने।

देश की हर खाली जगह पर विज्ञापन चिपक गये। सारा देश सुंदर स्त्रियों के विज्ञापनों से ढंक गया। हर तस्वीर में किसी सुंदर लड़की ने हमें टकटकी लगाकर देखा, जबकि तस्वीर के बाहर किसी हसीन ने हमें कभी नहीं देखा। सैंतीस वर्षों की यह यात्रा बड़ी अजीब यात्रा है। गरीबी हटाने चले थे, अमीरी बढ़ाने में लग गये। सारे विचारक इसी नतीजे पर पहुंचे कि जिसमें लाभ है, उसी में शुभ है। और जो केवल शुभ है, उससे लाभ क्या ?

जिस तरह सैंतीस वर्ष बीते हैं, उस तरह सौ वर्ष बीतेंगे। झूठ और सचाई का, आदर्श और रिश्वत का, त्याग और पाखंड का, सेवा और निजी लाभ का, चोरी और दान का जो काकटेल हमने राष्ट्रीय जीवन में तैयार किया है, वह खूब मजे देगा। इंतजार कीजिए।

शादी का निमंत्रण पाकर

मनुष्य विवाहशील प्राणी है। जो पैदा होता है सो शादी बनाना मांगता है। अच्छे-अच्छे जहाज इस दरिया में डूबे हैं। मेनकाओं सी आंधी चली और कितने विश्वामित्रों के मठ नष्ट हुए। वे जो कीचड़ में कमल की अदा से ऊपर उठे हुए थे, आज 'सेट्ल डाउन' होने के गर्व में नीचे तलहटी में उतर गये हैं। आज मुझे मेरे दोस्त की शादी का निमंत्रण मिला। उसकी बरबादी की शहनाई बज उठी। बिचारे के जीवन का नियम-कानून का पर्व आरंभ हो गया। कंबख्त पर हमेशा के लिए मुसीबत लग गई।

कल तक वह स्कूटर पर बैठ सारा शहर चीर देता था, ठहाका लगाता था तो मोहल्ले कांप उठते थे, भीड़ में घुसकर जगह बना लेना जिसके बाएं हाथ का खेल था, खाने से भरी प्लेटें जो देखते-देखते उजाड़ देता था, हर नई फैशन जिसके बदन से लिपटने को तरसती थी, जो सिकंदर था और छठे-चौमासे मजनू और फरहाद भी। हम जैसे उधार मांगने वालों के लिए वह कुबेर था। हर बिल वही चुकाता था, हर असंभव योजना को फायनेंस करने को तैयार हो जाता था, वह सारी दुनिया में भटकने का इरादा रखता था। उससे बड़ी-बड़ी उम्मीदें थीं, वह बड़ी संभावनाओं वाला शख्स था। मगर आज सारी संभावनाएं समाप्त हो गईं। एक खिंची हुई तलवार म्यान में रिटायर हो गयी। एक बल खाती झेलम सिकंदर पर विजय पा गई। आज वह शादी कर रहा है। अपने कुंवारेपन का मेनुफेस्टों रद्द कर यहां-वहां गुलाबी निमंत्रण बांट रहा है। शर्म भी नहीं आती उसे ऐसा करते हुए। जाने क्यों आदमी चलते-चलते एक ऐसी मंजिल पर पहुंच जाता है, जहां वह शादी कर लेता है। या उसकी शादी हो जाती है। जैसे कि प्रेम किया नहीं जाता हो जाता है, उसी तरह शादी भी हो जाती है। कितनी ही श्रद्धा से 'हनुमान चालीसा' पढ़ो, शादी फिर भी हो जाती है। एक आग का दरिया है और डूब कर जाना है। बल्कि पूरी तरह डूब जाना है और खुद ठंडे होकर इस दरिया को ठंडा कर देना है।

जिसे शादी करनी होती है वह किसी की सलाह नहीं मानता। अपनी आत्मा की भी नहीं। वह नदी में कूद पड़ता है। जानता है कि धारा डुबा देगी, पर नहीं मानता। न वह हम जैसे भुक्त-भोगियों की सुनता है, न शुभचिंतकों की। वह सबसे आशीर्वाद मांगता है, बधाइयां टटोलता फिरता है और यतीमों की तरह हर डिनर में चला जाता है। उस सावन के अंधे को चारों तरफ हरा-हरा ही दिखता है। अरे,

तेरा बटुआ खाली हो जाएगा रे ! यह जलवे, यह उत्साह, यह उमंग नहीं रहेंगे। वह कुछ नहीं सोचता। एक नशा सा छा जाता है। उसके ही करम उसे हिप्नोटाइज़ कर देते हैं। मोहिनी वशीकरण में बंध जाता है। और कुछ बरस बाद जब उसका गुलाबी नशा टूटता है, आंखें खुलती हैं, वह देखता है कि तीन बच्चों का बाप है।

तीन बच्चों का शुद्ध एकाकी बाप। शादी के समय जो अंगूठी उसने पहनी थी वह विकसित होकर हाथ की हथकड़ी बन जाती है। अब वह किसी काबिल नहीं रहा। वह बाप है और बाप बने रहना ही उसकी नियति है। वह लगातार बाप होता चला जाएगा। बाप, फिर बाप, बार-बार बाप, वही-वही बाप। कुंवारेपन की जो आभा चेहरे पर थी, छिन गई। उसका वर्तमान और भविष्य एक कैदखाने में बंद हो गया है। शादी एक ऐसा कैदखाना है, जिसमें आगे गमले सजे हुए हैं, पीछे चूल्हा जल रहा है। फूलों की खुशबू, रोटी की ख़ुशबू, स्नो, पाउडर, सेंट की खुशबू, वह हिरन की तरह पगलाया यहां-वहां दौड़ता रहता है।

मैंने अच्छी-अच्छी शादियां होते देखी हैं। जिन्हें अपने कुंवारे होने का बड़ा नाज था, एक दिन मंडप के नीचे रंगे हाथों पकड़े गये। ईश्वर भी जब इस पृथ्वी पर जन्म लेता है, कई सालों शादी-ब्याह के चक्कर में फंसा रहता है। जब धरती पाप के भार से लद रही थी, वे रुक्मणी का हरण कर रहे थे। भगवान राम क्या नहीं जानते थे कि वे शिव का धनुष नहीं जिंदगी भर की मुसीबत उठा रहे हैं ? मगर क्या करें, मानव-जन्म लिया है तो शादी तो करनी ही पड़ेगी। जब भगवान नहीं छूटे तो आदमी की क्या बिसात ! किसी भी दिशा में निकल जाइये, आदमी शादी करता नजर आएगा। बाहर घोड़ा सज रहा है, अंदर गधा सज रहा है। यह ससुरों की कौम बड़ी बदमाश होती है। शिकारियों के अंदाज में वह कुंवारा लड़का तलाशती फिरती है। हम तो डूबे हैं सनम, तुझको भी ले डूबेंगे। जैसे ही कोई ब्रह्मचारी नजर आया, फंदा डाला। बिचारा शुद्ध होलू की तरह संसार-सागर में डूब जाता। मेंहदी रचे हाथों से एक ऐसा हैन्ड-ग्रेनेड फेंका जाता है कि कुंवारेपन का किला भरभराकर ढह जाता है। उन बड़ी-बड़ी आंखों वाली का वह गांधीवादी आक्रमण विचारे की कल्पना के बाहर की चीज थी। वह परास्त हो जाता है।

तो कोई आश्चर्य नहीं कि मेरा दोस्त शादी कर रहा है। यह निमंत्रण जो मेरे हाथों में है, एक न एक दिन कंपोज होना ही था। इसका प्रिंट आर्डर तो नियति ने कब का दे रखा था। मैं निमंत्रण देख रहा हूं और मेरे कानों में बाजों की आवाज, एक घोड़े की हिनहिनाहट, सहेलियों की खी-खी-खी-खी और शिकार कर लेने के बाद एक ससुर का निर्मम ठहाका सुनाई देता है। औपचारिकता के इस नक्कारखाने में मेरे दोस्त के दर्द की तूती कौन सुनता है ? और पता नहीं, कंबख्त को दर्द है भी या नहीं ! हे प्रभु, उसे क्षमा कर, क्योंकि वह नहीं जानता कि वह क्या कर रहा है।

होता रहता है वही जो हुआ करता है

कुछ बातें ऐसी हैं जो इस देश में हमेशा होती रहती है। जैसे विदेश से कोई नेता हवाई जहाज से उतरता है और एअरपोर्ट पर खड़ा हो कहता है—"आपका देश बड़ा महान् है, आपका देश बहुत सुंदर है।" सुनकर संतोष होता है। विदेश में भी यहां—जैसे नेता होते हैं। बिना सोचे-समझे हर कुछ कह देते हैं। हमारा देश महान् है, इसमें तो कोई शक नहीं। आप-हम-सब महान् हैं तो देश तो महान् होने को ही रहा। देश सुंदर भी है। गवर्मेन्ट की सारी कोशिशों के बावजूद कहीं-कहीं से सुंदर लग जाता है तो इसमें किसका क्या दोष ! ताज्जुब तब होता है जब वह विदेशी नेता सारा देश घूमने के बाद भी यही बात दुहराता है। तब लगता है नेता कहीं का भी हो, झूठ जरूर बोलेगा।

अच्छा, वे न आएं तो हमारे नेता वहां पहुंच जाते हैं। इनसे वे वहीं बैठे-बैठे बिना भारत देखे कह देते हैं, "आपका देश महान् है।" ये मान लेते हैं और चले आते हैं। जैसे यही पता लगाने वहां गये थे कि सारा देश महान् है कि नहीं ?

एक समझौता होता है जो अक्सर हो जाता है। कोई भी आता है और हमसे समझौता करके चला जाता है। हम किसी से झगड़ा करते नहीं, मगर लोग हैं कि हमसे समझौता करना चाहते हैं। विदेश से कोई आता है तो मैं पहले ही कह देता हूं कि ये समझौता करेगा। ये इसीलिए आया है। इससे चाहो तो अभी लड़ लो, क्योंकि बाद में तो ये समझौता करेगा। हम लड़ते ही नहीं और वो मेरा यार समझौता कर लेता है।

एक होती है विदेशी मदद। वो कंबख्त हमेशा मिल जाती है। भारत आत्मनिर्भर होना चाहता है, इसलिए ओ विदेशियो, हमें मदद करो। जब तक आप मदद करते रहेंगे, हम आत्मनिर्भर होते रहेंगे आप मदद करना बंद कर देंगे, हम आत्मनिर्भर होना बंद कर देंगे। आप सहारा दें तो हम अपने पैरों पर खड़े रहें। आप सहारा नहीं देंगे तो फिर हम अपने पैरों पर कैसे खड़े रहेंगे ?

एक बात है कि यह देश प्रगति हमेशा करता रहता है। कब, कहां, किस मामले में प्रगति कर पाए यह कह नहीं सकते, मगर प्रगति करता रहता है। यहां हमेशा संभावना रहती है। शायद इसी डर से सरकार अधूरे बांध पूरे नहीं करती। सिंचाई हो जाने की संभावना है।

उत्पादन बढ़ जाए तो निर्यात की संभावना है। सरकार जब आयात-निर्यात शब्द

कहती है, तब उसका प्रायः अर्थ होता है—स्मगलिंग। फलां वस्तु में निर्यात की संभावना है। स्मगलर कहते हैं—ऐसा....और वो सरकार से पहले उस वस्तु को ले विदेश चल देते हैं। वे सारा सामान छुपा कर ले जाते हैं। यदि विदेश में किसी को हिमालय की जरूरत हो या ताजमहल चाहिए, तो हमारे स्मगलर उसे भी छुपाकर ले जा सकते हैं।

एक है योजना आयोग । कुछ लोग इसे भ्रमवश रेलवे जंक्शन समझते हैं, जब कि है ये एक कार्यालय। वहां कुछ परिवर्तन होता रहता है। या तो योजना परिवर्तित हो जाती है या आयोग परिवर्तित हो जाता है। दोनों न हों तो सरकार परिवर्तित हो जाती है।

सरकार योजना बनाकर अफसरों को दे देती है। अफसर पूछते हैं—इसमें हम कौन-कौन से काम नहीं करें ? सरकार जवाब में प्राथमिकताएं निश्चित कर देती है। जिस काम को प्राथमिकता दी जाती है वह काम नहीं होता। हरिजनों-आदिवासियों को हमेशा प्राथमिकता दी जाती है। आजकल यू.पी. में मर्डर हो रहे हैं। हरिजनों को प्राथमिकता दी जा रही है मर्डर में। जगह-जगह सरकार गोलियाँ चलाती है। मरने में आदिवासियों को प्राथमिकता मिलती है। थानों में बलात्कार होते हैं। हरिजन महिलाओं का पहले ध्यान रखा जाएगा। आप इन अफसरों को बता दें कि इस वर्ग को प्राथमिकता देनी है। वे जरूर प्राथमिकता देंगे।

बेकारी हटानी है। हमारे देश में बेकारी लगातार हटती है। यहां से हटती है, वहां चली जाती है। वहां से हटती है, वहां चली जाती है। हटती बराबर है। सरकार ठोस कदम उठाती है। अब कदम ठोस होते हैं, इस कारण उठ नहीं पाते। पोले होते, हल्के होते, तो उठ जाते। मैंने एक नेता से कहा, "आप ये ठोस कदम क्यों उठाते हैं, भारी पड़ते हैं ? पोले कदम उठाया कीजिए। उठ तो जाएंगे।" वे आंख मारकर बोले, "पोले ही हैं।" मैंने कहा—"तो उठाते क्यों नहीं ?" कहने लगे—"नहीं उठने से ही तो ठोस लगते हैं।"

हमारे देश में कुछ न कुछ चलता रहता है। स्थिति में सुधार लाने के लिए सरकार कटिबद्ध हो जाती है। आपने सरकार की कटि देखी है कभी ? हाथ डाला उसमें ? कटि का मतलब कमर। सरकार की कमर बड़ी ढीली रहती है। इसीलिए सरकार कटिबद्ध होती रहती है। अच्छा, कटि तो बद्ध हो गयी। बाकी बदन.......?वो ढीला, चलेगा। इसीलिए सरकार जब कमर कसती है, यह कहने की इच्छा होती है—हुजूर, कमर तो ढीली कीजिए, अब ऐसा भी क्या ?

सरकार विरोधी दलों को गालियां देती रहती है। विरोधी दल सरकार को गालियां देते रहते हैं। पब्लिक मन ही मन दोनों को गालियां देती रहती है। सरकार को चंदा देते रहते हैं। सरकार एक नीति बनाती है। उस नीति के समर्थक खुश हो जाते हैं। सरकार उस नीति पर चलती नहीं। नीति के विरोधी भी खुश हो जाते हैं। समाजवाद

लाएंगे। समाजवाद के सारे समर्थक खुश। कह कर नहीं लाए। बाकी के भी खुश।

समस्या खड़ी हो जाती है। सरकार कहती है—ये समस्या नहीं है। समस्या कहती है—मैं समस्या हूं। लोग कहते हैं—साहब, ये समस्या है। अरे, कोई समस्या-वमस्या नहीं। जब सचमुच समस्या होती है, सरकार आयोग बिठा देती है। आयोग मतलब, हजरते दाग। जहां बैठ गये, बैठ गये।........आयोग विचार करता रहता है। फिर सरकार को रिपोर्ट देता है। तब तक सरकार बदल जाती है। रिपोर्ट पढ़नी पड़ेगी, शायद इसी डर से बदल जाती है।

हमारे देश में हमेशा कुछ न कुछ चलता रहता है। छब्बीस जनवरी हो जाती है, पंद्रह अगस्त हो जाता है, दो अक्तूबर हो जाता है। सलामी हो जाती है, झंडी लग जाती है, चरखा चल जाता है। बाढ़ आती है, सूखा पड़ जाता है। प्रतिवर्ष केंद्र शासन राज्यों की मीटिंग बुलाता है और पूछता है—कहिए साहब, इस साल आप बाढ़ लेंगे या सूखा ?........जी, हमें सूखा दीजिए क्योंकि बाढ़ तो हमारे यहां पिछले साल ही आई थी।..........अगर आपके यहां इस वर्ष बाढ़ नहीं आई तो इसका मतलब सूखा पड़ा। सूखा नहीं पड़ा तो बाढ़ आई होगी। तभी नहीं पड़ा।

विदेशी ठाक कहते हैं, सचमुच महान देश है हमारा। रेलें पटरी पर रहती हैं, फिर भी टकरा जाती हैं। मोटरें पटरियों पर नहीं रहतीं, तो वे पुल से नीचे गिर पड़ती हैं।

भाषण चलते रहते हैं, अपराध होते रहते हैं। उद्‌घाटन होते रहते हैं, तालाबंदी होती रहती है। अरे यार, ये नया उद्‌घाटन बाद में करना, पहले ये ताला तो खुलवाओ। सब चलता रहता है।

मैं एक दिन ऐसे ही देश की हालत पर बात कर रहा था तो एक शख्स ने मुझसे पूछा—"आप क्या प्राइम मिनिस्टर के साहबजादे हैं ?" मैंने कहा—"नहीं". ...."तो फिर आपको क्यों इस देश की फिक्र हो रही है ?"

अब ये बात भी ठीक है।

दोस्तो, इस देश की आज जो स्थिति है उसके दो करण हैं। केवल दो कारण। न आप कुछ कर सकते हैं, न मैं कुछ कर सकता हूं।

और जो करते हैं, वे वही करते हैं जो हुआ करता है।

समस्या सुलझाने में बुद्धिजीवी का योगदान

बुद्धिजीवियों का यह कर्तव्य है कि राष्ट्र की समस्याएं सुलझाने में मदद करें। नेता अपने हर भाषण में यही बात कहते हैं। खुद तो करते नहीं, हमारे सिर पर डाल रखा है। सवाल यह है कि बुद्धिजीवी कौन है ? उत्तर यह कि मैं हूं। आप हैं। यहां बैठे लोग हैं। जब वे नेता हो सकते हैं तो क्या हम बुद्धिजीवी नहीं हो सकते ? जब उन्हें स्वयं को नेता कहते शर्म नहीं आती तो हम अपने को बुद्धिजीवी कहने में क्यों शरमाएं।

पर इस देश में समस्याएं अधिक हैं और उसकी तुलना में बुद्धिजीवी कम हैं। फिर यह भी हो सकता है कि हम जिसे समस्या समझ रहे हों, नेता उसे समस्या ही न मानें। मैंने सोचा—चलो, नेता से ही पूछ लें कि समस्या क्या है ?

मैंने एक नेता से पूछा—"जी, आपकी नज़र में सबसे बड़ी समस्या क्या है ?" वह बोला—"सबसे बड़ी समस्या तो एक बार जहां से चुनाव जीत गये, वहां से फिर जीतना है।"

मैंने कहा—"बुद्धिजीवी के नाते मैं आपकी क्या मदद कर सकता हूं ?"

वे बोले—"बुद्धिजीवी के नाते तो नहीं, हां, गुंडे-बदमाश के नाते आप मेरी जरूर मदद कर सकते हैं।"

मैंने कहा—"गुंडे-बदमाश होने के लिए तो मुझे फिर से जन्म लेना पड़ेगा।"

वे बोले—"तभी आइए। प्रजातंत्र तो अमर है। चुनाव तो होते ही रहेंगे।"

मेरा पत्ता कट गया। इन नेताओं की जो प्रमुख समस्या है उसमें तो मैं कोई मदद नहीं कर सकता।

मैंने सोचा—चलो, किसी अफसर से बात करें। जिस अफसर से मैं मिला वह हालांकि पुलिस का था, मगर था विश्वसनीय। मुझे ताज्जुब तो तब हुआ जब उसने बात भी अक्ल की की। मैंने उससे पूछा—"क्यों साहब, पुलिस की वर्दी में आप कहीं कोई बुद्धिजीवी तो नहीं हैं ?" वह हंसे। बोले—"बुद्धिजीवी होता तो ये नौकरी मुझे कौन देता ? आप की तरह चप्पलें चटखाता फिरता।"

मैंने उनसे पूछा—"आपकी दृष्टि में इस समय राष्ट्र की प्रमुख समस्या क्या है जिस पर विचार करने में हम बुद्धिजीवी आपकी मदद कर सकते हैं ?"

पुलिस अफसर ने बताया कि राष्ट्र की प्रमुख समस्या है लॉ-एंड-आर्डर। अर्थात कानून-व्यवस्था। हत्याएं हो रही हैं। चोरी, लूटपाट, बलात्कार। यही समस्या है।

मैंने कहा—"कुछ बलात्कार तो आप पुलिसवाले भी करते हैं।" वे बोले—"जी, टाइम ही कहां मिलता है ? सारा दिन तफ्तीश में गुज़र जाता है। इन्सान के पास वक्त हो तो वह बलात्कार भी करे। क्राइम बहुत बढ़ गये हैं। मैं तो कहूंगा किस्मतवाले हैं वे पुलिसवाले जो इतने सब के बावजूद बलात्कार का वक्त निकाल लेते हैं। एक मिनट की तो फुरसत नहीं है, आप बलात्कार की बातें कर रहे हैं ?"

इसमें शक नहीं कि इस देश में अपराध बहुत बढ़ गये हैं। अपराध करनेवालों को समझ नहीं आ रहा है कि क्या-क्या करें। मतलब यह कि हत्या करें या बैंक लूटें, अपहरण करें या दुकान में घुस कर नगद कैश ले लें। यदि पुलिस के पास फुरसत नहीं है तो उनके पास भी फुरसत नहीं है। आप-हम जीवित हैं, इसका एक कारण यह भी है कि अभी तक हमारी हत्या नहीं हुई। हत्या इसलिए नहीं हुई कि हत्या करनेवालों को दूसरों को मारने से फुरसत नहीं मिली। हमारे सौभाग्य यह हैं कि हम वे दूसरे नहीं थे। अन्यथा आज मरने में देर क्या लगती है ? और मारने में किसी का जाता क्या है ?

मैंने पुलिस आफीसर महोदय से पूछा, "आपकी रुचि किसमें है ? आप हत्याएं रोकना चाहते हैं या हत्यारों को पकड़ना चाहते हैं ?" वे बोले—""हत्याएं जिन कारणों से होती हैं उनका तो हमारे विभाग से कोई संबंध नहीं। आर्थिक कारणों से होती हैं तो यह वित्त विभाग का मामला है। मनोवैज्ञानिक कारणों से होती हैं तो मनोविज्ञान शिक्षा का विषय है। राजनैतिक कारणों से होती हैं तो आप जानते हैं कि हम पुलिसवाले राजनीतिक मामलों में नहीं पड़ते। हमारा काम है हत्या हो जाने के बाद हत्यारे को पकड़ना। इसमें बताइए बुद्धिजीवी के नाते आप हमारी क्या मदद कर सकते हैं ?"

मैंने कहा—"इसमें तो हत्यारा जिसने खुद हत्या की है वो आपकी मदद नहीं कर सकता, तो मैं क्या कर सकता हूं ?"

पर बुद्धिजीवी के नाते राष्ट्र की समस्या पर विचार करना मेरा फर्ज़ था, इसलिए मैंने सोचना आरंभ किया। आप जानते हैं इस क्षेत्र में मेरा अनुभव जरा भी नहीं है। न मेरी हत्या हुई है और न मैंने हत्या की। हत्यारे को खोजने का तो सवाल ही नहीं उठता। जो आत्म-निरीक्षण नहीं कर पाते वे दूसरों को क्या खोजेंगे ?

दिशाएं आठ हैं। हत्यारा किसी भी दिशा में भाग सकता है। यदि हर दिशा में हत्यारे को पकड़ने के लिए दो-दो पुलिसवाले दौड़ाए जाएं तो एक हत्या के पीछे सोलह पुलिसवाले चाहिए। फिर वे दौड़ते हुए अपने घर न चले जाएं, इसके लिए भी कुछ चाहिए। इसी भागदौड़ से बचने के लिए पुलिस अक्सर हत्या को आत्महत्या कह कर टाल देती है। हमारे देश में बड़े आदमी की हत्या होती है। गरीब को आत्महत्या करनी पड़ती है। उसे मारने को भी कोई खाली नहीं। उनका शोषण किया जाता है, उन्हें मारा नहीं जाता। यदि किसी गरीब की हत्या हुई है तो यह साबित

करना पड़ता है कि यह आत्महत्या नहीं है। पुलिस मानती नहीं। गरीब को कौन मारेगा ? इसमें रखा क्या है ? बिना अच्छी आर्थिक स्थिति के आपकी इस देश में हत्या भी नहीं हो सकती।

हत्यारे को पकड़ने का एक तरीका यह है कि पुलिस जाती है और पूछताछ करती है।

"क्यों साहब, ये हत्या आपने की है ?"

"किसकी हत्या ?"

"रामप्रसाद की, जो परसों मरा।"

"जी, मैंने नहीं की।"

"भाई साहब, आपने की हत्या।"

"रामप्रसाद की ? जी नहीं। मैंने सरजूप्रसाद की की।"

"हम आपसे रामप्रसाद का पूछ रहे हैं, आप सरजूप्रसाद का जवाब दे रहे हैं। हां जनाब, एक मिनट ठहरिए, आपने की है रामप्रसाद की हत्या ?

"हत्या ?"

"जी।"

"हत्या मैं नहीं करता। इन चक्करों में पड़ने का टाइम नहीं है मेरे पास। कभी किसी की करनी भी होगी तो पैसे देकर दूसरे से करवा लेंगे। खुद नहीं करेंगे। हमारी समाज में कुछ इज्जत है साब !"

"माफ कीजिए। जनाब, जरा रुकिए। वो रामप्रसाद की हत्या आपने की ?"

"जी नहीं। मैं रामप्रसाद को जानता ही नहीं तो मैं उसकी हत्या क्यों करने लगा ? नाम ही आज सुन रहा हूं। जान-पहचान वाला हो तो हत्या भी करें। जिससे परिचय नहीं उसकी हत्या हम क्यों करने लगे ?"

"श्रीमान, क्या आप बताने का कष्ट करेंगे कि रामप्रसाद की हत्या...।"

"जी, मैंने की है रामप्रसाद की हत्या।"

"आप बीच में मत बोलिए, मैं इनसे पूछ रहा हूं। हां श्रीमान, आपने की रामप्रसाद की हत्या ?"

"जी नहीं। मैं तो परदेशी हूं। बाहर से मर्डर करके आया हूं। इस शहर में जी, मैंने अभी तक कोई मर्डर नहीं किया।"

"अच्छा, अच्छा।"

कहने का तात्पर्य यह कि एक-एक से पूछने में काफी समय जाता है। इसलिए पुलिस तो यह करती है कि किसी एक को पकड़ लेती है कि तूने की है रामप्रसाद की हत्या। वह कहे कि 'जी, मैंने नहीं की' तो कहा—'नहीं, तूने ही की है।' अब यह साबित करना उसका काम है कि उसने हत्या नहीं की। जैसे मर्डर स्कूल के पास हुआ तो एक मास्टर को पकड़ लिया।

"जी, आपने की है हत्या।"

"क्या बात करते हैं ?"

"स्कूल के पास हुई है। आप नहीं करेंगे तो कौन करेगा ?"

और इन्कार करनेवाले से कुबूल करवाना तो पुलिस के बाएं हाथ का खेल है। थाने में पिट-पिट कर अधमरा पड़ा अपराधी सोचता है—मेरी हत्या हो रही है, इससे तो अच्छा है कि मैं दूसरे की करूं। वह पुलिस से हाथ जोड़ कर कहता है—"जी, रामप्रसाद कौन है मैं नहीं जानता। उसकी कब और कैसे, किस वजह से हत्या हुई यह भी मुझे नहीं पता। मगर की मैंने है। इसमें शक नहीं।" एक बार हत्या कुबूल हो जाए तो बाकी जानकारी तो पुलिस दे देती है।

बुद्धिजीवी के नाते मैंने किया यह कि एक ताजी हत्या का विस्तार से अध्ययन किया। हत्यारे का मनोविज्ञान, जिसकी हत्या हुई थी उसकी आर्थिक स्थिति, उसका इतिहास, घर का भूगोल आदि सभी पक्षों पर रिसर्च कर मैंने अपनी खोज पुलिस आफीसर महोदय के सम्मुख प्रस्तुत की।

उन्होंने ध्यान से सुनी। फिर काफी देर चुप रहे और गहराई से सोचते रहे। फिर आंखें छोटी कर मुझसे बोले—"मेरा ख्याल है, ये हत्या आपने की है !"

"मैं बुद्धिजीवी हूं, यह विश्लेषण प्रस्तुत कर रहा हूं।"

"बिना स्वयं हत्या किए इतना बढ़िया डीटेल विवरण आप दे ही नहीं सकते।" फिर डाट कर बोले—"चलो थाने।"

उसके बाद जो हुआ वह लेख का नहीं, कविता का विषय है। मैं तो यही कहूंगा कि राष्ट्र की समस्याओं के चिन्तन में मुझसे जो बन पड़ा वह मैंने किया। आप यह भी समझ गये होंगे कि नेता बुद्धिजीवियों से क्यों अपील करते हैं। उन्हें डर है कि कहीं वे ही न फंस जाएं।

ओलम्पिक

ओलम्पिक नाम उस जगह का है जहां जाकर भारतीय टीम हारती है। इस बार भी हमारी टीम गई और हार गई। कहते हैं कि खेलकूद में हार-जीत का महत्त्व नहीं होता। शायद इसीलिए हम हार जाते हैं। जिस बात का महत्त्व नहीं उसे करना क्या और न करना क्या ! हम हारते हैं, क्योंकि जीतने की अपेक्षा हार जाना सरल है। असल चीज है ओलम्पिक में हिस्सा लेना। हम जाते हैं—"लो, हम आ गए। हमें हराओ।" वे हमें हरा देते हैं और हम लौट आते हैं। जाना हमारा काम है, हराना उनका काम है! हम उन टुच्चे भौतिकवादी देशों में से नहीं हैं जो एक गोल्ड मेडल के लिए, सोने के एक छोटे से टुकड़े के लिए परेशान हों, मारे-मारे फिरें। सबसे आगे दौड़ रहे हैं, क्यों ? जरा से गोल्ड के मेडल के लिए। धिक्कार है ऐसे मानव-जीवन पर ! यह भारतीय दर्शन के विरुद्ध है कि भौतिक माया-मोह के लिए, सोने-चांदी के टुकड़ों के लिए हम परेशान हों। हमारा भारत एक महान् देश है। यहां शरीर नहीं आत्मा को महत्त्व दिया जाता है। ओलम्पिक में हमारा खिलाड़ी हमारे देश का, हमारी संस्कृति का, हमारी भावना का प्रतिनिधित्व करता है। जब वह ओलम्पिक में दौड़ता है तो उसका शरीर चाहे पीछे हो, आत्मा आगे रहती है। अगर आत्माओं की रेस होती तो हम जरूर प्रथम आते। पर खेद है कि इस भौतिकवादी संसार में आज आत्मा का कोई स्थान नहीं रह गया है। गति पश्चिम का रोग है। गति, तेज गति, और तेज गति। ओलम्पिक में भी उनका यही हाल है। अमरीका, रूस और जर्मनी गोल्ड मेडल के लिए पागल हो जाते हैं! बताइये, इतने महान् राष्ट्रों को क्या यह शोभा देता है ? भारत ने इस मामले में अपनी उच्चता कभी नहीं खोई। हमारी महान् संस्कृति है, महान् अतीत है। जब भी आगे बढ़ने का सवाल आया, हमने लखनवी अंदाज में झुककर कहा—पहले आप ! महज एक गोल्ड मेडल के लिए हम अपना कल्चर तो नहीं छोड़ सकते।

मैं कई बार सोचता हूँ कि जब हमारी टीम ओलम्पिक जाती है तब ये लोग खेलने के लिए मुझे क्यों नहीं ले जाते ? मैं एक लेखक हूँ और देश के लिए इतना त्याग करने को तैयार हूँ कि टीम में जाऊं और हारूं। अरे, जब जिंदगी में हार ही लिखी है तो ओलम्पिक में सही। यह शरीर किसी काम में तो आए। अगर मैं जाऊँगा तो खिलाड़ियों की इज्जत रह जाएगी। लोगों को जो कहना होगा, मुझे कहेंगे। मुझे गालियां देंगे। अपमान का गरल मैं पी लूंगा। कम से कम खिलाड़ियों को तो

ताने-उलहाने नहीं सुनने पड़ेंगे। सब कहेंगे कि एक लेखक गया था खेलने और हम हार गये। यह तो नहीं कि हाकी खिलाड़ी गये और हाकी में हारे, दौड़ने वाले गये और दौड़ में हारे, गोला फेंकने वाले गये और गोला न फेंक पाए। लोग मुझे गालियां देंगे और मैं हाथ फैला कर कहूंगा, "यारो, मुझे बख्शो, मुझे खेलना नहीं आता।"

और यह मैं नम्रतावश नहीं कह रहा। मुझे वाकई खेलना नहीं आता। वे लोग जो मेरी जीवनी लिखना चाहते हैं उनकी जानकारी के लिए बता दूँ कि मैं खेल के मैदान से पिट कर साहित्य में आया हूं और यहां से पिट कर कहां जाऊँगा, किस क्षेत्र को पवित्र करूंगा, नहीं मालूम।

अब मैं आपका ध्यान भारतीय खेलकूद के इतिहास के स्वर्णिम अध्याय की ओर आकर्षित करना चाहूंगा। वह दिन जब मैंने फुटबाल खेला। वह मेरे जीवन का प्रथम और अंतिम फुटबाल का खेल था। मैं पूरे दो घंटे मैदान में दौड़ा, पर यह हसरत दिल में रह ही गई कि एक बार हमारा पैर फुटबाल से लग तो जाता। जितना मैं फुटबाल के लिए परेशान हुआ, वैसी भागदौड़ तो मैंने प्रेम के क्षेत्र में भी नहीं की। मैं जहां जाता वहां से पहले ही कोई गेंद को किक कर देता। मैंने तय कर लिया कि अब जीवम में फुटबाल नहीं खेलूंगा। जो चीज हाथ में नहीं आती उसके पीछे भागने से क्या फायदा ! मैंने जीवन की बड़ी भारी भूल की। अगर खेलता रहता तो आज भारतीय टीम का खिलाड़ी होता। उनके ही हाथ में कौन गेंद आ जाती है ? मैं खिलाड़ी हो जाता तो क्या फर्क पड़ता ? मैं इतना नहीं समझ पाया कि जब हम खेलने जाते हैं, तब गेंद पर अधिकार तो सामने वाली टीम का होता है। हमारा काम तो बस, यहां से वहां भागना है। खेद है, मैं अपनी प्रतिभा को नहीं पहचान पाया।

फुटबाल के बाद मैं हॉकी की तरफ झुका। या कहिए, हाकी मेरी तरफ झुकी। वह दूसरा स्वर्णिम अध्याय है। उज्जैन में पोस्ट आफिस और पानी टंकी के बीच जो खाली जगह थी वहां शताब्दी की श्रेष्ठ हाकी खेली गई। दो टीमें थीं जिसके दो कप्तान थे—मैं और महादेव, दो खिलाड़ी थे—मैं और महादेव, दो रेफरी थे—मैं और महादेव, दो दर्शक थे—मैं और महादेव। हम दोनों के बीच एक हॉकी थी और एक तिरछा डंडा था, जो महादेव ने अपने बाप की कुल्हाड़ी से अमरूद की डाल काट कर तैयार किया था। खेलते समय हमें सिर्फ एक फाउल का नाम याद था—हाफ साइड। जब वह बॉल लेकर मेरे गोल की तरफ आता, मैं बजाय गोल रोकने के रेफरी के अंदाज में कहता—हाफ साइड। अब यह 'हाफ साइड' क्या होता है मुझसे न पूछिए, मुझे अभी तक नहीं पता कि क्या होता है। हम ही फारवर्ड थे, हम ही बैक थे, हम ही गोलकीपर थे। जो होना होता था, सो होता रहता था। एक-दूसरे पर बीस-पच्चीस गोल कर देते थे। जब कोई थक जाता, वह 'हाफ टाइम' डिक्लेअर कर वहीं पसर कर बैठ जाता।

मोहल्ले में हॉकी खेलने का अनुभव प्राप्त करने के बाद जब मैं बड़ी टीम में खेलने गया तो वहां से निकाल दिया गया। उनका कहना था कि मैं पास गलत जगह गलत आदमी को देता हूँ। वे मुझे पहचान नहीं पाए। वे कहते थे, मैं गोल के पास जाकर भी गोल नहीं कर पाता। वे मुझे समझ नहीं पाए। अरे, भारतीय ओलंपिक खिलाड़ी की यही तो खूबी होती है कि वह गलत पास देता है और गोल नहीं कर पाता। मुझमें वे सारे लक्षण थे जो भारतीय हॉकी के खिलाड़ी में होते हैं। उन्होंने मेरी प्रतिभा को नहीं पहचाना। पहचान लेते तो मुझे ओलम्पिक भेजते।

फिर मैं रिटायर हो गया। अब मेरी वही नियति है जो रिटायर्ड खिलाड़ी की होती है। खेल देखता हूं, कमेन्ट्री सुनता हूं और सिर पीटता हूं। इसके अलावा मैं क्या कर सकता हूं ? मैं भारतीय हॉकी के डूबते सितारे को डूबता देखने के सिवाय क्या कर सकता हूं ? मेरा शौक है या मर्ज है कमेंटरी सुनना और सुनते-सुनते रोना कि—हाय हम न हुए। हम होते तो भी इंडिया हारता, फिर हम क्यों न हुए ?

रेडियो पर कमेंटरी चलती रहती है। मैच चल रहा है, कार्पोरेशन इलेवन और नेशनल ब्ल्यू के बीच। मैं सुन रहा हूं।.....

"इस समय कार्पोरेशन इलेवन के सेन्टर फारवर्ड खड़गसिंह गेंद को लेकर आगे बढ़ रहे हैं और सोच रहे हैं कि किसे पास दें। उन्होंने शार्दूलसिंग को पास दिया, शार्दूलसिंग ने जट्टी को, लेकिन जट्टी बाल नहीं रोक सके और नेशनल ब्ल्यू को रोल-इन मिल गया जिसे जानकी ने लिया। अब बाल गेंदासिंग के पास है, वे बॉल को लेकर बढ़ रहे हैं, उन्हें नय्यर ने रोकने की कोशिश की, मगर रोक नहीं सके। गेंदासिंग ने बाल को हिट कर डी की तरफ पहुंचाना चाहा, मगर उनका फाउल हो गया और एक फ्री-हिट मिल गया कार्पोरेशन इलेवन को। गेंदासिंग रेफरी को घूर कर देख रहे हैं। बाल फिर जट्टी के पास गई, जट्टी ने तिवारी को दी और तिवारी ने उसे बड़ी खूबसूरती से आउट में फेंक दिया। नेशनल ब्ल्यू के फुल बैक पहाड़ासिंग हिट ले रहे हैं। बाल जानकी के पास आई और वह लेकर बढ़ रहे हैं। उन्होंन सईद को पास दिया, अब सईद बढ़ रहे हैं। नय्यर ने उनसे बाल लेना चाहा, मगर ले नहीं सके, मगर जट्टी ने उनसे बाल छीन ली और शार्दूलसिंग को दी। शार्दूलसिंग ने रेफरी से आंख बचा उसे पैर से रोकने की कोशिश की, मगर रेफरी ने उन्हें देख दिया और फाउल दे दिया। शार्दूलसिंग रेफरी को घूर रहे हैं। जानकी फ्री-हिट ले रहे हैं, उन्होंने कस कर बाल को हिट किया जिसे किसी ने नहीं रोका और बॉल आउट में चली गई।

"हिट हुआ, खड़गसिंह बॉल लेकर बढ़ रहे हैं। उन्होंने शार्दूलसिंग को बॉल दी, शार्दूलसिंग ने फिर खड़गसिंह को दी, खड़गसिंह ने फिर शार्दूलसिंग को दी, शार्दूलसिंग ने फिर खड़गसिंग को दी और अब दोनों डी में पहुंच गए हैं। गोल होने का मौका है, बढ़िया मूव हुआ है, दर्शक मैदान में पांच-पांच फिट आगे बढ़ गये

हैं। खड़गसिंह ने शार्दूलसिंग को बाल दी, शार्दूलसिंग ने उसे गोल की तरफ फेंका, मगर वह आउट में चली गई और कार्पोरेशन इलेवन ने गोल करने का एक शानदार मौका हाथ से गंवा दिया। पुलिस मैदान में स्टेनलेस स्टील कप प्रतियोगिता के फायनल में अभी दोनों टीमें कोई गोल नहीं कर सकी हैं। खेल शुरू हुए पंद्रह मिनट हो गए हैं। दर्शक शार्दूलसिंग को गालियां दे रहे हैं, बदले में शार्दूलसिंग उन्हें गालियां दे रहा है।

"हिट हुआ। बाल जट्टी के पास है, जट्टी ने उसे तिवारी को दी, तिवारी उसे लेकर आगे बढ़े, उन्होंने सुंदर को दी, सुंदर से पहाड़ा ने लेने की कोशिश की, लेकिन ले नहीं सके क्योंकि सुंदर ने उनकी टांग में हाकी मार दी।......" मैं कमेंटरी सुनता हूँ और सोचता हूँ कि मैं क्या कर सकता हूँ। अगर मैं भी खिलाड़ी होता तो यही होता जो हो रहा है। बाल जट्टी के पास से तिवारी के पास जाती, तिवारी सुंदर को दे देता, तो मैं फिर जट्टी को दे देता, उससे खड़गसिंह ले लेता। यानी होता वही जो हो रहा है। गोल फिर भी नहीं हो पाता। जो शख्स जिंदगी में कहीं गोल नहीं कर पाया, वह हॉकी में ही क्या गोल कर लेता ?

मैंने भारत की निरंतर पराजय देख कर एक बार दोस्तों से कहा था, "क्या ख्याल है, मैं खेलना शुरू कर दूँ हॉकी ?" वे बोले—"शरदभाई, आपके अत्याचार साहित्य में ही काफी है, कृपया हॉकी को बख्शो, वहां बोर न करो।" मैं रुक गया। ठीक है, सभी जगह मैं ही क्यों पिटूं, कुछ जगहों पर दूसरे भी पिटें !

अध्यक्ष महोदय

हर शहर में कुछ अध्यक्ष किस्म के लोग पाये जाते हैं। यह शहर की साइज़ पर निर्भर रहता है कि वहां कितने अध्यक्ष हों। छोटे शहरों में एक या दो शख्स ऐसे होते हैं जो हर कहीं अध्यक्षाई में लगे रहते हैं। इसका कारण शायद यह हो कि शेरवानी हर आदमी नहीं सिलवा पाता। जो सिलवा लेते हैं उनकी अध्यक्षता चल निकलती है। शेरवानियां या तो दूल्हों के लिए सिलती हैं या अध्यक्षों के लिए। पेशेवर अध्यक्षों के अक्सर दो शेरवानियां होती हैं। एक उसमें जरूर काली होती है। दो शेरवानियों से फायदा यह है कि एक अगर धुलने चली गयी तो भी वे अध्यक्षता से इन्कार नहीं करते। दूसरी पहन चले जाते हैं। यों अध्यक्षों को शेरवानी धुलवाने का वक्त नहीं मिलता। मेरे शहर के पुराने अध्यक्षों की शेरवानी से एक खास किस्म की गंध आने लगी है—अध्यक्षता की गन्ध। यह गन्ध फूलों के हार और सिगरेट के धुएं से मिलकर बनी है। यह गंध शेरवानियों से लगातार आती है और वे कस्तूरी मृग-से मगन रहते हैं।

अध्यक्ष के बारे में कहा जाता है कि वे चुने गए या बनाए गए होते हैं। पर असली अध्यक्ष न बनाया जाता है, न चुना जाता है। वह पैदा होता है। नरगिस जब अपनी बेनूरी पर काफी रो लेती है तब आप शहर में जन्म लेते हैं। एक शहर एक अध्यक्ष के या तीन-चार अध्यक्षों के भाषण झेलता जिंदा रहता है। लोग मरते जाते हैं और अध्यक्ष जीवित रहकर शोक-सभाओं की अध्यक्षता करता रहता है।

अध्यक्ष गंभीर किस्म का प्राणी होता है या उसमें यह भ्रम बनाए रखने की शक्ति होती है कि वह गंभीर है। जिस शाम उसे अध्यक्षता करनी होती है, वह तीन-साढ़े तीन बजे से गंभीर हो जाता है। कुछ तो सुबह नौ बजे से गंभीर हो जाते हैं। ठीक भी है। नौ बजे सुबह से गंभीर हो जाने वाला शख्स रात के आठ बजे तक मनहूस हो जाता है, जोकि अच्छे अध्यक्ष होने की पहली शर्त है। अच्छा अध्यक्ष मनहूस होता है, बल्कि कहना होगा कि मनहूस ही अच्छे अध्यक्ष होते हैं।

अध्यक्षता एक मर्ज़ है। एक बार लग गया तो हमेशा के लिए। असली पेशेवर अध्यक्ष किसी सभा में तभी जाते हैं जब वे वहां अध्यक्ष हों। वे लोगों में नहीं बैठ सकते। जब वे निमंत्रित किए जाते हैं, यह मानकर चलते हैं कि वे अध्यक्ष होंगे। जिन सभाओं में यह घोषणा नहीं होती कि अध्यक्ष कौन होगा, उसमें वे आते हैं और आगे की पंक्ति में यों भोले बनकर बैठ जाते हैं जैसे महज़ श्रोता हों। जब

उनका नाम प्रस्तावित होता है वे आश्चर्य व्यक्त करते हैं, और तकल्लुफ प्रदर्शन कर बाद में बन जाते हैं। बनाने वाले जानते हैं कि वे अध्यक्ष बनेंगे और वे जानते हैं कि उन्हें बनना है। हर सभा में जब तक माइक और अध्यक्ष फिट नहीं होते, सभा ठिठकी रहती है। माइक के सामने एक अध्यक्ष फिट किया जाना जरूरी है। पचास-सौ वर्षों बाद तो सभ्यता इतनी विकसित हो जाएगी कि खुद माइकवाला अपने साथ अध्यक्ष लाएगा और मंच पर फिट कर देगा।

अध्यक्ष बनने वाले कई तरह से अध्यक्ष बनते हैं। कुछ चौंककर अध्यक्ष बनते हैं, कुछ सहज बन जाते हैं, कुछ दुल्हे की तरह लजाते-मुस्कराते अध्यक्ष बनते हैं, कुछ हेडमास्टर की अदा से अध्यक्ष बनते हैं और कुछ ऐसे सिर झुकाए बैठे रहते हैं जैसे मंडप में लड़की का बाप बैठता है। अध्यक्षता करता अध्यक्ष हर पांचवें मिनट पर मुस्कराता है। ऐसा वह तब करता है जब इसकी कोई वजह नहीं होती। हर ढाई मिनट पर वह वक्ता की तरफ देखता है, हर एक मिनट बाद सामने की पंक्ति में बैठे लोगों को, और हर दो मिनट बाद महिलाओं को। इस बीच वह छत की तरफ देखता है, ठुड्डी पर उंगलियां फेर सोचता है—आज शेव कैसी बनी ? लगातार बदन खुजलाने और बार-बार टोपी सिर पर रखने और उतारने की आदत भी अध्यक्षों में देखी जाती है। कुछ अध्यक्ष वक्ताओं को निरंतर आश्चर्य से देखते रहते हैं कि आखिर वह क्या कह रहा है, क्यों कह रहा है, कब तक कहेगा ?

अध्यक्ष की एक विशेषता होती है कि वह देर से आता है। वह नहीं तो वक्ता देर से आता है। शायद दोनों तय कर लेते हैं कि कौन देर से पहुंचेगा। कई बार दोनों आ बैठते हैं तो पब्लिक नहीं आती। जिस वस्तु पर कंट्रोल लग जाता है, उसकी दुकान देर से खुलती है, मगर ग्राहक पहले से भीड़ लगा लेते हैं। जब माल खुले बिकता है, उसकी दुकान सुबह से खुल जाती है, पर ग्राहक नहीं आता। भाषण एक ऐसी ही दुकान है जो हर कहीं खुल जाती है और ग्राहक लापरवाह हो जाता है।

अच्छे अध्यक्षों की अदा यह है कि वे प्रमुख वक्ता से असहमत हो जाते हैं। जैसे वक्ता ने अपने भाषण में कहा कि अभी रात है, तो अध्यक्ष महोदय अपने भाषण में कहेंगे कि "अभी मेरे विद्वान मित्र ने कहा कि इस समय रात है। और एक तरह से कहा जा सकता है कि रात है। मगर फिर भी एक सवाल हमारे सामने आता है कि क्या यही रात है और इसे रात कहना ठीक होगा ? वक्ता महोदय मुझे क्षमा करें, यह उनका दृष्टिकोण हो सकता है कि अभी रात है और हो सकता है कि अपनी जगह वे ठीक भी हों, फिर भी एक दूसरा सवाल मेरे सामने उठता है। क्योंकि, अगर हम किसी समस्या पर विचार करने चले हैं तो उसके सभी पहलुओं पर ध्यान दिया जाना चाहिए। तो, जैसे वक्ता महोदय ने कहा कि रात है, मैं इसी सिलसिले में कहना चाहूंगा कि हमारी भारतीय संस्कृति में से आप कोई ग्रंथ उठा लीजिए, गीता, रामायण, कोई ग्रंथ उठा लीजिए, रात की एक परिभाषा दी है। हमारे

प्राचीन ऋषिमुनियों ने रात के विषय में विचार किया है, उसे जाना है, परखा है, और उसकी मर्यादा निश्चित की है। मैं पूछना चाहूंगा कि क्या हमारे प्राचीन भारत में रात नहीं होती थी ? नहीं, जो लोग ऐसा कहते हैं, उनसे मैं सहमत नहीं। यदि सूर्य हमारे देश में पहले उगता है तो रात भी हमारे यहां पहले होती है। इस मामले में भारत सदैव पश्चिम से आगे रहा है। ठीक है, मैं मानता हूं कि समय बदला है, परिस्थितियां बदली हैं, जो बात कल थी, आज नहीं है, फिर भी एक समस्या हमारे सामने उठती है कि क्या यह रात है ? यह सच है कि सूरज डूब गया है, और अंधकार है, पर यही तो पर्याप्त आधार नहीं कि हम कह दें कि यह रात है। दृष्टिकोण में अंतर हो सकता है, आप कुछ सोचते हैं, मैं कुछ सोचता हूं, फिर भी एक बात हमें माननी होगी और मैं इस पर जोर देना चाहूंगा कि आज आप देश की हालत देख ही रहे हैं। जो कुछ हो रहा है, हमारे सामने है। ऐसी स्थिति में यह कहना कि रात है, क्या समय के साथ न्याय करना होगा ? आप इस पर विचार करें। यह प्रश्न आज हम सबके सामने है कि क्या जैसा हमारे सम्माननीय वक्ता महोदय ने कहा, यह रात है ? और अगर एक बार मान भी लिया जाए कि यह रात है तो मैं पूछना चाहूंगा कि दिन क्या है ? शायद आप परेशान हो जाएंगे कि यह सवाल खड़ा हो गया, पर यह सवाल है। आज देश के सभी सोचने-समझने वाले, सभी बुद्धिजीवियों के सामने यह सवाल है। मैं वक्ता महोदय का आभारी हूं कि उन्होंने अपने ओजस्वी भाषण में यह कहकर कि इस समय रात है, एक अत्यंत सामयिक और गंभीर समस्या की ओर हमारा ध्यान खींचा है और हमें यह सोचने के लिए मजबूर कर दिया कि क्या यह रात है ? अंत में मैं आप सब की ओर से वक्ता महोदय को धन्यवाद देता हूं, उनके आज के विचारपूर्ण और सारगर्भित भाषण के लिए, और मैं आभारी हूं आप सबका, कि आपने मुझे अध्यक्ष बनाया, यह सम्मान दिया और शांतिपर्वूक सुना। इतना कहकर मैं सभा की कार्यवाही समाप्त घोषित करता हूं, क्योंकि अब रात काफी हो गई है।"

उसके बाद अध्यक्ष महोदय मुस्कराने लगते हैं। गंभीरता का जो बांध उन्होंने सुबह नौ बजे से बांधा था, एकाएक टूट पड़ता है और वे मुस्कराते हैं। धीरे-धीरे सभा भवन एक विचारहीन दिमाग की तरह खाली हो जाता है। सब घर चले जाते हैं।

अध्यक्षता करने के बाद अध्यक्ष सुख की नींद सोता है। नये-नये अध्यक्ष घर जाकर पत्नी को बताते हैं कि आज क्या हुआ और अपना भाषण दोहराते हैं। पर धीरे-धीरे पत्नी भी नगर के सामान्य नागरिकों की तरह बोर होने लगती है और नहीं सुनती। फिर वे भी चुप रहने लगते हैं। देर रात तक अपने भाषण पर खुद मोहित हो सो जाते हैं। उस उम्र तक उनकी बौद्धिक नपुंसकता अ़हं में बदल चुकी होती है। वे जानते हैं कि यह रात है, पर फिर सुबह होगी, फिर कोई उन्हें अध्यक्षता के लिए बुलाने आएगा। आता भी है। आएगा नहीं तो जाएगा कहां !

उधार का अनंत आकाश

उधार लेना एक कला है। और उसे नहीं लौटाना उससे बड़ी कला है। इनमें परस्पर बी.ए.-एम.ए. का संबंध है, यानी जो बी.ए. करता है वह फिर धीरे-धीरे एम.ए. कर ही लेता है। जो उधार लेता है उसे धीरे-धीरे नहीं लौटाना सीख ही जाता है। यह एक साधना है। जो इसमें सिद्ध हो गया उसका जीवन सफल है। सतत प्रयास, सूझबूझ, धैर्य, मधुर भाषण और अध्यवसाय से आदमी उधार लेने और न लौटाने में कुशल हो जाता है। मानव सभ्यता के विकास की कहानी परस्पर उधार की कहानी है। पशु एक-दूसरे से उधार नहीं लेते।

उधार के मूल में एक गहरा दर्शन है। क्या है, मैं कह नहीं सकता। पर कोई न कोई होगा जरूर। जो गुण हमारे राष्ट्रीय और निजी जीवन की विशेषता बन गया है, उसके मूल में कोई न कोई दर्शन जरूर होगा। उधार लेना मनुष्य के आशावादी होने का सबसे बड़ा प्रमाण है। और, उधार देना तो आशावाद की इंतिहा है। हमारा जीवन, समाज, सारा देश उधार पर टिका हुआ है। मानव जाति दो भागों में बंटी है। वे जो उधार लेते हैं और बे जो उधार देते हैं। आदमी-आदमी के बीच आज उधार के ही छोटे-मोटे पुल हैं। जब ये पुल टूट जाएंगे, आदमी अकेला रह जाएगा। उधार हमारी मूल जीवन-शक्ति है। कई लोग इस उम्मीद में जी रहे हैं कि वे उधार वसूल कर लेंगे और कई लोग इस विश्वास के साथ जी रहे हैं कि कभी नहीं लौटाएंगे। उनका जीवन सफल है।

उधार ही वह धार है जो सतत चली आ रही है। हमारे सामाजिक, आर्थिक और राजनैतिक जीवन के खेत उसी से लहलहा रहे हैं। यह जीवनधारा है, अमृतधारा है। हमारे देश में उधार के लिए सबसे अच्छी परिस्थितियां हैं, क्योंकि हमारे यहां पुनर्जन्म का सिद्धांत है। आदमी जानता है कि इस जन्म में नहीं तो अगले जन्म में लौटा देंगे। ऐसी क्रेडिट फेसिलिटी किसी धर्म में नहीं है, जैसी हमारे हिंदू धर्म में है। आत्मा स्थायी पूंजी है जो अमर है, शरीर एक बटुआ है। महत्त्व बटुए का नहीं, लेन-देन की उस महान् परंपरा का है जो चली आ रही है।

हर पुरानी पीढ़ी नयी पीढ़ी के नाम कर्ज छोड़ गयी और हर नई पीढ़ी ने कर्ज चुकाने से साफ इन्कार कर दिया। उधार एक परंपरा है, उधार न लौटाना परंपरा से विद्रोह। गालिब जो उधार की पी गये, वह क्या बाद के शायर चुकाएंगे ? निराला ने जो कर्ज नहीं लौटाया, उसे क्या हम लौटाएंगे ? हम गालिब और निराला के वंशज,

हम नया कर्ज लेंगे। पुराना लौटाएंगे नहीं। जो अंगूठा दिखा सकते हैं उन्हें ही हाथ फैलाने का अधिकार है। हम सिर से पैर तक कर्ज से डूबे हुए हैं। पर क्या आप मछली को पानी में डूबा हुआ कह सकते हैं ? वही तो उसका जीवन है। हमें कर्ज के पानी से निकालोगे तो हम तड़पने लगेंगे। हम फिर पानी में कूदेंगे, यानी कर्ज ले लेंगे।

और आदमी ही नहीं, देश भी उधार लेता है। हमारे वित्त मंत्रालय को चाहिए कि अपने कार्यालय के सामने कोलंबस की प्रतिमा लगाए। यदि वह अमरीका नहीं खोजता तो फिर हम कहां से उधार लेते ? और अमरीका ही क्या, आप जो देश बताओ, हम उसी से उधार ले लें। यह सृष्टि कितनी विराट है, कितने देश हैं, कितने द्वीप हैं छोटे-छोटे ! हम सबसे उधार ले सकते हैं। यदि सब हमें थोड़ा-थोड़ा उधार दें तो उनका कुछ नहीं बिगडेगा, मगर हमारा तो बजट बन जाएगा। उधार की सीमा अनंत आकाश है। यह चांद, यह तारे। देखो, एक राकेट चांद की तरफ जा रहा है। कोई इसमें हमारे वित्तमंत्री को बिठा दे। वे वहां से भी कर्ज ले आएंगे। यह आकाश कितना फैला हुआ है और हमें तो थोड़ा-सा, बहुत थोड़ा-सा उधार चाहिए।

कुछ लोग कर्ज को भार मानते हैं। कर्ज भार नहीं है। वह तो गैस का गुब्बारा है जो हमें ऊपर उठाता है, आकाश की सैर कराता है। अगर गैस का गुब्बारा बड़ा हो तो वह भार तो नहीं होता।

और जब से बैंकों का राष्ट्रीयकरण हो गया है, कर्ज लेना न केवल हमारा अधिकार है, वरन कर्तव्य भी। उधार लेना राष्ट्र के विकास में सक्रिय योग देना है। बैंक इसे इशारा करके बुलाते हैं, फुसलाते हैं, बहकाते हैं—कर्ज ले लो। चारों तरफ चौदह बैंक हैं और बीच में मैं अकेला। मैं क्या कर सकता हूं ? अर्थ की इन मेनकाओं के सामने मेरे धीरज का विश्वामित्र टूट जाता है। और मैं उधार ले लेता हूं। चांद, तारे, अमरीका, रूस, जापान, जान, अनजान, मित्र और अनगिनत बैंकों वाले इस संसार में हमें उधार लेने से कौन रोक सकता है ? मित्रो, उठो और उधार लो, देखो, तुम्हारे समीप, समीप ही वह व्यक्ति है जो दे सकता है।

भारतीय पतियों के हिलने-डुलने की स्वतंत्रता के संघर्ष का एक गौरवशाली अध्याय : आसनसोल

मैंने अपनी पत्नी से कहा–"मैं आसनसोल जाऊंगा।"

"क्यों ?"–उसने पूछा।

"क्यों का मतलब ? क्या मैं आसनसोल नहीं जा सकता ? आसनसोल नहीं जाया जाना चाहिए ? लोग आसनसोल नहीं जाते हैं क्या ? मुझ पर कोई बंदिश है कि मुझे आसनसोल नहीं जाना चाहिए ? सिर्फ इसीलिए कि मैंने शादी कर ली है और मैं मुसीबत का मारा परिवार लिए बैठा हूं, मैं आसनसोल नहीं जा सकता ? क्योंकि जब भी मैं आसनसोल जाने की कहूंगा तुम मुंह फाड़कर कहोगी–क्यों ?"

"हद है। मैंने तो सिर्फ इतना पूछा कि क्यों जा रहे हो ?"–पत्नी ने कहा।

"वही मतलब ! क्यों यानी क्यों जा रहे हो ? यदि कोई इन्सान आसनसोल जा रहा है तो जरूरी है कि वह बताए अपनी पत्नी को कि वह क्यों जा रहा है ? अजीब हालत है। एक मनुष्य स्त्री से पूछे बगैर आसनसोल नहीं जा सकता ?"

"मैं तुम्हारी पत्नी हूं और मेरा इतना अधिकार है।"

"बड़ी चिंता हो रही है तुम्हें अपने अधिकारों की ? कहां लिखा है शास्त्रों में, या कानून की किताब में कि पति आसनसोल जाए तो पत्नी उससे पूछ सकती है कि वह क्यों जा रहा है ? लिखा है कहीं ऐसा ? तुम अच्छी तरह समझ लो कि भारतीय पतियों को भी हिलने-डुलने की स्वतंत्रता है। हम विवाहित होने के बावजूद हिलडुल सकते हैं। हम खूंटे से नहीं बंधे। और अगर बंधे भी हैं तो हमारे खूंटे की रस्सी आसनसोल तक जा सकती है।"

"मगर आसनसोल में तुम्हें कुछ काम होगा तभी न जा रहे हो ? मैं सिर्फ इतना पूछ रही हूं कि....."

"फिर वही बात ! क्यों जा रहे हो ? बताऊं, क्यों जा रहा हूं ? मेरे पिता ने मरते वक्त कहा था कि अगर मर्द का बच्चा है तो एक बार बीवी से पूछे बगैर आसनसोल जरूर हो आना। मैं तो कभी जा न पाया तेरी मां के कारण। क्यों जा रहा हूं ? वहां खजाना गड़ा है, खोदने जा रहा हूं। तुम्हारी सौत रहती है वहां, उससे इश्क लड़ाने जा रहा हूं। एक आदमी आसनसोल जाना चाहता है, जा रहा है। अमेरिकन टूरिस्ट आगरा आता है। उसे कोई शाहजहां आकर ख्वाब में कहता है कि ताजमहल देखो ? वो खुद तय करता है। जैसे मैंने तय किया कि मैं........"

"अमरीकी टूरिस्ट पत्नियों को साथ ले जाते हैं !"—वह बोली।

"गलत। कोई जरूरी नहीं कि ताजमहल जाओ तो बीवी को साथ लेकर जाओ। यों ले जाने को क्या है ? मैंने बाज भारतीय पतियों को भी देखा है कि आगरा जाते हैं तो साथ में अपनी पत्नी को टांग कर ले जाते हैं। दरअसल हर भारतीय पति को जीवन में दो बार आगरा जाना चाहिए। एक शादी के फौरन बाद ताजमहल देखने, दूसरे तब जब वह तीन बच्चों का बाप हो जाए तब आगरा के पागलखाने में भरती होने। मैं आगरा नहीं जा रहा, क्योंकि आगरा जाने की परिस्थितियां नहीं आई हैं। मैं आसनसोल जा रहा हूं।"

"लेकिन आसनसोल ही क्यों ?"

"आसनसोल क्यों नहीं ? वह भी एक जगह है, नक्शे में है, वहां भी इन्सान बसते हैं। लोग आसनसोल जाते हैं। यह सही है कि आसनसोल कलकत्ता या बंबई नहीं, मगर आसनसोल आसनसोल है। ठाठ से आसनसोल है। तुम वहां जाओ या न जाओ, इससे उसके आसनसोल होने में कमी नहीं आती।"

"आसनसोल से कई अच्छी जगहें हैं।" पत्नी ने कहा।

"होंगी। तुमसे कई सुंदर स्त्रियां हैं, मगर मैं उन सबका पति होने नहीं जा रहा। तुम जैसी हो, वैसी हो और तुम्हारा एक मुकाम है। जैसे आसनसोल का एक मुकाम है। ऐसे मामलों में तुलना हो ही नहीं सकती। न्यूयार्क से आगरा की क्या तुलना ? भटिंडा से रेवाड़ी जंक्शन की क्या तुलना ? शाहजहां ने यह कभी नहीं सोचा कि वह ताजमहल को बजाय आगरा के न्यूयार्क में बनाए, जिससे टूरिस्टों को इतना कष्ट न हो। वह चाहता तो बनवा सकता था। जहां इतना खर्च किया, थोड़ा और करता। मगर नहीं, उसने आगरा में बनवाया, और आज कोई इस बात की शिकायत नहीं करता कि उसने आगरा में क्यों बनवाया। अमरीकी टूरिस्ट भी इस बात की शिकायत नहीं करते। वे जब आना चाहते हैं, आते हैं। वे चाहे तो आसनसोल भी जा सकते हैं। क्योंकि कुछ भी कहो, आसनसोल आखिर आसनसोल है।"

"कहां है यह आसनसोल ?"—पत्नी ने पूछा।

मैं क्या बताता ? मुझे खुद ठीक से नहीं पता था कि आसनसोल कहां है। मगर अब लड़ाई छिड़ चुकी थी और मैं झुक नहीं सकता था।

मैंने कहा—"उफ, लोगों को यह भी नहीं पता कि आसनसोल कहां है ! यह देश कभी उन्नति नहीं कर सकता। यह गवर्मेन्ट नहीं चल सकती। कल से पूछना, रेवाड़ी जंक्शन कहां है, भटिंडा कहां है ?"

एक लंबी खामोशी रही। फिर उसने धीरे से पूछा, "कब जा रहे हो आसनसोल ?"

"कभी भी जाऊं। आज जाऊं, कल जाऊं, दस साल बाद जाऊं। सवाल यह है कि मैं आसनसोल जाना चाहता हूं। और मुझे आसनसोल जाने की स्वतंत्रता है

और मैं जा सकता हूं। आदमी चांद पर जा रहा है और मैं आसनसोल नहीं जा सकता ?"

वह चुप रही। उसके मुंह से इतना नहीं निकला कि हां, तुम आसनसोल जा सकते हो।

वह उन लाखों पत्नियों में से है जिनके कारण आज भारतीय पति आसनसोल नहीं जा पाता।

आज घर-घर में संघर्ष चल रहा है। आत्माएं आसनसोल जाने को व्याकुल हैं। संघर्ष कड़ा है पति मित्रो, मगर विश्वास रखिए अंतिम विजय हमारी होगी। एक दिन आप देखेंगे कि मैं आसनसोल जा रहा हूं।

मगर हाय, कब आएगा वह दिन !

प्रेमपत्र : राष्ट्रभाषा के संदर्भ में

प्रेम में आदमी एकदम से अंधा नहीं हो जाता, धीरे-धीरे होता है। शुरू-शुरू में दृष्टि कमजोर होती है। इसका प्रमाण यह कि जिस लड़की से वह प्रेम करता है, वह एकाएक बहुत सुंदर लगने लगती है। इधर आंखों की रोशनी कम पड़ी और उधर कन्या का चेहरा ज्यादा प्रकाशमय नजर आने लगा। इसी चौंधियाने की सी हालत में वह अपने जीवन का पहला प्रेमपत्र लिखता है। और तब उसे पता लगता है कि प्रेमपत्र लिखना प्रेम करने से ज्यादा कठिन काम है। और यहीं आकर हमारी राष्ट्रभाषा हिंदी के सम्मान का प्रश्न खड़ा हो जाता है। प्रेम करना सरल है, पर हिंदी में प्रेमपत्र लिखना कठिन है। आज राष्ट्रभाषा हिंदी की स्थिति ऐसी है कि मूर्ख अच्छे प्रेमी साबित होते हैं; पर जो विद्वान् है, भाषा जानता है, वह असफल हो जाता है।

अब मेरा उदाहरण लीजिए। जिस तरह जवानी में संपादकों ने मेरी रचनाएं अस्वीकृत कीं, उसी तरह लड़कियों ने मेरे प्रेमपत्र रिजेक्ट कर दिए। संपादकों से तो खैर मैं अड़ा रहा और लगातार लिखते-लिखते लेखक बन ही गया, पर वे लड़कियां मेरी चिट्ठियां ग्रहण करने की बजाय किसी के साथ पाणिग्रहण कर चली गयीं।

हमारी भारतीय शिक्षा-प्रणाली का एक दोष यह है कि उसमें प्रेमपत्र लिखना नहीं सिखाया जाता। आज युवक कहते हैं कि उनकी शिक्षा जीवनोपयोगी नहीं तो उनका एक आशय यह भी है। मानव जीवन में प्रेमपत्रों का बड़ा महत्त्वपूर्ण स्थान है। स्कूलों में यह तो कहा जाता है कि मित्र को पत्र लिखकर बताओ कि गर्मी की छुट्टियां कैसे बितायीं और पिताजी को पत्र लिखकर बताओ कि इम्तहान के पर्चे कैसे गए, पर कोई शिक्षक यह नहीं कहता कि प्रेमिका को पत्र लिखकर बताओ कि तेरे जाने के बाद सनमखाने पर क्या गुजरी, या जब तुझे पहली बार देखा तो मन को कैसा लगा। फिर भी, जो होनहार छात्र होते हैं वे पाठ्यक्रम की सीमाओं में नहीं बंधे रहते। वे अनुभव से ज्ञान बढ़ाते हैं। छात्रजीवन में मैंने भी ऐसा ही किया। पहला मौका मिला और प्रेमपत्र लिखने बैठ गया।

पहला प्रेमपत्र लिखना बड़ा सरपच्ची का काम था। हमारी राष्ट्रभाषा, जय हिंदी, जय भारती, इसमें कौड़ी मदद नहीं करती। प्रेम संबंधी हमारी शब्दावली बहुत पिछड़ी हुई है। नाजुक मौकों पर उर्दू से शब्द लेकर काम चलाना पड़ता है। जरा सोचिए, एक पिछड़ी हुई शब्दावली में हम आधुनिक कन्याओं को कैसे प्रेमपत्र लिख सकते हैं ? आज जरूरी है कि एक आयोग की स्थापना हो जो 'प्रेमपत्रों में हिंदी का सवाल'

पर विचार करे। मैं जानना चाहूंगा कि हमारी राष्ट्रभाषा प्रचार की संस्थाएं इस दिशा में क्या कर ही हैं। गवर्मेन्ट क्या कर ही है ? क्या इन्हें नहीं पता कि प्रेमपत्र राष्ट्रभाषा के प्रचार के श्रेष्ठ माध्यम हैं ? वे पत्र जो हिंदीभाषी युवकों ने अहिंदीभाषी युवतियों को दिए या वे उत्तर जो हिंदीभाषीं युवतियों ने अहिंदीभाषी युवकों को दिए। आज हमारी हिंदी विश्व के स्तर की भाषा बनने जा रही है। कल से हमारे युवक सारे संसार की कन्याओं को हिंदी में प्रेमपत्र लिखेंगे। यदि हिंदी में लिखे इन प्रेमपत्रों का असर नहीं हुआ, लड़की शादी करने को राजी नहीं हुई तो युवकों का क्या जाएगा, नाक तो राष्ट्रभाषा की कटेगी।

पहला प्रेमपत्र लिखते समय मैंने अपने मित्र से सलाह ली। उसकी हिंदी मुझसे अच्छी थी। उसने इतने प्रेमपत्र लिखे थे कि मोहल्ले में तो उसकी इज्जत गिर चुकी थी, मगर पोस्टआफिस वालों की नजरों में काफी थी।

"लड़की का नाम क्या है ?"—उन्होंने पूछा।

"नाम नहीं बताऊंगा, क्या भरोसा कल से तुम ही लिखने लगो।"

"प्रेमपत्र लिखना बहुत जरूरी है क्या ?"

"इसमें जरूरी क्या होता है ? बैंक से लोन लेना है क्या, कि जब जरूरी हो तब अप्लाय करो ?"

"बात लिखित में आ रही है, जरा सोच लो।"

"प्रेम अंधा होता है। टटोल कर देखना पड़ता है, संभावना है कि नहीं।"

"वे परिस्थितियां होनी चाहिए जिनमें प्रेमपत्र भेजा जाए।"

मैंने कहा—"जब तक प्रेमपत्र नहीं लिखूंगा, परिस्थितियां कैसी उत्पन्न होंगी ? जरा सोचो।"

आखिर वह मदद देने को राजी हो गया।

मैंने उससे कहा—"देखो, भावना शुद्ध हो या न हो, पत्र की भाषा शुद्ध होनी चाहिए, क्योंकि हिंदी के लेखक के नाते अपना एक इमेज है सो बिगड़ना नहीं चाहिए।"

वह लड़की भी क्या चीज थी ! बंजर जमीन पर एक गुलाब के फूल की तरह खिली हुई थी। कैसी उपमा है ! देखती थी तो एक खंजर सा चल जाता था पुराने टाइप का। वैसे खंजर आजकल म्यूजियम में नजर आते हैं। इतना तो कहना होगा मित्रो, कि आजादी के बाद लड़कियों का स्तर उठा है, राष्ट्रभाषा का चाहे इतना न उठा हो।

आप यह जानने को उत्सुक होंगे कि उस प्रेमपत्र का क्या हुआ जो मैंने लिखा था। राष्ट्रभाषा की उन्नति में आपकी यह गहरी रुचि मैं समझ रहा हूं। वह मेरा पहला प्रेमपत्र था और उस कन्या के लिए भी यह पहला पत्र जो उसे किसी ने लिखा। मैंने जो लिखा, उसका वह अर्थ नहीं समझ सकी। राष्ट्रभाषा हिंदी के साथ अक्सर

ऐसा होता है। उसने वह पत्र अपनी मां को दिया। वे थोड़ा-थोड़ा समझीं। उन्होंने पिताजी को दिया। वे काफी-कुछ समझे। उन्होंने मेरे स्कूल के प्रिंसिपल को दिया। वे सब कुछ समझ गए। उनकी हिंदी अच्छी थी। पत्र की भावना को समझने के बाद वे क्रोध में आ गए। बोले—"मैं इस शरद जोशी के बच्चे का सिर तोड़ दूंगा।" हिंदी के मौलिक लेखन को प्रायः ऐसी चुनौतियां का सामना करना पड़ा है।

इन प्रिंसिपल महोदय के विषय में मैं इतना ही कहूंगा कि भारतीय शिक्षा के इतिहास में जिन पीटनेवाले गुरुजनों का उल्लेख है, उनमें हमारे प्रिंसिपल महोदय का नाम स्वर्णाक्षरों में लिखा है। उनके द्वारा पिटे हुए बालक भविष्य में बड़े पदों पर बैठे और बड़े यशस्वी हुए। उन्होंने मेरी प्रतिभा को सही रूप में पहचाना कि यह होनहार बालक जो आज एक प्रेमपत्र लिख रहा है, कल से बड़ा लेखक बनकर राष्ट्रभाषा की सेवा करेगा। राष्ट्र के समस्त नरनारी इसे पढ़ेंगे। इसे पीटना बहुत जरूरी है। उन्होंने मुझसे पूछा—"आखिर तुम्हारी हिम्मत कैसे हुई किसी लड़की को प्रेमपत्र लिखने की ?" मैंने कहा, "सर, आत्माभिव्यंजना के लिए साहस पहली आवश्यकता है।"

जब वे मुझे पीट रहे थे, मैंने पहली बार गहराई से अनुभव किया कि हमारी राष्ट्रभाषा कितनी पिछड़ी हुई है। एकबारगी मैं समझ नहीं पाया कि भविष्य में मैं किसे प्राथमिकता दूं। प्रेमपत्र लिखूं या राष्ट्रभाषा की सेवा करूं ?

वह कन्या जिसे मैंने प्रेमपत्र लिखा था, पता नहीं आज कहां है।........यहां भी नहीं है। उसने किसी अच्छी हिंदी नहीं जाननेवाले से शादी कर ली। उसकी किस्मत जोरदार थी, अपनी कलम जोरदार है। जिन-जिनको मैंने हिंदी में प्रेमपत्र लिखे, वे सभी किसी दूसरे से शादी करके चली गईं। अब सिर्फ जोरदार कलम बाकी रह गई है जो मैं राष्ट्रभाषा की सेवा में अर्पित किए हूं। एक बात आप मानेंगे मित्रो, कि ज्यादा प्रेमपत्र लिखने के चक्कर में मेरा स्तर चाहे गिर गया हो, पर मैंने राष्ट्रभाषा का स्तर नहीं गिरने दिया।

शुद्धता की खोज

इस देश में शुद्ध कुछ नहीं मिलता। जो घी की तलाश में निकलते हैं उन्हें शुद्ध घी नहीं मिलता। उनकी शिकायत है कि घी में डालडा मिला रहता है। मगर जो डालडा की तलाश में निकलते हैं उनकी शिकायत है कि शुद्ध डालडा नहीं मिलता। उसमें कुछ और मिला रहता है। सोना शुद्ध नहीं, मसाला शुद्ध नहीं, कपड़ा शुद्ध नहीं, आटा शुद्ध नहीं, रोटी शुद्ध नहीं और मरने की सोचिए तो जहर शुद्ध नहीं।

एक जमाना था, इस देश में शुद्ध दूध की नदी बहती थी। नदी छोटी थी, जितना भी दूध बहकर आता था, पब्लिक में बंट जाता था। जब दूध की डिमांड बढ़ने लगी, सप्लाय में दिक्कत आने लगी, लोग आन्दोलन कर थाली-कटोरा पीटने लगे, तो दूध की नदी में पानी की नहर मिला दी गई। जनता खुश, भाव डाउन। तभी से भारतीय अर्थशास्त्र में यह सिद्धान्त बना कि भाव गिराना हो तो मिलावट करो। और हमारे देश के चरित्रवान व्यापारी वर्षों से उसी महान सिद्धान्त पर चल रहे हैं। दूध की नदी में पानी बढ़ता गया और कुछ दिनों बाद दूध गायब हो गया, सिर्फ पानी रह गया। और लोग चिल्लाने लगे—दूध की छोड़ो, शुद्ध पानी ही मिल जाए। मगर अफसोस पानी भी शुद्ध नहीं रहा।

जब पानी शुद्ध नहीं तो मिट्टी शुद्ध नहीं, फिर यह शरीर मिट्टी का पुतला कैसे शुद्ध रहेगा ? फिल्मों में एक्टर शुद्ध नहीं मिलता। जहां जोखम का काम होता है वहां बजाय धर्मेन्द्र के उसका एवजी एक्टर काम करता है। हम पूरी फिल्म धर्मेन्द्र की समझ पी जाते हैं। समझते हैं कि पहाड़ की चोटी पर धर्मेन्द्र लटका हुआ है। सारे दर्शक हाथ जोड़ते हैं—हे प्रभु, धर्मेन्द्र की रक्षा कर ! जब कि धर्मेन्द्र उस वक्त अपने घर पर मजे से बैठा है। अभिनेता में मिलावट हो रही है। अभिनेत्रियां शुद्ध नहीं रहीं। कुछ दिन पहले मैंने पढ़ा था कि फिल्मों के सेक्स-दृश्यों में टांगें किसी और की दिखाई जाएंगी। हमारे देश में अभिनेत्रियां कम हैं और टांगें ज्यादा। इसलिए मिलावट हो रही है। अभिनेत्री की शुद्ध टांग एक नियामत है। सारे सिनेमा देख आइए, नहीं मिलेगी।

राजनीति में देखिए, शुद्ध नेता प्राप्त कर लेना एक समस्या है। जनता तो जो है सो है, कांग्रेसी शुद्ध नहीं मिलता, जनसंघ में संगठन कांग्रेस, इसमें यह, उसमें वह, शुद्ध कहां है ? प्रगति में जातिवाद, संस्कृति में संकीर्णता, समाजवाद में वर्ग-स्वार्थ, मौलिक रचना में विदेशी अनुवाद, प्रायोगिकता में सेक्स की बिक्री, संपादन में विज्ञापन नीति, उपन्यास में देसी फिल्म, समाजसेवा में नेतागिरी, अफसरी में

रिश्तेदारी, और तो और—एक गीत शुद्ध नहीं मिलता, उसमें लक्ष्मीकांत-प्यारेलाल मिल गये। संगीत शुद्ध नहीं रहा। गायक तानें लेता है, वे शुद्ध नहीं रहीं। विहाग में भीमपलासी मिल जाए तो अपने को क्या समझ आता है ? मिलावट का माल खाकर गला खराब है, मिलावट की तानें सुनकर कान खराब हो गए। शुद्धता को कौन भांप सकता है ?

और एक दिन मैंने पढ़ा कि यह जो सुप्रसिद्ध पहलवान दारासिंग है, वह भी शुद्ध नहीं है। असली दारासिंह कोई और है। राम जाने खबर सच है या गलत; क्योंकि आजकल शुद्ध खबर कहां मिलती है ? उसमें कभी अफवाह, कभी पालिसी, कभी प्रचार, कभी दुष्प्रचार मिला रहता है। मैंने पढ़ा और मुझे बहुत अफसोस हुआ। शुद्ध लेखक और कवि न मिले तो एक देश सहन कर सकता है। रोना सिर्फ कविता का हो तो कोई रो ले, समीक्षा में निजी पूर्वग्रह का ज़हर मिला हो तो कोई पी जाए, मगर घूंसा, जो हर समस्या का अंतिम हल है, वह शुद्ध न रहे तो देश आगे नहीं बढ़ सकता। पहलवान तो कम से कम शुद्ध मिलना चाहिए !

मैं गंभीर हो गया और चिन्तन करने लगा। शुद्ध चिन्तन नहीं था। मैं शुद्ध रूप से गंभीर भी नहीं था। आजकल शुद्ध चिंतन कहां हो रहा है ? बाबू चिंतन करता है तो उसमें प्रमोशन की कल्पना मिली हुई होती है, नेता चिंतन करता है तो उसमें अपने दल का हित मिल जाता है। अतः शुद्ध चिंतन की कल्पना व्यर्थ है। मैंने शुद्ध चिंतन का प्रयत्न किया, कोई परिणाम नहीं निकला। ठीक ही हुआ। आजकल परिणाम कहां शुद्ध मिलते हैं ?

कोई चीज शुद्ध नहीं रही इस देश में। तबियत करती है चीखूं। मगर चीख भी कहां शुद्ध रही ? हर चीख में आत्मप्रचार मिल गया है। जो दुखी हैं, दर्दी हैं, उनकी आह में ट्रेड-यूनियन मिल गया है। रोने-चिल्लाने वाले शुद्ध रूप से दुखी नहीं हैं। शुद्ध आंसू नहीं मिलता इस देश में। मुस्कराहट शुद्ध नहीं, उसमें व्यवसाय मिला है; क्रोध शुद्ध नहीं, उसमें स्वार्थ मिला है। तन शुद्ध नहीं, मन शुद्ध नहीं। आत्मा शुद्ध नहीं।

ऐसे में मित्रो, हम क्या कर सकते हैं ? हम शुद्ध फ्राड कर सकते हैं, शुद्ध बदमाशी करें और राष्ट्र का सम्मान बनाए रखने के लिए सारी चीजों को शुद्ध घोषित कर दें। घी, दूध, मसाला, अभिनेत्रियां, दारासिंह, तन, मन, आत्मा, चीख, मुस्कान, दर्द, कविता, अखबार, आंसू सब शुद्ध हैं। और यदि कोई हमारी बात का विरोध करे तो कहें कि आजकल शुद्ध विरोधी कहां मिलता है ?

संस्कृत में एक श्लोक है—

शुद्धम् शुद्धः शुद्धस्य शुद्धताम्

आप कहेंगे यह श्लोक गलत है। मैं कहता हूँ—आजकल शुद्ध संस्कृत सुनने को कहां मिलती है ?

झरता नीम : शाश्वत थीम

घर के सामने, और विशेष रूप से अपने ही आंगन में पेड़ लगा हो, तो जब-तब भावुक हो जाने का सुभीता रहता है। पेड़ की तरफ देखा और वहीं लगे हाथ भावुक हो लिये। गांठ से कुछ जाता नहीं और मन भीग जाता है। मौका-मुसीबत बड़े काम की चीज है। आप चाहें उसका तना पकड़ रो सकते हैं, चाहें उसके पत्ते देख खुश हो सकते हैं। अनुभूति के क्षेत्र में किसी किस्म की खिदमत हो, पेड़ हाजिर है। जो लोग अपने आंगन में पेड़ खड़ा कर लेते हैं, इस मामले में बड़े मजे में रहते हैं।

आदमी आदमी से या दूसरे मायनों में स्त्री से एडजस्ट न कर सके, पर आदमी पेड़ से और पेड़ आदमी से आसानी से एडजस्ट कर लेता है। फलदार पेड़ हो तो एडजस्ट होने में अपेक्षाकृत सुविधा रहती है। खैर, आदमी भी फलदार हो तो वहां भी एडजस्टमेंट सरल हो जाता है। स्त्री अपनी सारी स्मृतियाँ और भावना घर के पुराने ताक में रख फलदार व्यक्ति के साथ कछौटा कस चल देती है। केवल भावुक मन वाले ही फलविहीन के साथ एडजस्ट करते हैं। वे तो फलविहीन पेड़ के साथ भी एडजस्ट कर लेते हैं। उनके साथ पेड़ भी एडजस्ट कर लेता है। जैसे 'झरने लगे नीम के पत्ते, बढ़ने लगी उदासी मन की।' (पता नहीं किसकी पंक्ति है, जाने कब पढ़ी थी। यों भी हम नाम बताकर उसका प्रचार करने के पक्ष में नहीं। यह हमारी साहित्यिक 'स्ट्रेटेजी' है कि संदर्भ दो, मगर नाम गायब कर दो।) इसमें हुआ यह कि जब नीम के पत्ते झरने लगे, तो मन की उदासी बढ़ने लगी। या यों कि इधर तो नीम के पत्ते झरने लगे और उधर मन की उदासी बढ़ने लगी। दोनों हरकतें समानान्तर साथ-साथ चालू हुईं। या उल्टा हुआ। जब मकान मालिक के मन की उदासी बढ़ने लगी तो आंगन के नीम ने सोचा—चलो, इसी वक्त कुछ सूखी पत्तियाँ झरा दो। साहित्य के अध्ययन से मैं इस नतीजे पर पहुँचा हूँ कि पेड़-पौधे और पूरी प्रकृति बैठी हमेशा कवि का मूड भाँपती रहती है। कवि का जैसा मूड हुआ, प्रकृति वैसा ही करती है। कवि का मन उदास हुआ तो नीम के पत्ते झरने लग जाते हैं। और मूड अच्छा हुआ तो उसी समय सूखे पत्तों का झरना रुक जाता है, और नयी-नयी कोंपले फूटने लगती हैं। कहावत है (या हो सकती है) 'जिस माजने का कवि, उस माजने के पेड़-पौधे।' या यों कि 'जैसा बोलें कविराम, वैसा नाचें नीम-आम।' या यों कि 'जबहूँ कवि हरसे, तबहूँ जल बरसे।' या यों कि 'कवि हुआ ढुलमुल, तो चुप्प हुई बुलबुल।'

घर का पेड़ हो, बाप ने बोया हो, तो भावुकता का अधिकार पुश्तैनी हो जाता है। धीरे-धीरे पूरा मिजाज आंचलिक हो जाने की सम्भावना रहती है। पेड़ के साथ आपके पूरे व्यक्तित्व के 'कंडीशंड' हो जाने का खतरा रहता है। जो लोग एक छायादार पेड़ के संदर्भ में अपने को बड़ा वर्ड्सवर्थ या रवीन्द्रनाथ समझने लगते हैं, आगे जाकर बड़े गँवार मनई साबित होते हैं। यह तो हिन्दी साहित्य है, जहाँ सब चल जाता है। यहां गँवार मनई भी गाछ-बिरछ का जिक्र कर ढोलकबाजे से सुर निकाल धन्धा चला लेता है। साहित्य-प्रेमी व्यक्ति के संस्कार और रुचियाँ बकरी की तरह होते हैं। जहाँ जो भी हरा-भरा मिल जाता है, प्रेम से चर लेता है। अभाव में मुँह लटका लेता है।

जब कवि का पेड़ सूखता है, उसे भी दुख होता है। साहित्य में 'नेचर' का खरबूजा जैसा रंग बदलता है, पाठक के 'नेचर' का खरबूजा भी देखकर रंग बदल लेता है। इसके अलावा भी जो पारिवारिक ऊष्मा के कवि हैं, घर की खिड़की से बाहर झाँककर पेड़ की डाली, चाँद, बादल या गाय-ढोर का नजारा देख अपने मन की बात कहते हैं। जब-तब पास के पेड़ से लटककर कथ्य और शिल्प के आकाश में झूलने लगते हैं। ऐसी रचनाओं के बलबूते पर पेड़ के साथ साहित्य और साहित्य के साथ पेड़ पनपता है। कभी वहीं कोई पक्षी घोंसला बना ले और नर-मादा अपने चोंचले शुरू कर दें, तो प्रेमकथा का रंग बाँधने में सुविधा होती है। अकेली बैठी उपन्यासों की औरतें घर से उस घोंसले की तुलना करने लगती हैं। बाबू दफ्तर चला जाता है भाग्य का टाइपराइटर बजाने और वह औरत बच्चों को कीड़े-मकोड़े का चुग्गा खिलाती मादा को देख अपने अधफूले पेट पर हाथ फेरने लगती है। साहित्य में ऐसे दृश्य 'बॉक्स-आफिस हिट' साबित हुए हैं। यह सब पेड़ का प्रताप है। बुद्धि के नंगेपन को ढकने के लिए पेड़ के पत्ते बड़े काम आये हैं। जब कुछ समझ नहीं आया, पाठक को पेड़ से बाँध दिया और खुद ऊपर चढ़कर डालियाँ हिलाने लगे—ले बेटा, चाट प्रकृति ! भगवान् की बनाई है, सस्ती पड़ती है।

फिर भी मुझे तो आँगन में खड़े पेड़ की बात करने वाले कवि अच्छे लगते हैं। जो है उसी की बात करते हैं। अपनी अकल और अनुभूति की सीमाओं से परिचित हैं। आरामकुर्सी पर पड़े-पड़े इंद्रधनु रौंदने का दम तो नहीं भरते ? प्रकृति को लेकर साहित्य में बड़ा 'फ्रॉड' चलता है। प्रकृति एक विशेष काव्य-नीति में सहायक रही है। इस हरी राजनीति को आम पाठक समझ नहीं पाता। जब भी समस्याएँ साक्षात होकर गला पकड़ती हैं, कवि चुपके से वृक्षों के झुरमुट में घुस लेता है। जब मुसीबत छँट गयी, धीरे से निकला और जो जीता उसकी जयजयकार करने लगा। गुलमोहर, पलास, अमलतास, पीपल, बड़, आम, नीम का अच्छा-खासा जंगल है, जो तटस्थता के मौसम में सिर छुपाने के काम आता है। तटस्थता की राजनीति का रहस्य सब समझते हैं, पर कवि को कुछ नहीं कहते। परम्परा से उसे प्रकृति पर हक प्राप्त है।

अभिव्यक्ति के निस्तार के लिए वह जहाँ चाहे कुलाँचें भर सकता है। उसे कालिदास से गुरुमंत्र मिला है—विक्रम के दोष खोजने से बेहतर है, प्रकृति की बात करो। 'कैरियर' शुद्ध रहता है, 'वेरायटी' बनी रहती है। प्रकृति पल-पल वेश परिवर्तित करती है, कवि की गिरगिट प्रतिभा नित नये रंग बदलती है। अपना कोई क्या बिगाड़ सकता है ? और जब विक्रम के खिलाफ देश की जनता में असंतोष के अंकुर विरोधी पार्टी को मिले भारी वोटों की तरह पनपने लगें, तब विक्रम की दरबारी अकादमी से पुरस्कृत प्रकृतिवादी कवि को सुविधा है कि वह विरोध के सुरों में एक सुर अपना मिला, बदलते इतिहास की वी.आई.पी. लिस्ट में भी अपना नाम लिखवा ले।

पेड़ से बहुत फायदे हैं। वह कड़ी धूप में शरण देता है। पेड़ बहुत उपयोगी वस्तु है। उसके घने पत्ते अतीत की कई शर्मिंदगियों को ढकते हैं। झुरमुट अनेक घोटालों के केन्द्र रहे हैं। साहित्य में भी कम घोटाले नहीं हुए हैं। चाहें तो कविता और प्रकृति तथा कविता और राजनीति पर अलग-अलग थीसिसें न लिख एक ही प्रबन्ध में सारी शोध कर सकते हैं। पुस्तक पठनीय होगी, पर पी-एच.डी. नहीं मिलेगी, विश्वविद्यालय के आंगन में भी काव्यनीति का एक पुराना पेड़ लगा है। हेड ऑफ दि डिपार्टमेंट जब अपनी खिड़की से झाँकते हैं, वह पेड़ उन्हें दिखाई देता है। उसकी हवा का झोंका उनके अहं को संतोष देता है। वे विचारों की जमीन पर नयी बागवानी के समर्थक नहीं। वे कवि को उसके दिखाऊ मूल्यों पर स्वीकार करते हैं। इरी और निरी भावुकता के वे संरक्षक हैं, ढाल हैं। कहावत है (या हो सकती है) कि 'एकतरफा प्रकृति, दोतरफा पोलिटिक्स', या यों कि 'वृक्ष ओझल, विरोध ओझल।' या यों कि 'देखी हम कवियन की रीत, खाएँ पोलटिक्स, उगलें गीत।' या यों कि 'विरोध में कमी, ख़ुश अकादमी।' या यों कि 'लिखी सिर्फ प्रकृति की बात, लगी कोर्स में हाथ के हाथ।' या 'लगो सोर्स में शान के साथ।'

सघन गहराइयों में न जाओ, अमान्य रूप से झरते तथ्यों को ही बीनो, तो भी आंगन में लगा पेड़ बड़ा सहायक है। जब चाहें गुस्सा कम करने या आँखें नम करने में यह मदद करता है। परगाँव गये पिया जब घर पर चिट्ठी लिखते हैं, तो आंगन के पेड़ के विषय में भी पूछते हैं—'मधुआ की मां, इस साल तो आम में बहुत बौर आये होंगे। वहाँ होता तो सूँघता। काफी आम देगा अपना गाछ !' क्या कहने ! चिट्ठी पढ़कर सुनाता ज्ञानी पोरटगैन उस करुण प्रसंग के साथ सारा मामला भाँप लेता है ! जाती बेर धीरे से कहता है—'मधुआ की मां, इस बरस तो मधुआ के बापू घर नहीं आ रहे। कभी आम में बौर आये तो हमें याद करना।' और मधुआ की मां लाज से मुंह फिरा आंगन के आम की ओर मुंह फेर खड़ी हो जाती है। पोरटमैन एक सुख-संचारक कैलेंडर रसीली नजरों से निहारता आगे बढ़ जाता है।

दूसरा प्रसंग, नानूराम शास्त्री की मोड़ी शकुन की विदाई। घूँघट में मुँह छुपा रोने-धोने का क्रम चालू। जाती बेर वह आंगन में लगे वृक्ष की ओर देखती है, इसी

के नीचे खेल-कूद कर बड़ी हुई। ललुआ पण्डित के छोरे ने इसी गाछ के नीचे पहली बार कलाई पकड़ी, वह मन ही मन वृक्ष को प्रणाम कर कहती है—"हे गाछ महाराज, जे स्कैन्डल की पुटरिया तेरी डार पर लटकाय कर जाय रही हूँ। विसकू एक्सपोज मत करना महाराज। अपनी बिटिया की लाज रखना।" औरतें तभी समवेत में रोती हैं—'अरे अब इन गाछ-बिरछ को तेरे बिन कौन पानी देगा री बिटिया ?' और बिटिया वृक्ष देवता को प्रणाम कर डोली की तरफ बढ़ जाती है। देखने वालों की आँखों में एक आँचलिक सीन खिंच आता है।

ऐसे अनेक प्रसंग हैं, आंगन में लगे पेड़ के इर्द-गिर्द कई बातें हैं, जिनमें लेखक और कवि पूरी प्रतिभा का उपयोग कर खप सकते हैं। खप चुके हैं। कहावत है (या हो सकती है) कि 'पेड़ के प्रसंग और कविता के रंग, इनमें कभी कमी नहीं आती।' या यों कि 'झरता नीम, शाश्वत थीम।' या यों कि 'नीम फले या आम, कवि के आवै काम।' या यों कि 'पत्ता खड़के, कलम फड़के।'

यदि आप भावुक हैं, ज्ञानी हैं और आंगन में लगे पेड़ पर विश्वास करते हैं, तो इन कहावतों को भी सच मानिए, चाहे आपने सुनी हों या न सुनी हों। क्योंकि कहावत है कि 'हाथी पर ज्यों महावत, भाषा में त्यों कहावत।' उसके बिना तथ्य से आप भटक जाएँगे।

बोफोर्स शब्द अनेकार्थी है

मैं हमेशा विरोधी दलों को समझाता हूं, पर मेरी बात कोई नहीं मानता कि केवल तोप के संदर्भ में बोफोर्स-बोफोर्स चिल्ला कर तुम कांग्रेस के खिलाफ चुनाव नहीं जीत सकते। कारण यह है कि भारत गांवों में बसता है। अर्थात् भारत के अधिकांश वोटर्स गांवों में बसते हैं और वे बोफोर्स क्या है नहीं समझते। उनके जीवन में हैन्डपंप और ट्रेक्टर के बाद कोई नया शब्द आया ही नही। वे तोप को तोप कहते हैं। उसे बोफोर्स नहीं कहते। उन्हें यह भी सूचना पाकर आश्चर्य होगा कि तोपें विदेश से खरीदी जाती हैं। उनकी जानकारी इतनी है कि तोपें होती हैं। वे कहां से होती हैं और क्यों हो जाती हैं, उन्हें नहीं पता। अभी राजीव गांधी एक गांव में गये। वहां उन्होंने एक आदमी से पूछा कि बोफोर्स का नाम सुना है ? तो वह बोला कि थोड़े दिनों पहले यहीं रहता था, पर अब बाहर चला गया है। यह है हालत। अब इन्हें यह कहकर कि बोफोर्स खरीदी में घोटाला हुआ है, विरोधी दल कैसे वोट ले लेगा ? चालीस वर्ष तक गांवों को पिछड़ा रखा गया तो उसके मूल में कुछ राजनीति तो है ही।

बोफोर्स एक शब्द है। आप चाहें तो इसे जीवन में अपना सकते हैं। और तोप के अलावा अन्य अर्थों में भी इसका उपयोग कर सकते हैं। जैसे इस वर्ष सर्वाधिक राखियां वे बिकीं जिन पर बोफोर्स लिखा था। भाई की कलाई में बोफोर्स बांधकर बहनों ने साल भर सुरक्षा की गारंटी अर्जित की। अब यहाँ बोफोर्स शब्द पवित्र प्रेम के अर्थ में है।

इसी तरह आप बोफोर्स शब्द को कई अर्थ दे सकते हैं। जैसे सजी-धजी पार्टी-उन्मुखी पत्नी को देख आप कह सकते हैं कि आज तो बड़ी बोफोर्स लग रही हो। वह जवाब में ऐसी गदगद हो जाएगी जैसे वो डेरेक लग रही हो। जैसे आप सुस्त हैं तो कहिये—आज सुबह मेरी तबियत बड़ी बोफोर्स हो रही थी। या जैसे किसी को सर्दी हो जाये तो उससे पूछिये कि बोफोर्स ली, तो वह उसका अर्थ कोल्डरीन ली ही समझेगा। पार्टी से लौटते समय दरवाजे पर बिदा होते हुए आप अपने मेजवान से कहिये कि आप की शाम तो बड़ी बोफोर्स बीती, तो वह इसे प्रशंसा मान ग्रहण करेगा। फलैट की घंटी बजा, दरवाजा खुलने पर आप महिला से पूछिये कि आपके बोफोर्स कहां हैं, तो जवाब मिलेगा—आफिस गये हैं। या पुरुष हो तो पूछिये कि आपकी बोफोर्स कहां है, तो वह कहेगा—अंदर खाना बना रही हैं।

बोफोर्स शब्द कई अर्थ दे सकता है। जैसे आप कहिये कि धीरे-धीरे लड़का-लड़की में बोफोर्स हो गया। अर्थात् प्रेम हो गया, चक्कर चल गया। या किसी गमी में परिवार को समझाते हुए कहिये कि देखो, जाने वाला तो चला गया, अब बोफोर्स करने से क्या फायदा ! बोर होने पर कहिये--यार हम तो बैठे-बैठे बोफोर्स हो गये। सामनेवाला निश्चित ही आशय समझ लेगा। पेमेंट न मिल रहा हो कहीं से तो आप पूछिये कि जी, आप मुझे कब तक इसी तरह बोफोर्स करते रहेंगे ? पत्नी पूछे कि आज सब्जी कैसी बनी तो बोफोर्स कहिये, वह खुश हो जाएगी।

बाफोर्स शब्द अनेकार्थी है। विरोधी नेताओं को चाहिये कि जब गांवों में जायें तो कुछ इस तरह भाषण दें—भाइयो और बहनो, आज देश को बोफोर्स हुए चालीस साल हो गये। हमने कांग्रेस को वोट देकर उसे बोफोर्स पर बिठाया। इतने वर्षों यह बोफोर्स रही हम पर। पर इन चालीस सालों में अमीर, पैसे वाले तो दिन पर दिन और भी बोफोर्स होते चले गए। मगर गरीब, मजदूर-किसान, आज उसकी दशा कितनी बोफोर्स हो गई है यह आप देख ही रहे हैं। आज देश में चारों ओर बोफोर्स फैला हुआ है। किसी सरकारी दफ्तर में छोटे से छोटा काम कराने जाइये, आपको बोफोर्स लगता है। मैं पूछना चाहता हूं कि आखिर यह बोफोर्स क्यों और कब तक ? कब तक यह देश ऐसे ही बोफोर्स में पड़ा रहेगा ? महंगाई, गरीबी, बेराजगारी में बोफोर्स कब तक रहेंगे सिर पर ? क्या इसी दिन के लिये गांधीजी ने देश को बोफोर्स कराया था ? भाइयो उठो, जागो और इस कांग्रेस के खिलाफ बोफोर्स कर दो। क्योंकि जब तक इस देश का गरीब किसान बोफोर्स नहीं करेगा, कुछ बोफोर्स नहीं होगा। आज इस मौके पर आपसे यही कहना चाहता हूं दोस्तो, कि बोफोर्स, उठो और इस व्यवस्था के खिलाफ बोफोर्स कर दो।

मेरी मानिये ! जब तक विरोधी दल इस तरह गांव-गांव जाकर बाफोर्स नहीं करेगा, कांग्रेस यूं ही सरलता से बोफोर्स होने वाली नहीं है।

गणतंत्र के इस वर्ष में

भारतीय गणतंत्र के इस वर्ष में, वर्ष जो भी हो, देश ने काफी प्रगति की। दिल्ली में पूरे वर्ष यह अफवाह रही कि देश प्रगति कर रहा है और इस अफवाह का किसी ने खंडन नहीं किया। हमारे नेता सचाइयों से डरते हैं। अफवाहों से नहीं डरते। खबर पक्की है कि देश ने प्रगति की। अब कहां से की, यह पता लगाया जा रहा है।

इस वर्ष मौसम अच्छा रहा। गर्मी में गर्मी हुई, ठंडों में ठंड रही। वर्षा अच्छी हुई जिसके कारण खेतों को पानी मिला और सड़कों में गड्ढे पड़े। फसलों से जो लाभ हुआ वह सड़कें ठीक करने में व्यय हुआ। सरकार ने निर्णय लिया कि जहां खाली जगह होगी वहां पेड़ लगाये जाएंगे। जहां खाली जगह नहीं होगी वहां पेड़ उखाड़कर पेड़ लगाए जाएंगे। फिलहाल स्थिति यह है कि निर्णय लग गये हैं, पेड़ लगना बाकी है। थके हुए लोग निर्णय की छाया में बैठे रहते हैं और निर्णय से फल टपकने का इंतजार करते हैं।

देश की आर्थिक स्थिति अच्छी रही। नेताओं की आर्थिक स्थिति उससे भी अच्छी रही। देश ने विदेश से उधार मांगा। नेता ने किसी से उधार नहीं मांगा। जो अमीर थे, वे अमीर रहे। जो गरीब थे, वे गरीब रहे। जो दोनों के बीच में थे, वे कहीं के नहीं रहे।

गणतंत्र के इस वर्ष में देश में प्रतिव्यक्ति आय बढ़ी। खासकर उन लोगों की जो कमीशन खाते हैं और रिश्वत लेते हैं। देश में बेकार जितने भी हों, बेकारी उनसे अधिक थी। जो काम करना चाहते थे उनके पास काम नहीं था। जिनके पास था वे कर नहीं रहे थे। जिन्होंने किया उसका नतीजा ठीक नहीं निकला। खुशहाली इतनी बढ़ी कि लोग एक रुपये के नोट की जगह दो रुपये का नोट और दो की जगह पांच रुपये का नोट इस्तेमाल करने लगे। चिल्लर न किसी ने लौटायी और न किसी ने दी। जीवन-स्तर इतना उठ गया कि भिखारी दस पैसे की बजाय आठ आने मांगने लगे। देश ने चाय, मसाला और कपड़ा बेचकर रंगीन टेलीविजन खरीद लिए। टेलीविजन दो हिस्सों में बंट गया। आधा नेताओं ने ले लिया, आधा अभिनेताओं ने। कभी ये नजर आते हैं, कभी वे। लोग देश की ओर देखने की बजाय टेलीविजन की ओर देखने लगे। देश में टेलीविजन क्या घुसा, देश टेलविजन में घुस गया। जीवन-स्तर उठा। जो जमीन पर चलते थे, फ्लायओवर पर चलने लगे।

बाहर से टीमें आईं और भारत को हरा कर चली गईं। भारत की टीम बाहर

गई और हारकर लौट आई। जो जीता वो पैसे वसूलने में लग गया। जैसे खेल में नहीं, चुनाव में जीता हो।

गणतंत्र के इस वर्ष में देश चाहे अंदर से लड़ता रहा, मगर बाहर से सुरक्षित था। जबकि कहा गया कि बाहर से खतरा है, अंदर से सुरक्षित है। देश जो भी हो, नेता सुरक्षित थे। नेता के चमचे सबसे सुरक्षित थे। प्रतिदिन एक की गति से बैंक लुटे। प्रतिदिन दस की गति से हत्याएं और बलात्कार हुए। डाकुओं ने नेताओं के सामने आत्मसमर्पण किया। नेताओं ने डाकुओं के सामने। फोटू देख लोग पूछने लगे कि इनमें नेता कौन है और डाकू कौन ? डकैती की कला ग्रामीण क्षेत्रों तक सीमित नहीं रही। गणतंत्र के इस वर्ष में डकैती नगरों में होने लगी। महानगरों में होने लगी। डाकुओं ने घोड़े बेचकर मोटर साइकिलें खरीदीं। जिसके पास मोटर साइकिल थी उसने पिस्तौल खरीदी। जिसके पास दोनों थे उसे कुछ खरीदना नहीं पड़ा। पिस्तौल दिखाइए, जो चाहें ले लीजिए।

अपनी आर्थिक स्थिति सुधारने के लिए इस वर्ष भी दामादों ने ससुर की ओर आशाभरी नजरों से देखा। वधुओं को जलाने के लिए किरोसिन का अभाव नहीं था। हालांकि जिसे किरोसिन चाहिए था वह क्यू में खड़ा रहता था। नपुंसकों की शादियां धूमधाम से हुईं। सामाजिक वातावरण अच्छा रहा। जब गुंडे सक्रिय हुए, शांति रही। जब पुलिस सक्रिय हुई, अशांति हो गई।

शिक्षा के क्षेत्र में स्थिति यह रही कि जहां लड़के थे वहां पढ़ाने वाले नहीं थे। जहां पढ़ाने वाले थे वहां लड़के नहीं थे। जहां दोनों थे वहां पढ़ाई नहीं हुई। रिजल्ट फिर भी अच्छे निकले। नौकरियां फिर भी नहीं मिलीं। हमारे देश में जब पढ़ने के बाद नौकरी नहीं मिलती, लोग पढ़ाने की नौकरी करने लगते हैं। सिद्धांत यह है कि जब दवा मिल नहीं रही तो बीमारी बढ़ाने में क्या हर्ज है। साक्षरता आंदोलन का विकास हुआ। जिसे दस्तखत करना आ गया वह विदेश जाने की सोचने लगा। जिनके देश में घर हैं वे विदेश में नौकरी करने की सोचने लगे। जिनकी विदेश में नौकरी है वे देश में घर बनाने की सोचने लगे। यह बात समझ में नहीं आई कि लोग यह क्यों चाहते हैं कि घर से दफ्तर दूर रहे।

मरीजों का स्वास्थ्य अच्छा रहा। मिलावट का माल खा लोग बीमार हुए, मिलावट की दवाई पी ठीक हो गये। जो डाक्टर का मरीज था वह वैद्य तलाशने लगा। जो वैद्य का मरीज था वह होमियोपैथ तलाशने लगा। जो होमियोपैथी से इलाज़ करवाता था वह डाक्टर के पास गया। इस प्रकार देश के अस्पतालों में मरीजों की कुल संख्या वही रही जो पहले थी।

प्रधानमंत्री विदेश जाते रहे। जब नहीं गये तो विदेशी यहां मिलने आ गए। इनसे समय निकाल प्रधानमंत्री ने देश के विषय में विचार किया। उससे समय निकाल अपने विषय में विचार किया। नेता डरते रहे कि कहीं चुनाव न हो जाए। लोग डरते

रहे कि कहीं ये ही लोग फिर से ना आ जाएं। बोफोर्स तोप के कारण देश सुरक्षित और मजबूत हुआ, नेता अस्थिर और लड़खड़ा गए।

डाक-व्यवस्था गड़बड़ रही। टेलिफोन लगे नहीं। लगे तो एंगेज थे। असम की समस्या निपटी नहीं, कश्मीर की खड़ी हो गयी। दूसरे राज्य केंद्र से आवेदन कर रहे हैं, कि हम भी समस्या खड़ी करना चाहते हैं, कृपया समय दें। इस वर्ष देश में अकाल नहीं पड़ा, अकाली पड़े। जिसे मरना था अकाल से नहीं मरा, अकाली से मरा।

सांस्कृतिक मोर्चों पर स्थिति यह थी मित्रो, कि देश में सभी भाषाओं का विकास हुआ। पहले चौदह थीं, अब सत्रह-अठारह लगने लगी हैं। हिंदी चूंकि देश की सबसे बड़ी भाषा है, इसलिये हर राष्ट्रीय नेता उसे चरणों के करीब रखता है। फिर भी वह गरीब है। जो साहित्यकार हैं वे लिखते नहीं। जो लिखते नहीं वे पुरस्कृत हो जाते हैं। जो हो गये वे और होना चाहते हैं। जो पुरस्कृत हो गये वे लिखने लगे।

गणतंत्र के इस वर्ष में नर्तकियों की आर्थिक स्थिति सबसे अच्छी रही है। जो शास्त्रीय संगीत गाते थे वे ग़ज़ल गाने की सोच रहे हैं। जिनके सुर नहीं मिलते वे भजन कर रहे हैं। बहाना जो भी हो, भोजन कर रहे हैं।

गणतंत्र के इस वर्ष में बस अमन-चैन है मित्रो, सब खा रहे हैं, सब गा रहे हैं। सबके अपने-अपने आलाप हैं। बाकी सब ठीक है, शुद्ध नागरिक होना भर श्राप है।

दो जूतों की कहानी

बाएं पैर के जूते से दाहिने पैर के जूते ने पूछा, "तुम किस कंपनी के हो ?" दाहिने पैर के जूते ने उत्तर दिया, "मैं बाटा कंपनी का हूं।"

"सच,"—बाएं पैर का जूता यह सुनकर बहुत खुश हआ। बोला, "मैं भी बाटा कंपनी का हूं।"

दो जूते। बड़े मजबूत, बहुत चमकीले। दोनों आपस में एक-दूसरे से बड़ा स्नेह करते थे। कभी अलग नहीं हुए। जहां रहते साथ रहते। जहां जाते साथ जाते। और साथ ही लौट कर आते। कभी ऐसा नहीं हुआ कि एक जूता बाहर जाने लगा तो दूसरे ने साथ चलने से इंकार कर दिया हो। कभी ऐसा नहीं हुआ कि एक जूता घर लौटा तो उसके साथ दूसरा जूता नहीं आया हो। बड़ा प्रेम था दोनों में।

दोनों जूतों में हर एक के पास एक-एक मोजा था और एक-एक पैर। मजाल है कि एक जूते का पैर दूसरे जूते में चला जाय ! गलती होती भी तो ठीक कर ली जाती। दोनों में परस्पर मनमुटाव का कोई कारण नहीं था।

एक बार दोनों जूते रास्ते में जा रहे थे। मौके की बात। एक जूते को पत्थर से चोट लग गई। इस पर दूसरे ने कहा, "घबराओ मत, हिम्मत रखो, मैं तुम्हारे साथ हूं।"

उस दिन दोनों जूतों को जिन कष्टों का सामना करना पड़ा उनसे उनका साहस भी बढ़ा और अनुभव भी। वे यह समझ गये कि अगर हम सहयोग और लगन से चले तो हम जीवन की हर चढ़ाई पार कर सकते हैं।

दोनों जूतों को अपने पैरों की एक बात सख्त नापसंद थी। उनका मंदिर में जाना। दोनों जूते ईश्वर पर विश्वास नहीं करते थे। जहां मंदिर आता, वे बाहर रुक जाते। जब तक पैर अंदर से नहीं लौटते, वे बाहर ही बैठे रहते। उनका तो कहना था कि, "हमारा ईश्वर तो हमारा पैर है। जब तक वह हम में है, हमें आगे बढ़ने से कोई नहीं रोक सकता।"

ऐसे ही चलते-चलते उनके अंतिम दिन आ गये। एक जूते को ऐसी चोट लगी कि, वह चलने के काबिल नहीं रहा। जीवन से निराश हो उसने दूसरे जूते से कहा—"भाई, अब मैं किसी काम का नहीं रहा। तुम मेरी स्थिति देख ही रहे हो। मुझे मेरे हाल पर छोड़ो। तुम जहां जाना चाहो जाओ। तुम मजबूत हो, अच्छे हो, जिंदगी में कुछ कर सकते हो। जाओ, तुम चले जाओ।"

दूसरे जूते ने कहा, "नहीं, मुझ से यह नहीं होगा, तुम्हें ऐसी हालत में छोड़कर मैं नहीं जा सकता। मैं तुम्हारे साथ रहूँगा। तुम्हारे बिना मुझे कहीं अच्छा नहीं लगेगा। नहीं, नहीं.........ऐसा नहीं होगा। हम साथ जिए हैं...........साथ मरेंगे।"

धीरे-धीरे उनका जीवन समाप्त होने लगा। मैत्री और प्रेम की जिस मजबूत डोर में वे बंधे हुए थे, उसमें वे अंत तक बंधे रहते, मगर तभी एक घटना घटी। एक दिन एकाएक उनके पैरों ने उन्हें पहना और तेजी से चल दिए। जूते घिसते हुए उनके साथ चल पड़े।

वह शख्स जो इन जूतों को पहने था, राजनीतिक सभा में पहुंचा और किसी नेता का भाषण सुनने लगा। तभी उसे जाने क्या सूझा, उसने हाथ झुकाया, दाहिने पैर से जूता निकाला और उसे हवा में सन्ना दिया।

जूता हवा में उठा, एक तीर की तरह चला और नेता की नाक पर लगा।

भगदड़ मच गई, डंडे चलने लगे। लोग इधर-उधर भागने लगे और वह शख्स जिसके ये जूते थे, दूसरे जूते को भी वहीं छोड़ भाग गया।

कुछ देर बाद सन्नाटा था। न मंच पर कोई था और न ही श्रोताओं में।

एक जूता मंच पर था, दूसरा जूता आडियन्स में पड़ा था। मंच पर पड़े जूते ने चिल्ला कर कहा—"मित्र, मेरा तो जनम सार्थक हो गया। मैं पोलटिक्स में आ गया। मैं हवा में उठा और एक नेता की नाक पर पड़ा। अब मैं शेष जीवन भी राजनीति में बिताना चाहता हूँ।"

आडियन्स में पड़े जूते ने अफसोस से कहा, "हाय, मुझे किसी ने नहीं उठाया ! तुम तो नाक पर पड़े हो, मुझे उठाते तो मैं उस नेता के सिर पर पड़ता।"

एक रद्दी चीजें बटोरने वाले ने उन जूतों को उठाया और एक कबाड़ी के यहां बेच दिया।

आजकल वे दोनों जूते उस कबाड़ी के यहां हैं और इस बात का इंतजार कर रहे हैं कि, कोई आए, उन्हें उठाकर इन ढोंगी, भ्रष्ट, पाखंडी नेताओं पर मारे। उनका कहना है—"अब किसी के पैरों के काबिल तो हम नहीं रहे, हां, किसी के सिर के काबिल हम जरूर हैं।"

तो मित्रो, आपकी जब इच्छा हो, जब आपके हाथों में दम हो, जुंबिश हो, आप उन जूतों का इस्तेमाल कर सकते हैं। जब सचमुच इच्छा होगी तो उनका क्या, आप किसी भी जूते का उपयोग करें। देश के सारे जूते राजनैतिक परिवर्तन के लिए आपकी सेवा में हाजिर हैं।

रेलों की प्रगति

रेल विभाग के मंत्री कहते हैं कि भारतीय रेलें तेजी से प्रगति कर रही हैं। ठीक कहते हैं। रेलें हमेशा प्रगति करती हैं। वे बंबई से प्रगति करती हुई दिल्ली तक चली जाती हैं और वहां से प्रगति करती हुई बंबई तक आ जाती हैं। अब यह दूसरी बात है कि वे बीच में कहीं भी रुक जाती हैं और लेट पहुंचती हैं। पर अब देखिए ना, प्रगति की राह में रोड़े कहां नहीं आते ! कांग्रेस के रास्ते में आते हैं, देश के रास्ते में आते हैं, तो यह तो बिचारी रेल है। आप रेल की प्रगति देखना चाहते हैं तो किसी डिब्बे में घुस जाइए। बिना गहराई में घुसे आप सचाई को महसूस नहीं कर सकते।

हमारे यहां कहा जाता है, "ईश्वर आपकी यात्रा सफल करें।" आप पूछ सकते है कि इस छोटी सी रोजमर्रा की बात में ईश्वर को क्यों घसीटा जाता है ? पर जरा सोचिए, रेल की यात्रा में ईश्वर के सिवा आपका है कौन ? एक वही तो है जिसका नाम लेकर आप भीड़ में जगह बनाते हैं। भारतीय रेलों में तो यह है आत्मा सो परमात्मा और परमात्मा सो आत्मा। अगर ईश्वर आपके साथ है, टिकिट आपके हाथ है, पास में सामान कम और जेब में पैसा ज्यादा है तो आप मंजिल तक पहुंच जाएंगे। फिर चाहे बर्थ मिले या न मिले। अरे, भारतीय रेलों का काम तो कर्म करना है। फल की चिंता वे नहीं करतीं। रेलों का काम एक जगह से दूसरी जगह जाना है यात्री की जो भी दशा हो ! जिंदा रहे या मुर्दा, भारतीय रेलों का काम उसे पहुंचा देना भर है। अरे, जिसे जाना है वह तो जाएगा ही। बर्थ पर लेटकर जाएगा, पैर पसार कर जाएगा। जिसमें मनोबल है, आत्मबल, शारीरिक बल और दूसरे किसम के बल हैं उसे यात्रा करने से कोई नहीं रोक सकता। वे जो शराफत और अनिर्णय के मारे होते हैं, क्यू में खड़े रहते हैं, वेटिंग लिस्ट में पड़े रहते हैं। ट्रेन स्टार्ट हो जाती है और वे सामान लिए दरवाजे के पास खड़े रहते हैं। भारतीय रेलें हमें जीवन जीना सिखाती है। जो चढ़ गया उसकी जगह, जो बैठ गया उसकी सीट, जो लेट गया उसकी बर्थ। अगर आप यह सब कर सकते हैं तो अपने राज्य के मुख्यमंत्री भी हो सकते हैं। भारतीय रेलें तो साफ कहती हैं : जिसमें दम, उसके हम। आत्मबल चाहिए मित्रो !

जब रेलें नहीं चली थीं, यात्राएं कितनी कष्टप्रद थीं। आज रेलें चल रही हैं, यात्राएं फिर भी इतनी कष्टप्रद हैं। यह कितनी खुशी की बात है कि प्रगति के कारण

हमने अपना इतिहास नहीं छोड़ा। दुर्दशा तब भी थी, दुर्दशा आज भी है। ये रेलें, ये हवाई जहाज, यह सब विदेशी हैं। ये न हमारा चरित्र बदल सकती हैं और न भाग्य।

भारतीय रेलों ने एक बात सिद्ध कर दी है कि बड़े आराम की मंजिलें छोटे आराम से तय होती हैं। और बड़ी पीड़ा के सामने छोटी पीड़ा नगण्य है। जैसे आप ससुराल जा रहे हैं। महीने भर पहिले आरक्षण करा लिया है, घंटा भर पहले स्टेशन पहुंच गये हैं, बर्थ पर बिस्तर फैला दिया है और रेल उस दिशा में दौड़ने लगी है जिस दिशा में आपकी ससुराल है। ससुराल बड़ा आराम है, आरक्षण छोटा आराम है। बड़े आराम की मंजिल छोटे आराम से तय होती है।

इसी तरह बड़ी पीड़ा के सामने छोटी पीड़ा नगण्य है। मानिए, आपके बाप मर गये। माफ कीजिए, मैं एक उदाहरण दे रहा हूं। भगवान उनकी लंबी उमर करे, अगर वे पहले ही न मर गये हों तो। आप खबर सुनते हैं और अपने गांव जाने के लिए फौरन रेल में चढ़ जाते हैं। भीड़, धक्का-मुक्का, थुक्का-फजीहत, गाली-गलौज। आप सब कुछ सहन करते खड़े हैं। पिताजी जो मर गये हैं ! बड़ी पीड़ा के सामने छोटी पीड़ा नगण्य है।

मैं एक दूसरा उदाहरण देता हूं। मानिए, एक कुंवारे लड़के को उसका दोस्त कहता है कि जिस लड़की से तुम्हारी शादी की बात चल रही है वह होशंगाबाद अपने मामा के घर आई है, देखना चाहो तो फौरन जाकर देख आओ। आरक्षण का समय नहीं है। कुंवारा लड़का न आव देखता है न ताव और रेल के डिब्बे में चढ़ जाता है। वही भीड़, धक्का-मुक्का, थुक्का-फजीहत, गाली-गलौज। मगर क्या करे ? लड़की से शादी जो करनी है, जिंदगी भर के लिए मुसीबत जो उठानी है ! बड़ी पीड़ा के सामने छोटी पीड़ा नगण्य है।

भारतीय रेलें चिंतन के विकास में बड़ा योग देती हैं। प्राचीन मनीषियों ने कहा है कि जीवन की अंतिम यात्रा में मनुष्य खाली हाथ रहता है। क्यों भैया ? पृथ्वी से स्वर्ग तक या नर्क तक भी रेलें चलती हैं। जानेवालों की भीड़ बहुत ज्यादा है। भारतीय रेलें भी हमें यही सिखाती हैं। सामान रख दोगे तो बैठोगे कहां ? बैठ जाओगे तो सामान कहां रखोगे ? दोनों कर लोगे तो दूसरा कहां बैठेगा ? वो बैठ गया तो तुम कहां खड़े रहोगे ? खड़े हो गये तो सामान कहां रहेगा ? इसलिए असली यात्री वो जो खाली हाथ। टिकिट का वजन उठाना भी जिसे कुबूल नहीं। प्राचीन ऋषि-मुनियों ने जो स्थिति मरने के बाद की बताई है, भारतीय रेलें चाहती हैं वह जीते जी आ जाए। चरम स्थिति, परम हल्की अवस्था, खाली हाथ, बिना बिस्तर, मिल जा बेटा अनंत में ! सारी रेलों को अंततः ऊपर जाना है।

टिकिट क्या है ? देह धरे को दंड है। बंबई की लोकल ट्रेन में, भीड़ से दबे, कोने में सिमटे यात्री को जब अपनी देह तक भारी लगने लगती है, तब वह सोचता

है कि यह शरीर न होता, केवल आत्मा होती तो कितने सुख से यात्रा करती। भारतीय रेलें हमें मृत्यु का दर्शन समझाती हैं और अक्सर पटरी से उतरकर उसकी महत्ता का भी अनुभव करा देती हैं। कोई नहीं कह सकता कि रेल में चढ़ने के बाद वह कहां उतरेगा ? अस्पताल में या श्मशान में ? लोग रेलों की आलोचना करते हैं। अरे, रेल चल रही है और आप उसमें जीवित बैठे हैं, यह अपने आप में कम उपलब्धि नहीं है।

रेल यात्रा करते हुए हम अक्सर विचारों में डूब जाते हैं। विचारों के अतिरिक्त वहां कुछ डूबने को होता भी नहीं। रेल कहीं भी खड़ी हो जाती है। खड़ी है तो बस खड़ी है। जैसे कोई बदशकल औरत पिया के इंतजार में खड़ी पता नहीं किसका इंतजार कर रही है। खिड़की से चेहरा टिकाए हम सोचते रहते हैं। पास बैठा यात्री पूछता है, "कहिए साहब, आपका क्या ख्याल है, इस कंट्री का कोई फ्यूचर है कि नहीं ?"

"पता नहीं।" आप कहते हैं, "अभी तो ये सोचिए कि इस ट्रेन का कोई फ्यूचर है कि नहीं ?"

फिर एकाएक रेल को मूड आता है और वह चल पड़ती है। आप हिलते-डुलते, किसी सुंदर स्त्री का चेहरा देखते चल पड़ते हैं। किसी स्टेशन पर वह सुंदर स्त्री भी उतर जाती है। एकाएक लगता है सारी रेल खाली हो गई। मन करता है हम भी उतर जाएं। पर भारतीय रेलों में आदमी अपने टिकिट से मजबूर होता है। जिसका जहां का टिकिट होगा वह वहीं तो उतरेगा। उस सुंदर स्त्री का यहां का टिकट था, वह यहां उतर गई। हमारा आगे का टिकट है, हम वहां उतरेंगे।

भारतीय रेलें कहीं न कहीं हमारे मन को छूती हैं। वे मनुष्य को मनुष्य के करीब लाती हैं। एक ऊंघता हुआ यात्री दूसरे ऊंघते हुए यात्री के कंधों पर टिकने लगता है। बताइए, ऐसी निकटता भारतीय रेलों के अतिरिक्त कहां देखने को मिलेगी ? आधी रात को, ऊपर की बर्थ पर लेटा यात्री नीचे की बर्थ पर लेटे इस यात्री से पूछता है—"यह कौन सा स्टेशन है ?" तबियत होती है कहूं—अबे चुपचाप सो, क्यों डिस्टर्ब करता है ? मगर नहीं, वह भारतीय रेल का यात्री है और भारतभूमि पर यात्रा कर रहा है। वह जानना चाहता है कि इस समय एक भारतीय रेल ने कहां तक प्रगति कर ली है !

आधी रात के घुप्प अंधेरे में मैं भारतभूमि को पहचानने का प्रयत्न करता हूं। पता नहीं किस अनजाने स्टेशन के अनचाहे सिगनल पर भाग्य की रेल रुकी खड़ी है। ऊपर की बर्थ वाला अपने प्रश्न को दोहराता है। मैं अपनी खामोशी को दोहराता हूं। भारतीय रेलें हमें सहिष्णु बनाती हैं। उत्तेजना के क्षणों में शांत रहना सिखाती हैं। मनुष्य की यही प्रगति है।

भारतीय रेलें आगे बढ़ रही हैं। भारतीय मनुष्य आगे बढ़ रहा है। आपने भारतीय मनुष्य को भारतीय रेल के पीछे भागते देखा होगा। उसे पायदान से लटके,

डिब्बे कीं छत पर बैठे भारतीय रेलों के साथ प्रगति करते देखा होगा। कई बार मुझे लगता है कि भारतीय मनुष्य भारतीय रेलों से भी आगे है। आगे-आगे मनुष्य बढ़ रहा है, पीछे-पीछे रेल आ रही है। अगर इसी तरह रेलें पीछे आती रहीं तो भारतीय मनुष्य के पास सिवाय बढ़ते रहने के कोई रास्ता नहीं रहेगा। बढ़ते रहो। रेल में सफर करते, दिन भर झगड़ते, रात भर जागते, बढ़ते रहो। रेलनिशात् सर्व भूतानां। जो संयमी होते हैं वे रात भर जागते हैं। भारतीय रेलों की यही प्रगति है। जब तक एक्सीडेंट न हो, हमें जागते रहना है।

मंत्री

हमारा देश मंत्रियों से भरा है। कितने सारे मंत्री हैं। छोटे, बड़े, राज्य के, केंद्र के, नये, चालू, भूतपूर्व। सारे देश में कचरे की तरह मंत्री बिखरे पड़े हैं। सरकार का तंबू मंत्री नाम की इस हिलती-डुलती बल्ली पर टिका है। बल्लियां हिलती रहती हैं, सरकार चलती रहती है। हम अपनी जिंदगी में कितने मंत्री देखते हैं ? इस देश में बहुत-सारी कुर्सियां हैं और बहुत-सारे लोग हैं, पर जब कुछ खास कुर्सियों पर कुछ खास लोग बैठते हैं तो वे मंत्री हो जाते हैं।

कुछ लोग मंत्री हो जाने को जीवन की परम मंजिल मानते हैं। पैदा हुए, मंत्री भये और मर गये। कुछ लोग देश की खातिर मंत्री बनते हैं, पर काफी लोग ऐश की खातिर मंत्री बनते हैं।

आप एक आदमी के हावभाव, चलने-देखने को देख दूर से कह सकते हैं कि मंत्री आ रहा है। क्यों कि मंत्री होने के लिये सब कुछ जरूरी हों, काबिलियत जरूरी नहीं। मूर्ख बड़े अच्छे मंत्री होते हैं। मूर्ख बड़े लंबे समय तक मंत्री रहते हैं। रहते-रहते कई बार मुख्यमंत्री हो जाते हैं। आप में से जो भी मूर्ख हो वह मंत्री बनने की कोशिश कर सकता है। यदि परम मूर्ख हैं तो जल्दी बन जायेंगे। समझदार लोग इसी कारण शायद राजनीति में नहीं जाते। उन्हें डर लगता है कि कहीं किसी दिन वे मंत्री न हो जाएं, कि मूर्ख लोग मंत्री नहीं बनेंगे तो कहां जायेंगे ? हम सब उसी आशा से तो मूर्खों को चुनते हैं कि, देखा, भगवान ने चाहा तो मंत्री बन जायेगा। बन भी जाते हैं। बनना ही है? यदि मूर्ख होकर भी आप मंत्री न बनें तो मंत्री होकर तो मूर्ख बनना ही है।

जब मैं मध्यप्रदेश में था, मुझे लगता था मेरे ही राज्य में सबसे ज्यादा मूर्ख मंत्री हैं। पर जब मैं सारा देश घूमा तब मैंने देखा कि यह घमंड करना फिजूल है, और राज्यों में भी अच्छे-खासे मूर्ख मंत्री हैं।

आप जानते हैं, मूर्खता दो किसम की होती है। एक वह जो प्रकट होती है और दूसरी वह जो प्रकट नहीं होती। मंत्री जैसे ही काम करना शुरू करता है, मूर्खता प्रकट होने लगती है। इसीलिए तो हमारे देश में मंत्री काम नहीं करते। और, हमारा देश बुद्धिमानों का देश लगता है।

हर मंत्री अलग डिजाइन का होता है। कुछ मंत्री हमेशा यात्रा करते रहते हैं। वहां से यहां, यहां से वहां जाते रहते हैं। कई मंत्री हर तरह के आयोजन में भाग

लेते हैं। शादी-ब्याह, शवयात्रा, उद्घाटन, सेमिनार आदि में वे कहीं भी मिल जायेंगे। कुछ फाइलें निपटाते हैं, कुछ नहीं निपटाते। कुछ फाइलें निपटाने का कह कर भी नहीं निपटाते। कुछ अपना दरबार लगाते हैं, कुछ दूसरों के दरबार में बैठते हैं। कुछ यही साबित करने में लगे रहते हैं कि, वह बड़े नेता के करीब हैं। कुछ वाकई होते हैं। ज्यादातर मंत्री जिस विभाग में होते हैं उसकी बजाय दूसरा विभाग चाहते हैं। कुछ मंत्री अफसरों की बात मानते हैं, कुछ नहीं मानते। कुछ शुरू में इनकार कर बाद में मान लेते हैं।

कुछ स्वयं भ्रष्टाचार करते हैं। कुछ अपने लड़के, साले, पत्नी के माध्यम से रिश्वत खाते हैं। कुछ स्वयं ईमानदार रहकर दूसरों को भ्रष्टाचार करने देते हैं। कुछ भ्रष्टाचार का विरोध कर भ्रष्टाचार करते हैं। कुछ भावुक होते हैं, कुछ भावुकता का प्रदर्शन करते हैं।

इस देश में कितनी बेरोज़गारी फैली है ! इन बेरोज़गारों में से एक बड़ी संख्या मंत्री पद पर लगी है। जब मंत्रीमंडल का विस्तार होता है, मुझे बड़ी खुशी होती है। चलो, कुछ और लग गये।

तीन-चार साल मंत्री रहकर एक मंत्री जिंदगी भर की कमाई कर लेता है। मंत्री पद से हटने के बाद मंत्री किसी काम का नहीं रहता। मंत्री पद पर होने पर भी वह किस काम का होता है !

गावस्कर ने रेकार्ड तोड़ा

जब गावस्कर ने ब्रेडमेन का रिकार्ड तोड़ा, देश के कई खिलाड़ियों ने अपने आप से एक सवाल किया—यह काम मैंने क्यों नहीं किया ? मैंने क्यों नहीं तोड़ा ब्रेडमेन का रिकार्ड ? यह प्रश्न अपने आप से पूछने वालों में एक मैं भी हूं। क्यों शरद, जो काम गावस्कर ने किया वह तुमने क्यों नहीं किया ?

कारण व्यक्तिगत हैं। मैं क्या कहूं कि यह निष्ठुर समाज दोषी है जिसने मुझे गावस्कर नहीं बनने दिया। सच यह है कि पिच पर बल्ला हाथ में लिये, एक या दो रन बनाने के बाद मैं हेमलेट हो जाता था। सामने से बॉल आती। मैं मन ही मन सोचता, टु बी आर नाट टु बी, पीटूं कि नहीं पीटूं। एक-दो रन बना कर ही अर्जुन की तरह स्वयं से प्रश्न करने लगता—शरद तुम कहां हो ? क्या कर रहे हो ? सामने खड़े लोगों में कौन तुम्हारा मित्र है और कौन शत्रु ?

क्रिकेट के मैदान में बल्ला लिये खड़े मुझे विश्वास नहीं होता कि जो मेरे सामने तन कर बल्ला लिये खड़ा है वह तो मेरा साथी है। और जो ठीक पीछे नम्र मुद्रा में पीठ झुकाये खड़ा है वह मेरा प्राणघाती शत्रु है। जरा सोचिये, जो मित्र है वह सामने खड़ा है। जो शत्रु है वह पीठ के पीछे है। मेरे रनआउट होने के लिये मित्रो, इतना ही काफी है।

चारों तरफ फील्डर्स खड़े हैं। मुझे लगता, मेरे प्रशंसक खड़े हैं। वे बड़ी अपेक्षा से मेरी ओर देखते कि मैं गेंद को हिट करूंगा। मैं उत्साह में कर भी देता और वे कैच ले लेते। कर्म की प्रेरणा से बड़ा घोटाला हो जाता था मित्रो ! जिन्हें मैं अपना समझता था वे पराये निकलते। मुझमें एक और मानवीय गुण था। मैं गेंद को हिट करने के बाद दौड़ता नहीं था। अपनी पीटी गेंद को दूर तक जाते देखना मुझे अच्छा लगता था। ऐसे सुन्दर और सुहाने दृश्य को विकेट के बीच दौड़ कर गंवाना मुझे अच्छा नहीं लगता था। चारों तरफ से लोग चिल्लातेः दौड़ उल्लू, दौड़ ! मगर एक सुंदर गेंद को दूर तक जाते देखना कितना सुखद होता है, यह तो मुझ जैसा व्यक्ति ही समझ सकता है, जो बल्लेबाज होने के साथ अच्छा दर्शक भी था।

वे भी क्या दिन थे ! धुआंधार नान-स्टाप क्रिकेट होता था। क्रिकेट अनिश्चितता का खेल है, यह बात सारा मोहल्ला जानता था। सुबह हम जब खेलने उतरते थे तो कोई नहीं जानता था कि किसकी खिड़की का कांच फूटेगा, किसके कन्धे पर गेंद लगेगी। अच्छे क्रिकेट के लिये घर के सामने की सड़क जितनी चौड़ी होनी चाहिये

थी उतनी थी नहीं। इसका लाभ भी था। गावस्कर जितनी दूरी तक गेंद मारकर एक रन बनाता है उतने में हम चार रन बना लेते। विकेट के बीच की दूरी भी कम थी। आखिर विकेटकीपर के खड़े रहने के लिये भी तो कुछ जगह निकालनी थी। वो क्या पीछे नाली में खड़ा रहता ?

ब्रेडमेन का रिकार्ड मेरे द्वारा तोड़े जाने का सवाल ही नहीं था। हमारी टीम में बुधवार को कितने स्कोर बनाये थे, गुरुवार को याद नहीं रहता था। अगर मैं कहूं कि अमुक दिन सेंचुरी बनाई तो सब कहते थे—तुमने कभी सेंचुरी नहीं बनाई। आरंभिक संघर्ष के दिन थे। मेरे लिये तो वे ही अंतिम थे।

अंपायर से मेरे संबंध कभी अच्छे नहीं रहे। वो मेरा बेटा इसी उतावली में रहता कि कब मैं आउट होऊं तो कब वह उंगली उठाए। वह बॉलर को कभी नहीं कहता कि टाइट गेंद मत फेंक। भई, रन नहीं बनाने देना है तो मुझे बुलाया क्यों ? मुझे समूची व्यवस्था अपने विरोध में खड़ी जान पड़ती थी। मैं बल्ला हाथ में ले उस तंत्र के सामने स्वयं को बड़ा अकेला और असहाय अनुभव करता था।

अपनी निगाह में मैं अच्छा ओपनर था। मगर हमारी टीम में सभी अपनी निगाह में अपने को अच्छा ओपनर समझते थे। कई बार खेल इसीलिये देर तक शुरू नहीं हो पाता था कि ओपन कौन करेगा। मेरी विशेषता यह थी कि रन चाहे न बना पाऊं, एक बार ओपनर हो जाने के बाद मेरा क्लोज़ होना मुश्किल हो जाता था। क्रिकेट की भाषा में जिसे कहते हैं—एक छोर पर जमे रहना। मैं दोनों छोर पर जमा रहता। जब सामनेवाला खिलाड़ी सिंगल बनाता तभी मैं यह छोर छोड़ता। जाकर दूसरे पर खड़ा हो जाता।

मुझमें और गावस्कर में खिलाड़ी के नाते बड़ा फर्क है। वह नयी बॉल पर आउट हो जाता है, मैं पुरानी पर ही हो जाता हूं। कई बार वह नयी पर भी नहीं होता। मैंने तो नयी बॉल ओपनर होने के बावजूद नहीं देखी। हमारे मोहल्ले में एक ही बॉल थी जिसे हम निरन्तर अपनी पतलून पर घिस कर चमक बनाये रखते थे। पतलून चमकने लगता था, बॉल फिर भी नहीं चमकती।

आज सभी खिलाड़ी अपने आप से पूछते हैं कि मैंने ब्रेडमेन का रिकार्ड क्यों नहीं तोड़ा ? ब्रेडमेन तो विदेशी था। उसका रिकार्ड तोड़ना कठिन था। गावस्कर तो इसी देश का है। उसी का तोड़ कर बताओ। सच यह है कि हम जिस लुग्दी के बने हैं उस पर सिर्फ कविता संकलन छप सकते हैं, नेताओं के भाषण छप सकते हैं। अप्लीकेशन लिखी जा सकती है। अगर हम वे रिकार्ड तोड़ सकते तो भारतीय प्रजातंत्र की कई समस्याएं भी सुलझा लेते।

पाकिस्तान का बम

सुना है हमारे पाक पड़ोसी पाकिस्तान ने एक अदद एटम बम बना लिया है। बड़ी नाजुक सी खूबसूरत सी चीज है। अल्ला के फज़्ल से बन गया है। मरहूम जिया साहब क़े पास 'आप जानते हैं' अमेरिका के अखबार पढ़ने के अलावा कोई काम तो था नहीं। नमाज़ के अलावा वे वही पढ़ते थे। तो फुरसत में बैठे सोचा—चलो, एक एटम ही बना लें। इंशा अल्लाह काम में आ गया तो ठीक, नहीं तो म्यूज़ियम में रखवा देंगे।

जैसा आप जानते हैं कि जिया साहब के रिश्ते-रसूख अड़ोसी-पड़ोसियों से चाहे इतने न हों, चोर-उचक्कों से बड़े गहरे थे। उन्होंने सबको चाय पर बुला कर कहा—भई एक एटम बम बनाना है। सबने कहा—बन जायेगा हुजूर। इस बार चोरी पर निकलेंगे तो एटम चुरा लायेंगे। उसमें क्या मुश्किल है !

तो साहब, पाक प्रेसीडेंट जिया साहब के यार-दोस्त गये। किसी ने एक पुर्जा इंग्लैंड से मारा, किसी ने फ्रांस से चुराया, किसी ने कनाडा से गायब किया और ले आये इस्लामाबाद। बाद एक शानदार पार्टी के जिया साहब ने सारे उर्दू स्कूलों के साइंस पढ़ानेवालों से कहा—कंबख्तो, अगर नौकरी करनी है तो बनाओ एटम बम। वे लोग क्लासें छोड़-छोड़ कर लग गये बम बनाने में। मार-ठोककर बना दिया।

"बन गया हुजूर, कहिये तो फोड़ कर बताएं।"

"खबरदार जो यह हरकत की ! यह मुल्क की शान है। हमारी पोलटिक्स की पहचान है।" इतना कह कर जिया साहब ने वह एटम बम एक ट्राफी की तरह सजा कर अपने आफिस में रख लिया। झाड़ू लगानेवाले को सख्त हिदायत दी गई कि खबरदार जो इस पर झाड़ू फेरी।

गुज़र गये वे दिन। जब तक जिया साहब जिंदा रहे, कहीं एटम चोरी न चला जाये इस डर से वे हमेशा उसे अपने ओवरकोट की जेब में रख कर घूमते थे। ओवरकोट की जेब अमेरिका के दर्जियों ने सी थी, इसलिये बम के नीचे गिरने का कोई खतरा न था। उस पर पाक रूहों का साया बना रहे, इसलिये एक फकीर की ड्यूटी लगी थी। वह बम पर रोज लोहबान का धुआँ दे मंतर पढ़ता रहता था। एक दिन बम चोरी भी चला गया था। जिया साहब तो आपे के बाहर हो गये। कुछ को हंटरों से पीटा, कुछ के हाथ काटे। मतलब इस्लाम जितनी इजाज़त दे सकता था वो सब किया। बाद में पता लगा कि एटम बम से मोहल्ले के बच्चे खेल रहे

हैं। सबको डाट लगाई, "खबरदार जो एटम बम को हाथ लगाया ! तुम्हारे बाप से शिकायत कर दी जायेगी।" बच्चे अब एटम बम को हाथ नहीं लगाते। उन्हें बम से ज़्यादा तो अपने बाप का डर लगता है।

एक दिन की बात है। जिया साहब ने सब हवाबाज़ों को बुला कर कहा, "क्यों भई, इंडिया पर एटम बम गिराओगे ?" सबने कहा, "क्या बात करते हैं, हमारा दिमाग खराब हुआ है ? आपको पता नहीं हमारे मामू और चचा दोनों हिंदुस्तान में रहते हैं ?"

एक दिन तो जिया साहब इतने गुस्से में आ गये कि चीख कर बोले, "कंबख्तो, अगर तुम हवाई जहाज से जाकर हिंदुस्तान पर एटम बम नहीं गिरा सकते तो भाड़ में जाओ। हम ट्रेन से इंडिया जाकर एटम बम गिरा देंगे।"

कुछ लोग कहते कि पाकिस्तान का यह बम हायड्रोजन बम है। दरअसल खुद पाकिस्तान को ही नहीं पता था कि ये हायड्रोजन है कि आक्सीजन। वे उसे प्यार से इस्लामिक बम कहते थे। उम्मीद यह थी कि जैसे ही फूटा तो चारों तरफ इस्लाम फैल जायेगा। मरहूम जिया साहब जब तक ज़िंदा रहे वो हिंदुस्तान पर एटम बम गिराने की उम्मीद पाले रहे। उनकी प्राब्लम यह थी कि एक तो उनके पास अच्छे हवाई जहाज नहीं थे। जो थे तो अच्छे चलानेवाले नहीं थे। चलानेवालों से निशाना ठीक नहीं बैठता। डर यह रहा कि दिल्ली पर डालने जाएं और लाहौर पर आ गिरे तो क्या करेंगे।

यही उम्मीद दिल में रखे पाक प्रेसिडेन्ट जिया साहब अल्लाह को प्यारे हुए। एक दिन वे हवाई जहाज से जा रहे थे। अमेरिका का एंबेसेडर भी उनके साथ था। जिया साहब कोट की जेब से एटम बम निकाल हाथ पर उछाल-उछाल एंबेसेडर को बताने लगे "बोलो, कितने डालर में खरीदते हो ? जोरदार चीज है।" तभी वह एटम बम हाथ से फिसल गया। ज़्यादा नुकसान तो नहीं हुआ। हवाई जहाज टूट गया और जिया साहब मर गये। चाहे एटम हो, बम तो बम ठहरा !

आजकल आप जानते हैं पाकिस्तान में बेनज़ीर की हुकूमत है। बेचारी बड़ी परेशान है। जिस तरह उल्लू मरते हैं और औलादें छोड़ जाते हैं, उसी तरह जिया साहब खुद मर गये और बेनज़ीर के नाम पर अपने एटम बम छोड़ गये हैं। मोहतरमा परेशान हैं। दो बच्चे, एक गवर्मेन्ट और छह एटम बम। अकेली जान बेचारी क्या-क्या उठायें।

एक दिन उन्हें परेशान देख अपोजीशन पार्टी वालों ने आवाज़ लगाई, "कुछ वज़न हम भी उठा लें मैडम, कभी मौका तो दीजिये।"

"थैंक्स। आप रहने दीजिये। हम अपना भारी वज़न खुद उठाना जानती हैं।"—बेनज़ीर बोली।

बेनज़ीर के मियां ज़रदारी जरा भारी-भरकम हैं। वे चौंके। कहीं यह ताना हम पर तो नहीं कसा जा रहा। वे बोले—"लाओ, एक बच्चा हमें दे दो।" मां नुसरत

भुट्टो पास खड़ी थी। बोली—"ला बेटी, गवर्मेन्ट मुझे दे दे।" अब बेनज़ीर के पास छह एटम बम रह गये। जिया साहब के नाम को रोती हाथ में लिये खड़ी है।

एक फौजी आये। बोले—"लाइये, ये एटम बम हमें दे दीजिये, हिंदुस्तान पर डाल आते हैं।" बेनज़ीर ने कहा, "आप होश में तो हैं ! सुना इंडिया के पास बारह एटम बम हैं। इन छह के बदले कहीं उन्होंने हम पर बारह डाल दिये तो पाकिस्तान में तो बरबाद होने के लिये भी उतनी जगह नहीं।"

फिर एक मौलवी आये। कहने लगे, "एटम बम तो अल्लाह की देन है। लाइये, एक मस्ज़िद में रखवा देते हैं। कभी इस्लाम यानी मुल्क खतरे में आया तो इस पर हाथ रख फतवा जारी करेंगे।" बेनजीर ने कहा, "बख्शिये। साइंस का मामला है। रिलीजन को इस बीच में न डालिये।"

इस पर केबिनेट बुलाई गई। एक इकानामिस्ट ने कहा, "एटम बम एक्सपोर्ट कर चंद डालर कमाये जाएं तो कश्मीर फ्रंट पर फौज के लिये गरम कपड़े बन जाएंगे।" पाकिस्तान के एक शायर ने एटम बम पर एक गज़ल लिखी है। क्रिटिक्स का कहना है कि इसमें एटम का मतलब बेनज़ीर है।

एक ने कहा, "एक एटम बम इमरान खान को दे दीजिये। बच्चे का हौसला बढ़ जायेगा। इन दिनों अच्छा खेल रहा है।"

बेनज़ीर को समझ में नहीं आ रहा है कि वह अपने आधा दर्जन एटम बमों का क्या करे। भारत तो है नहीं जो ऐसे नाजुक मामले नज़रअंदाज़ कर जाये। अब हैं तो रुआब तो करेंगी ही। कुछ दिन पहले पाकिस्तानी महिलाओं की मीटिंग में कहा कि अगर मुल्क ने एटम के मामले में ऐसी ही प्रोग्रेस की तो बड़ी जल्दी लाहौर और कराची के बाज़ार में एटम का सॉस, एटम का अचार और एटम के मुरब्बे मिलने लग जाएंगे।

जो भी हो यह खुशी की बात है कि एटम के मामले में जो भी प्रोग्रेस होती है, पाकिस्तान रेडियो हमें उसकी खबरें देता रहता है। जैसे परसों खबर थी—

"रेडियो पाकिस्तान के एक नुमायन्दे को आज यह बताया गया कि आगे से एटम बम पर चिड़िया का घोंसला नहीं बनने दिया जायेगा।"

कल—

"यह खबर सरासर झूठ और अफवाह है कि पाकिस्तान ने जो दो नये एटम बम पिछले दिनों बनाये थे उन्हें चूहे कुतर गये।"

"हेल्थ डिपार्टमेंट के एक बुलेटिन में बताया गया है कि इन दिनों पाकिस्तान के साइंसदां एटमबम के घोल से मच्छर मारने की दवाई बनाने की कोशिश में लगे हैं।"

"एटम बमों पर एटम लगा दिया गया है ताकि एटम बम रखा हो तो लोग दूरी से चलें।"

खबरें खत्म हुईं, साथ में एटम बम भी खत्म हो गया।

देश गांधी मार्ग पर चल रहा है

आज़ादी के बाद देश की हर नगरपालिका और नगरनिगम ने अपने शहर की एक सड़क का नाम महात्मा गांधी मार्ग रख दिया है। इससे सुविधा यह हो गई कि शहर के नेता जब अपने भाषण में कहते हैं कि देश महात्मा गांधी मार्ग पर चल रहा है तो वे गलत नहीं कहते। वाकई चल रहा है। आप चाहें तो सारे शहरों के महात्मा गांधी मार्गों की लंबाई जोड़ यह भी बता सकते हैं कि हमारा देश महात्मा गांधी के मार्ग पर कितने किलोमीटर रोज चलता है। सरकार को करना यह चाहिए कि बांबे-आगरा रोड और ग्रांड-ट्रंक रोड का नाम बदल कर महात्मा गांधी रोड रख दे, ताकि हम गर्व से संसार को यह बता सकें कि भारत की जनता ही नहीं हमारे ट्रक और आटोरिक्शा तक महात्मा गांधी मार्ग पर चल रहे हैं।

एक सज्जन ने मुझसे सीधा सवाल किया, सवाल सीधा नहीं था, पूछने का ढंग सीधा था। सवाल था कि क्या आज हमारा देश गांधीजी के बताए मार्ग पर चल रहा है ? मैंने इसका जवाब भी सीधा दिया। मैंने कहा, "मैं कोई चुनाव में खड़ा हुआ हूं जो तुम मुझसे ये प्रश्न पूछ रहे हो ?"

चूंकि प्रश्न कर दिया था, इसलिए मैंने चिंतन आरंभ कर दिया। जिस होटल में मैं चाय पीने जाता हूं उसका मालिक कहीं से राष्ट्रीय विचारधारा का है। उसने होटल की दीवार पर गांधीजी के अमर वाक्य फ्रेम में जड़वा कर टांग दिए हैं। मैंने उन वाक्यों को पढ़ा, उन पर विचार किया और आज मैं कह सकता हूं कि आज हमारा देश चल रहा हो या नहीं, मगर खड़ा तो गांधीजी के मार्ग पर है।

जैसे गांधीजी ने कहा है, "एक बार में इकट्ठा खाना शरीर के लिए हानिकर है, वैसे ही एक समय पर अधिक काम आत्मा को दुख देता है।" हमारे देश के सभी नेता इस बात को मानते हैं। वे कभी भी ज़्यादा काम कर अपनी आत्मा को दुख नहीं देते। यहां 'काम' से गांधीजी का तात्पर्य परिश्रम से है। वह नहीं जो लोग समझते हैं। हमारे नेता अपनी आत्मा को प्रसन्न रखने के लिए चुनाव के मौसम को छोड़ कभी परिश्रम नहीं करते। और हमारे नेता एक बार में इकट्ठा तो कभी नहीं खाते। चंदा हो, रिश्वत हो, कमीशन हो या सहकारी संस्थाओं में गबन। वे यह काम धीरे-धीरे और अत्यंत प्रेम से करते हैं। वह उन्हें हानि भी नहीं करता और उससे उन्हें कोई कष्ट भी नहीं होता। गांधीजी ने कहा है, "यदि ईश्वर हमें लालच में डालता है तो उससे बचने का रास्ता भी बताता है।" हमारे नेता इसी कारण लालच में फंस जाते

हैं। फंसने के बाद वे ईश्वर से पूछते हैं, "ऐ ईश्वर, बोल अब क्या करें ?" उनका ईश्वर भी उनके ही जैसा जवाब देता है, "जांच कमीशन बिठा कर उसकी रिपोर्ट गायब कर दे।" वे यही करते हैं और बच जाते हैं।

यही तो कुछ बात है कि गांधीजी के मार्ग पर चलने वाले हमारे नेता विरोधियों की कौड़ी परवाह नहीं करते। गांधीजी ने कहा है, "धीरज रखो, विश्वास रखो और निराशा को कभी मन में स्थान न दो।" हमारे नेता कभी निराश नहीं होते। विरोधी उनकी कितनी ही पोलें खोलें, वे कर्मक्षेत्र नहीं छोड़ते। तिकड़में चालू रखते हैं। चुनाव में खड़े हो जाते हैं। गांधीजी ने कहा है, "जो अनिवार्य है उस पर रंज करना व्यर्थ है।" हमारे नेताओं को पिट जाने पर भी रंज नहीं होता। वे फिर खड़े हो जाते हैं। अगर वे विधानसभा सदस्य हैं तो वे मंत्री बनने का प्रयास करते हैं। और मंत्री हैं तो मुख्यमंत्री बनने का। गांधीजी ने कहा है, "रोज अपने आपकी जांच करते रहें और सोचते रहें कि अभी कितनी दूरी तय करना बाकी है।" हमारे मंत्री रोज सोचते हैं—अब मुख्यमंत्री बनने में कितनी दूरी बाकी है !

आजकल चुनाच चल रहे हैं। नेता यहां से वहां दौड़ रहा है, भाषण कर रहा है। चुनाव के बाद ये सबको भूल जाएंगे, अपने बंगलों में पड़े रहेंगे। गांधीजी ने कहा था, "कोई समय बोलने और काम करने का होता है, तो किसी समय मौन और अकर्मण्यता धारण करनी पड़ती है।" जैसे ही चुनाव हो जाएंगे ये लोग अकर्मण्य हो जाएंगे, मौन हो जाएंगे। गांधीजी ने यही कहा था।

इस देश में अर्थ का अनर्थ इसी तरह होता है। अनर्थ के अर्थ भी यही निकलते हैं। देश जिधर भी चले, कहा यही जाएगा कि वह गांधी के बताए मार्ग पर चल रहा है। इस देश के लोगों ने गांधी को देखा है। जिन्होंने नहीं देखा उन्होंने गांधी पर बनी फिल्म देखी है। लोग इस नतीजे पर पहुंचे कि जो गांधी बना है वह एक्टर है मगर कम गांधी नहीं है। लोगों ने अगले चुनाव में एक्टरों को चुन कर लोकसभा में भेजा ताकि देश गांधी के मार्ग पर आगे बढ़ सके।

ओ बेन किंग्सले, तुम आओ और हमारे गांधी बन जाओ। इस देश को नेता नहीं, नेताओं का सा एक्टिंग करनेवाला चाहिए। इस देश को गांधी का अर्थ नहीं, गांधी के डायलाग चाहिए। तुम आओ और हमारे नेता बन जाओ। तुम डायलाग बोलते रहना और हम जो जी में आएगा करते रहेंगे। गांधीजी ने लिखा है, "मुझे भविष्य जानने की इच्छा नहीं है। यदि वर्तमान पर्याप्त आकर्षक है तो भविष्य उससे बहुत भिन्न नहीं होगा।"

ओ बेन किंग्सले, इस देश का वर्तमान बहुत आकर्षक है, और मैं सच कहता हूं कि यदि ऐसा ही चलता रहा तो भविष्य इससे भिन्न नहीं होगा।

❑ ❑